蘆川詞卷上

賀新郎 寄李伯紀丞相

曳杖危樓去斗垂天滄波萬頃月流煙渚掃盡浮雲風不定未放扁舟夜渡宿鴈落寒蘆深處悵望關河空弔影正人間鼻息鳴鼉鼓誰伴我醉中舞

景宋本蘆川詞二卷

胡寅序宋本所闕因補存之

鐵琴銅劍樓藏書目錄蘆川詞二卷宋刊本舊不題名亦無序跋案直齋書錄謂三山張元幹仲宗撰作一卷此分上下二卷每半葉七行行十三字殷貞字有闕筆每葉版心有功甫二大字疑是仲宗別字何義門但見影鈔本仞為錢功甫錄本謬矣朱氏詞綜所選據毛氏所刻六十家本故多謬字如賀新郎況人情易老悲如許諼作難詠涼生岸柳催殘暑催諼到得却相逢却諼再怨王孫樓外柳暗誰家柳暗二字諼不成句小砑魚箋砑諼硯毛刻次序亦異并羡幾首不知出何本也卷末有黃蕘圃跋

双照楼景宋本《芦川词》

明毛晋汲古阁《芦川词》

文渊阁《四库全书》本《芦川归来集》 张广序

《永泰张氏宗谱·总序》

张元幹词研究（增订本）

曹济平 著

南京师范大学出版社

图书在版编目（CIP）数据

张元幹词研究 / 曹济平著. — 增订本. — 南京：南京师范大学出版社，2013.11
ISBN 978-7-5651-1589-9

Ⅰ. ①张… Ⅱ. ①曹… Ⅲ. ①张元幹（1091～1170）－词（文学）－诗词研究 Ⅳ. ①I207.23

中国版本图书馆CIP数据核字（2013）第245834号

书　　名	张元幹词研究（增订本）
作　　者	曹济平
责任编辑	王欲祥
出版发行	南京师范大学出版社
地　　址	江苏省南京市宁海路122号（邮编：210097）
电　　话	（025）83598919（传真）　83598412（营销部）
	83598297（邮购部）
网　　址	http://www.njnup.com
电子信箱	nspzbb@163.com
照　　排	南京理工大学印刷照排中心
印　　刷	江苏徐州新华印刷厂
开　　本	880毫米×1230毫米　1/32
印　　张	7.375
插　　页	3
字　　数	179千
版　　次	2013年11月第1版　2013年11月第1次印刷
印　　数	1～2 000册
书　　号	ISBN 978-7-5651-1589-9
定　　价	26.00元
出 版 人	彭志斌

南京师大版图书若有印装问题请与销售商调换
版权所有　侵权必究

目　录

序 ·· 唐圭璋(001)

弁言 ·· (001)

第一章　张元幹的籍贯与家世 ·· (001)
　第一节　籍贯问题 ··· (001)
　第二节　家世考略 ··· (002)

第二章　张元幹的生平事迹 ·· (011)
　第一节　生卒年的分歧 ·· (011)
　第二节　早年仕宦(1091—1125) ·· (014)
　第三节　中年致仕(1126—1131) ·· (023)
　第四节　归隐后的忧国意绪(1131—1156) ···························· (030)
　第五节　"下廷尉"的人生厄运 ·· (035)
　第六节　晚年漫游，客死异乡(1156—1161) ························· (038)

第三章　张元幹早期词作的审美追求 ···································· (043)
　第一节　北宋后期词作的走向 ··· (043)
　第二节　"宣和之音"的审美情趣 ······································· (050)

第四章　张元幹南渡后的词风嬗变 (057)
第一节　时代环境的强烈感应 (057)
第二节　"时移俗易"的创作观念 (061)

第五章　张元幹与"四名臣词" (064)
第一节　张元幹与李纲 (064)
第二节　张元幹与胡铨 (069)
第三节　张元幹与李光、赵鼎 (071)

第六章　张元幹的爱国词 (075)
第一节　反映和与战的政治斗争 (075)
第二节　表达抗敌报国的宏愿 (083)
第三节　梦绕中原　意蕴浑厚 (086)
第四节　伤时感事　寄托遥深 (088)

第七章　张元幹隐逸词的意趣 (093)
第一节　北宋隐逸词的发展轨迹 (093)
第二节　南宋初期归隐山林的社会风尚 (099)
第三节　张元幹的隐逸词 (105)

第八章　张元幹的节序词和寿词 (113)
第一节　节序词 (113)
第二节　寿词 (118)

第九章　张元幹的咏物词和艳情词 (124)
第一节　咏物词 (124)
第二节　艳情词 (131)

第十章　张元幹漫游吴越的词作……………………（138）
　　第一节　从西湖到垂虹………………………………（138）
　　第二节　漫游的复杂心态……………………………（146）

第十一章　张元幹词的艺术特色……………………（152）
　　第一节　"长于悲愤"的阳刚美………………………（152）
　　第二节　清丽深婉的含蓄美…………………………（155）
　　第三节　炼字琢句的语言技巧………………………（159）
　　第四节　善于融化唐人诗句…………………………（163）

第十二章　张元幹著述考略…………………………（167）
　　第一节　《芦川归来集》的版本………………………（167）
　　第二节　《芦川词》的版本……………………………（171）

结束语…………………………………………………（180）

附　录…………………………………………………（186）
　　一、历代序跋、提要　………………………………（186）
　　二、张元幹年表………………………………………（201）
　　三、主要参考书目……………………………………（221）

增订后记………………………………………………（224）

序

北宋徽、钦二帝蒙尘，可谓宋人之奇耻大辱。稍有血气之臣民，无不慷慨激昂，奋起抗金，图雪国耻。张元幹乃忠义爱国之士，在金兵围攻汴京之际，投身李纲幕下，登陴拒敌，虽矢集如猬毛而奋不顾身，其爱国壮举，可歌可泣。南渡后，更憎恨权奸之误国，伤痛中原之未复，所作《贺新郎》两阕送李纲和胡铨，忠愤填膺，正气凛然，尤为千古传诵。芦川词多伤时忧国之心，愤世嫉邪之气，风格慷慨悲凉，开启陆游、辛弃疾一派，为两宋词风转变之先导者。

济平曩从余治词，甚喜芦川，致力最勤，曾考元幹之生年，确凿无疑。后又取《芦川词》为之笺注，广采博取，资料丰富翔实，而详考其生平事迹，创获甚多。近福州永福县新发现《张氏宗谱》，记载元幹之家世，鲜为人知，殊属可贵，济平及时复印参用，补苴罅漏，又作《张元幹词研究》一书，全面深入地阐述元幹家世、生平及其词作成就影响，颇多新颖独到之见，足以成一家之言。

是为序。

唐圭璋
1990年6月

弁　言

在我着手写这本书时，脑海里浮现出六十年代初翻检张元幹《芦川归来集》的情景。那时我刚担任唐圭璋先生的助手，在往返图书馆查阅有关词籍的过程中，开始注意搜集张元幹的生平资料。经过一段时间以后，不仅感到宋代文献所载者甚少，而且今人研究的文章也寥寥无几，其中有的还存在一些明显的差错。当时我曾写过一篇考证张元幹生卒年的短文，发表在《江海学刊》[①]上。正当我埋头钻故纸堆时，一个接一个政治风浪的冲击，把我抛出了书斋。如今一晃二十多年过去了，往事犹历历在目，重读旧文，诚有恍如隔世之感。

张元幹(1091—1161)，字仲宗，号芦川居士，福建永福(今永泰县)人，南宋前期杰出的爱国词人。我对其词作的研究是从笺注《芦川词》入手的。这种传统作法，现在好像不那么"时兴"了，但我的感觉是受益匪浅的。尽管《芦川词》向无注本，一切需从头做起，这是吃力不讨好的工作，然而通过笺注可以更全面地了解张元幹的人格与词品，阐发词旨，其间自有泛泛一读而不可得的乐趣。

《芦川词》笺注完成以后，再来写这部书，在史料的运用方面

---

① 拙文载《江海学刊》1962年第8期。

应该说是得心应手的,但从理论角度进行深入研究并不是一件轻而易举的事情,因为涉及的范围相当广泛。比如我国古代文学中是否存在爱国主义问题,近来有人认为"中国古代根本不存在产生民族意识和爱国主义的社会文化土壤"①,并且鼓吹"西方的爱国主义比中国的爱国主义,产生的时间要早得多"。按照这样的"理论",屈原不能算是一位爱国诗人,杜甫的爱国精神也不复存在,陆游、辛弃疾更不能冠以"爱国主义"头衔。这种一笔横扫的"理论",果然有惊人的痛快,可惜并不符合我国古代历史的实情。毛泽东同志早在《中国共产党在民族战争中的地位》一文中就说过:"爱国主义的具体内容,看在什么样的历史条件下来决定。"那么,宋朝的历史条件如何呢?我们知道,有宋一代三百二十年中,始终没有摆脱民族之间的纠纷与对抗。北宋时期有契丹(辽)与西夏的掠夺,南北宋之交是女真族的侵犯,最后为蒙古所灭。每当这些民族挑起战争,进行军事掠夺的严峻时刻,广大人民群众和有血性的、有正义感的人士,总是挺身而出,为保卫自己的民族利益和国家主权而英勇奋战。如北宋初期的寇准,在辽兵大军压境时,力排众议,主张皇帝亲征,因而赢得了人民的拥护,后世的赞颂。又如在金兵大举入侵的危急时刻,各地人民纷纷起来抗击,李纲、种师道、宗泽等朝臣分别率兵抗金,奋勇杀敌,给金兵以重大的威胁。尽管这些爱国将领受到朝廷昏君庸臣的迫害打击,但他们这种保卫国家民族利益的强烈的抗敌精神,不正是鲜明地标志着中华民族优秀的爱国思想传统吗?张元幹正是在这样的历史条件下,面对民族危亡的冷酷现实,走上了抗金爱国的道路。

---

① 《文学评论》1989年第4期《爱国主义的文化特征》。

从张元幹一生的经历来看，可以划分为三个时期，简括地说，就是风流跌宕的青年，战乱漂泊的壮年，怀旧漫游的晚年。如果从词风嬗变的角度来考察，那么，南渡时期是一条分界线。在北宋徽宗政和年间，张元幹踏上仕途，初涉词翰，到宣和年间，已在词坛上崭露头角。然而他早年词作所唱的是"宣和之音"，属于周邦彦一路的旖旎柔情。宋室南渡以后，金兵仍不断入侵，兵戈满地，国事危急。时代剧变与心灵感应的契合，使张元幹奋笔写下了《石州慢·己酉秋吴兴舟中作》、《水调歌头·同徐师川泛太湖舟中作》以及《贺新郎》送李伯纪和胡邦衡两首振聋发聩的词篇等，不仅融入了战乱时代的风云，而且可以听到杀敌报国、痛斥权奸误国的声音。这些词的气势豪迈悲壮，声调激越高亢，充分显示出他高尚的人格与词品，成为他词中的主旋律。张元幹随着时代脉搏跳动而吐露的词作内涵，不仅与他前期词的格调大相径庭，而且也是他的前辈所没有提供的新的东西。这就是他的创造，这就是他的历史功绩。他在战乱时期所写词作的最大特色是，具有浓厚的时代气息和强烈的现实意义。这是探索其创作观念与词风转变的关键所在。

当然，社会发展的过程是曲折变化的，人生的历程也是复杂多变的。张元幹中年致仕后，过着漫长的闲居生活，留下了一些不同色彩的词章，既有隐逸心态的反映，又有节序风情的咏唱；既有应酬作寿的篇什，又有艳情咏物的作品。这些都表明他的生活是多侧面的，多层次的。这也是知人论世所不可缺少的一部分，因此本书一一作了介绍。为节省读者翻检之劳，书末附录了历代序跋、提要和《张元幹年表》，以供参阅。

如果说二十多年前词学界对张元幹的研究比较冷落的话，那么，近几年来已开始"升温"了，不只是研究、剖析芦川词的文章陆续发表,而且《张元幹研究》、《张元幹年谱》等专著相继问世,尤其是《永泰张氏宗谱》的发现,更为研究张元幹家世提供了极为可贵的史料。众多的研究新成果,促进了我的写作欲望,使我有机会更好地研讨反思,并借以补苴罅漏。限于水平,舛误之处在所难免,敬祈海内外专家、读者批评指正。

本书承唐圭璋先生亲为作序,又承马兴荣、刘乃昌两位先生热情鼓励,齐鲁出版社编辑同志的大力协助,谨在此一并表示衷心感谢。

作　者
1990年6月于南京

第一章
张元幹的籍贯与家世

张元幹是南宋初期著名的爱国词人,然而由于《宋史》无传,宋代文献资料所载其生平事迹不详,散见于宋人史籍、词选本和文章中有关其籍贯问题,说法颇不一致。这些都给后人研究带来不少麻烦。因此,如果不做一些细心的考证,就容易出现似是而非的结论。

第一节 籍贯问题

南宋人记载张元幹的籍贯有各种不同的说法,莫衷一是。归纳起来可分为以下四种:

1. 永福县人。《芦川归来集》附录王浚明跋《幽岩尊祖录》云:"永福张仲宗,国士也。"

2. 长乐人。周必大《益公题跋》卷二《跋张仲宗送胡邦衡词》云:"长乐张元幹,字仲宗。"

3. 三山人。陈振孙《直斋书录解题》卷二十一:"《芦川词》一卷,三山张元幹撰。"黄昇《中兴以来绝妙词选》卷一亦云:"张仲宗,三山人。"

4. 闽人。胡穉《增广笺注简斋诗集》卷四《送张仲宗押戟归闽中》题注:"仲宗名元幹,闽人,以将作监丞致仕。"

对于上述的不同说法,《四库全书·芦川归来集提要》采取了比较谨慎的态度:"周必大跋其送胡铨词,称长乐张元幹。睢阳王浚明跋其《幽岩尊祖录》,则称永福张仲宗。皆宋人之词,莫详孰是也。"

可见自宋以来,对元幹的籍贯问题存在着分歧。直至近代,一些词论专著、文学史和宋词选本等,仍然众说纷纭,而大多数著述采用张元幹的籍贯为长乐人的说法,如《全宋词》、《中国历史大辞典·宋史卷》等书。其实这种说法并不确切。我在1980年第2期《文学评论》上发表过《关于张元幹的籍贯问题》的短文,从张元幹祖父张肩孟及《淳熙三山志》等史料中,钩稽考证其为永福(今永泰县)人无疑。

永福县为福州属县。宋时福州沿唐人旧称为长乐郡,福州又别名三山。据此宋人称元幹为"长乐人"、"三山"和"闽人",这些说法都符合历史地名变迁的实际,不能算作失误。不过,准确地说,张元幹祖籍应该是永福县即今福州市永泰县。

第二节 家世考略

关于张元幹的家世,由于宋人文献记载甚少,而《芦川归来集》中所记叙其家世的有关诗文也不多,因此无法考查他的世系。以前我曾从南宋梁克家纂《淳熙三山志》中辑录其祖父张肩孟的大体事迹,然而对其父仕履仍不能详尽。后读官桂铨同志所撰《词人张元斡世系》一文①,始悉福建永泰县文化馆收集到明万历十九年(1591)重修《永泰张氏宗谱》(以下简称《宗谱》,清末抄本),对元斡家世才有了比较明确而系统的认识。当然,我们对于旧时所撰族谱,需要进行一番认真的鉴别,否则轻易置信,那是容易上当的。因为旧谱撰写者往往使用的不是原始材料,难免舛误;而对谱主的态度又是恪守儒家"隐恶扬善"的信条。这种缺憾在《宗谱》里同样存在,而且是不难发现的。比如张元斡的伯父张劢,在金兵围攻汴京的危难之际,他与卫仲达等五十六人,弃官而逃,后来遭到"除名勒停"的处分。这条材料在《三朝北盟会编》中是有明确记载的,可是《宗谱》中所撰《少师工部尚书惠庄公传》对此只字不提,可以说是非常典型的事例。尽管如此,这部《宗谱》早在南宋淳熙年间立谱,而且保留了宋代文献所未载的家世资料,还是有参考价值的。

从《宗谱》前页明万历十九年(1591)乡贡进士陈乐所写的《序》中,可知谱主鼻祖为张睦,固始(今属河南)人。唐昭宗时,随王审知入闽,家于侯官县十都。张元斡是其第九代孙。根据《宗谱》所撰传、志和墓志等,参照宋文献和其他有关史料,可以考见其家世如下:

一、张睦。《宗谱》有《太师梁国公传》,所记其生平行事,与《八闽通志》卷三十六和《福州府志》卷四十三记载其生平相吻合。张睦生三子:曰庑、膺、赓。

二、张庑,字居仁。《宗谱》无传志,而《八闽通志》的《张睦传》中提及"长子庑,字居仁,性孝友,……仕闽,为殿中侍御史,弹劾百辟,甚有风裁"。

三、张膺、张赓。《宗谱》内有二人合传。张赓无子。张膺生三子:长子鲁苗,次子鲁薰,三子鲁芸,迁居杭州。

---

① 《文献》1988年第4期。

四、张鲁苗。无传。生二子：长子邺，次子郁。邺无子，郁有四子：长子仁遇，次子仁纵，三子仁瞻，四子仁健。仁健有二子：长子昌泰，次子昌龄。昌龄有四子：长子肩立，次子肩孟，三子肩仲，四子肩鲁。

五、张肩孟，字醇叟。《宗谱》有《少师文靖公传》和宋郑穆所撰《张肩孟墓志铭》。《传》云："有宅一区，在流泉之中。宅西一楼未额，课诸子读书其中，夜梦神人告公曰：'君看异日拿龙手，尽是寒光阁上人。'遂榜以'寒光阁'额。后五子俱登显宦，时有'丹桂五枝芳'之语。以子贵累赠开府仪同三司，特进少师，谥文靖。"《墓志铭》又云肩孟"元祐四年（1089）十月二十有二以疾终于里第，享年七十有三"。据此可知肩孟生于真宗天禧元年（1017）。

又，《永泰县志》卷三《名胜志》："宋赠少师张公肩孟宅，在二十九都月洲有寒光阁，张渊为之记。今佚。按月洲张姓始于膺、赓二人，所居有前张、后张之别。肩孟属膺派，其宅当在省垣，意者月洲其祖屋欤？"月洲，一作半月洲。

按：张元幹《芦川归来集》卷十《大监芦川老隐幽岩尊祖事实》谓"祖少师文靖公手泽"。《祭祖母彭城郡夫人刘氏墓文》云："先祖特进，始娶刘氏，刘氏无男子，独产二女。"其《芦川豫章观音观书》又云："元幹以宣和元年（1119）三月出京师，六月至乡里，十一月乃复始行，得先祖特进手泽与外孙陈氏。盖先祖幼养于姑，长则为其婿。刘氏无男子，……今家姑暨诸父，皆林夫人子也。"这些都与《宗谱》所载是完全一致的。

又《淳熙三山志》卷二十六亦云："皇祐五年，癸巳，郑獬榜张肩孟，字醇叟，永福人，终朝散郎，通判歙州。"《永福县志》（乾隆刊本）卷一谓"半月洲在蛰龙潭之旁，形如半月，宋张肩孟居此"。

六、张劢（一作励），字深道，肩孟长子。《宗谱》有《殿撰忠节公传》和宋李光所撰《张劢墓志铭》。其《传》谓张劢"有《文笔峰书堂总录》、《文集》、《中庸论语解》，世皆宗之"。《墓志铭》云："建炎四年（1130）十一月二十二日薨于正寝，享春秋八十有三。"可知张励生于北宋庆历八年（1048）。此皆为他书所未载，然其行事亦有可补之处。

《淳熙三山志》卷二十六："熙宁六年，癸丑，余中榜张励，肩孟之子，字深道，以集贤修撰知本州，移知广州，加集英殿修撰，知洪州、建州。终中大夫。"

按：《北宋经抚年表》卷四：政和元年（1111），"四月，张励知（福州），以朝请大夫"。三年二月，"移知广州"。同书卷五：宣和元年（1119），"集贤修撰张励知（洪州）"。

以上与《芦川归来集》卷十《宣政间名贤题跋》李易所云"殿撰张公深道"相符合。

又，王明清《挥麈录·后录》卷七"米元章条"有大漕张励深道，崇宁初为江淮制置发运使的记载。

七、张勔，字臻道。《宗谱》有《中奉大夫文简公传》。据《淳熙三山志》卷二十六："熙宁九年，丙辰，徐铎榜张勔，肩孟之子，励之弟，字臻道，终朝散郎。"

又，《福州府志》卷六十"人物文苑"载："张勔，字臻道，永福人。六岁时引唐人诗咏半月洲，座客惊叹。又尝为《聚蚊赋》，以讥奸党，用是不容于世。官至朝散郎。"此条引用明何乔远《闽书》。而《永福县志》卷八"人物"所载张勔传大体雷同，唯记叙较详，如云："勔兄弟五人，皆相继登第，知名当世，居半月洲。一日，座客欲咏之，未就，勔六岁，时即诵唐人诗'谁把玉环分两片，半沉沧海半浮空'之句。客尽惊叹。"

八、张勋，字卫道。《宗谱》有《太学博士昭毅公传》，称"公讳勋，字卫道。熙宁丙子，公应文武两举，官太学博士。既通文史，复谙韬钤。倘天假之以年，其表树必有大赫奕者。竟以二十七龄赍志也,惜哉。二子恂恂善继,亦以官显,称克肖焉"。《宗谱·张肩孟墓志铭》又云:"勋,太学博士,年二十有七,先公七月而亡。"按肩孟卒于元祐四年(1089)十月,可知张勋生于嘉祐八年(1063)。

有关张勋材料为他书所未见,仅载此谱。元幹在《芦川归来集》卷十《芦川豫章观音观书》中说:"先祖凡五男子,其仕宦者四,独六伯父终于布衣。"此文作于宣和二年(1120),其时张勋早已去世,故云"其仕宦者四"。

九、张劝,字闳道。《宗谱》有《少师工部尚书惠庄公传》,但《传》中谓"元符二年进士"应作"三年"。又云:"进封少师,以工部尚书致仕。"亦有误。

按《淳熙三山志》卷二十七:"元符三年,庚辰,李釜榜张劝,肩孟之子,励、勔之弟,字闳道。历中书舍人、给事中、御史中丞,除述古殿学士,知本州,陛辞,除工部尚书,终大中大夫。"

《宗谱》和《三山志》均未提及张劝被"除名勒停"的不光彩事迹。据《三朝北盟会编》卷二十七"靖康中帙"元年正月:"尚书张劝并卫仲达、何大圭等五十六人,弃官而逃。"同书卷三十又云:"卫仲达、张劝特除名勒停,令开封府差人追捉前来。"又《宋诗纪事》卷三十五云:"张劝,字闳道,永福人。元符三年进士,历中书舍人、给事中、御史中丞、述古殿学士,知本州,陛辞,除工部尚书。靖康初避去,除名勒停。"

十、张动,字安道。《宗谱》有《龙图阁英显公传》和《题名志》,均为他书所未见,可补正史之缺漏,弥足珍贵。《传》云:"公讳动,字几道,以恩奏出身。政和间,出知建州。范汝为反,剑南骚动,公以州兵保建城,民皆安堵。后募兵剿寇,恢复数邑。疏上,当叙功而公没。剑民立祠以祀,敕赐英显庙。"

《宗谱·题名志》云:"动,后以左中大夫,直龙图阁,提举亳州明道宫,赠光禄大夫,字几道。"

按:此《传》、《志》中有误,一是"张动,字几道"。据张元幹《芦川归来集》卷十《宣政间名贤题跋》中欧阳懋和李纲跋文,皆称元幹父为"安道少卿"。李纲跋文云:"予昔与安道少卿游,闻仲宗有声庠序间,籍甚,恨未之识。今年春,仲宗还自闽中,访予梁溪之滨。"欧阳懋跋文云:"余崇宁间,与安道少卿同仕于邺(今河北临漳),公余把酒,以诗相属。时仲宗年未及冠,往来屏间,亦与座客赓唱。"

据此可知张动,字安道。《传》、《志》作"几道",乃传抄之误。

二是《传》云:"政和间,出知建州。范汝为反,剑南骚动,公以州兵保建城,民皆安堵。"这也不确。

据《宋会要辑稿·食货六九》"政和三年(1113)十月三十日,提举荆湖北路常平张动奏"云云,则知张动政和三年不在建州。

按:李心传《建炎以来系年要录》卷九:"建炎元年(1127)九月己丑,建州军乱。……守臣直龙图阁张动、提举常平公事直秘阁王浚明,婴城固守。"同书卷十一:"建炎元年十二月。初,建卒张员等既叛,统制官朝请郎王淮虽驻兵城下,未能破贼。有军校魏胜者独不从乱,颇能调护其党。至是有诏招安,员等听命。守臣张动、提举常平公事王浚明皆坐失职罢去。"

据此可见张动出知建州,时在建炎元年,并非"政和间"。而《谱》、《传》所载"范汝为反"亦误。

按:建州范汝为反叛事,史有明载。据《宋会要辑稿》兵十讨叛四,高宗建炎四年八月二十三日,臣寮言:"建州有范汝为于吉阳啸聚。诏令程迈节制诸军,专一措置。"

又《中兴圣政》卷八、熊克《中兴小纪》卷九以及李心传《建炎以来系年要录》卷三十六等,均有详细记载。所谓范汝为"反叛"一事,建州守臣为王浚明,与张动无直接关系。《宋史·高宗纪》云:"建炎四年七月辛酉,建州民范汝为作乱,命统制李捧捕之。"又云:

"绍兴元年十月壬午,范汝为复叛,入建州,守臣王浚明弃城走,辛企宗退屯福州。"至十二月,"范汝为遣叶澈寇南剑州,守臣张翥拒战,大破之"。

从以上种种史料,可知《宗谱》张动《传》中所云"范汝为反"乃"张员作乱"之误。而南剑州守臣张翥(元幹族叔),大破贼兵,"城赖以得全"(《宋史》卷三百七十九《张翥传》)。《宗谱》所载《龙图阁英显公传》之"剑民立祠以祀,敕赐'英显庙'",事与张翥相混淆,显然是张冠李戴,弄错了对象。

以上所述为张元幹先辈直系,属于张膺一支,其长子鲁苗,传为前张之祖。而张膺之兄张虎一支,其七世孙为张翥,乃元幹之族叔。《宗谱》有《龙图公事实》,甚略。据《宋史·张翥传》云:"张翥,字柔直,福州人。举进士,为小官,不与世诡随。……后守南剑州,迁福建路转运判官,未行。会范汝为陷建州,遣叶澈拥众寇南剑。时统制官任士安驻军城西,不肯力战。翥独率州兵与之战。"后"士安与州兵夹攻,大败之,城赖以全"。又"以直龙图阁知处州,荡平余寇。进秘阁修撰,卒"。

《淳熙三山志》称张翥"政和五年(1115)乙未,何㮚榜进士。建炎初,以建寇叶澈叛,守南剑州有劳,召为国子监丞,迁枢密院编修"。又云:"后南剑既立为庙,乞奏入祀典,诏赐号英显公。"

《宗谱》中张翥事迹与张动行事颇多混淆,唯《龙图公事实》谓张翥"诞生于宋元祐(原作皇祐,误)三年戊辰(1088)正月十一日巳时,卒于绍兴八年戊午(1138)四月十三日,享春秋五十一岁",可补《宋史》之失载。

至于张元幹兄弟及子孙,今可考见者有以下成员:

1. 张元□,元幹之弟,早卒。《芦川归来集》卷十《芦川豫章观音观书》云:"元幹平生坎壈,屡遘手足之衅,去家时仅存一弟,甫三岁,又夭折。"

2. 张靖，元幹长子。蔡戡《芦川居士词》序云："公之子靖，裒公长短句篇，属予为序。"（《定斋集》卷十三）

又《芦川归来集》附录其孙钦臣书云："先君昆仲三人，二居华亭，叔父知县归闽，其后未有显者。"

按：曾意丹《张元幹生平及其思想渊源考辨》一文①根据张氏族谱所提供的材料谓："靖生六子（原文作五子，显系排印之误）：钦臣、尧臣、舜臣、周臣、禹臣、汤臣。竦谱中无后，恐不确。竑生四子：巽臣、涣臣、师臣、益臣。"②而官桂铨《词人张元幹世系》一文同样写着看到了这部《永泰张氏宗谱》，但所编世系中张竑有七子："泰臣、巽臣、涣臣、师臣、益臣、震臣、清臣。"③这就使未能目睹此谱的读者感到迷惑不解了。为什么一部《宗谱》而有两种不同的数字呢？而且曾文没有提及元幹之孙钦臣所撰跋中的"信臣弟待次京局实司之"的"信臣"弟，官文则列入张劝之曾孙。这些都不能不使人产生疑惑。当然，两者之间必有一失误，这是毫无疑问的。不过，只有他们自己来校正了。

3. 张竑。《宗谱》有巽臣为其父竑所撰的《宋朝中奉大夫潼州府路转运判官提举学士借紫张公墓志》。此《志》谓："公讳竑，字成之，生于宣和四年（1122）。"又云："祖动，故中大夫、直龙图阁，赠光禄大夫。父元幹，故任朝奉郎、将作少监，赠正义大夫。"并提及张竑"卒于淳熙十年（1188）正月六日，享年六十有一"，后与妻李氏"合葬于闽县螺山之源，从先志也"。

按：《芦川归来集》附录其孙钦臣嘉定十二年（1219）所撰跋中云："今芦川为葬闽之螺山。"可知福建闽县螺山确为元幹家属所葬

---

① 该文载《中州学刊》1987年第6期。
② 同上文。
③ 见官桂铨《词人张元幹世系》，载《文献》1988年第4期44页。

之地。

据上考述,结合《宗谱》所载,列张元幹世系表如下:

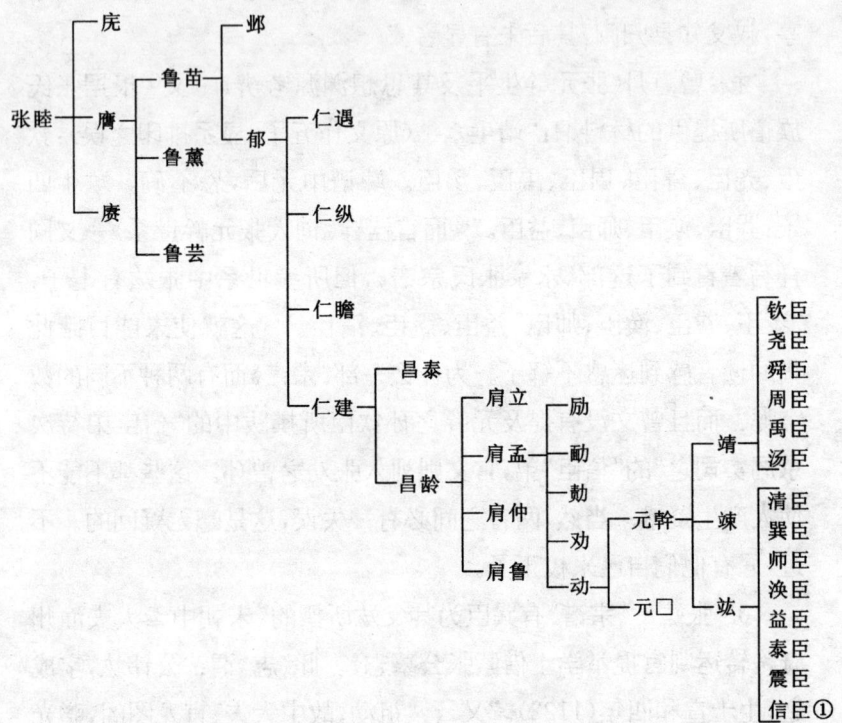

---

① 《宗谱》失载,姑系于此。

第二章

张元幹的生平事迹

张元幹,字仲宗,号芦川居士、真隐山人、真隐居士,晚年又自称芦川老人、芦川老隐。关于他的生平行事,历来记述不详。十年前,我曾写过《张元幹生平事迹考略》一文①,从《芦川归来集》和地方志、宋人文集、笔记中钩稽其身世,探奥索隐,虽有新的发现,但对张元幹晚年是否出山以及卒年问题等,仍然悬而未决。近年来,随着张元幹散佚诗文的辑录发表,尤其是《永泰张氏宗谱》的披露于世,更为深入研究其身世提供了颇有参考价值的史料,足以补正拙文之缺漏。不过有关张元幹生平的若干重要问题,仍需作进一步探讨,故有必要在此分别加以叙述。

第一节 生卒年的分歧

张元幹的生卒年问题,在前人著述中主要有两说:

一说生于宋英宗治平四年(1067),卒于高宗绍兴十三年

---

① 见《南京师范学院学报》1980年第2期。

(1143)。

另一说生于哲宗元祐元年（1086），约卒于孝宗隆兴元年（1163）。

前一说最早见于梁廷灿编《历代名人生卒年表》（民国二十二年商务版）。稍后姜亮夫《历代名人年里碑传总表》（民国二十六年商务版），亦赞同此说。1959年，姜先生曾对该书修订补充交中华书局出版，但对张元幹的生卒年表并未作修改。这种说法当时未见异议，并且一直为国内研究词学的某些著作和高等学校文科教材《中国文学史》等采用，如龙榆生《唐宋名家词选》（1955年商务印书馆版）、夏承焘、盛静霞《唐宋词选》（中国青年出版社1959年版）、唐圭璋《宋词四考·两宋词人时代先后考》（江苏文艺出版社1959年版）、胡云翼《宋词选》（中华书局上海编辑所1962年版）等。

后一说见于饶宗颐《词籍考》第113页。饶先生的著作由香港大学出版社1963年出版，大陆流传不广，故引用者甚少。

关于张元幹生年的错误，我是在六十年代初阅读《芦川归来集》时，发现了这个问题。唐圭璋先生知道后，非常高兴。他不仅对旧版《全宋词》张元幹小传中生年之误作了改正，而且还指导并鼓励我写成专文。

1962年，我撰写了《南宋词人张元幹的生卒年问题》[①]，考定其生年为哲宗元祐六年（1091）。主要证据是其孙钦臣在《芦川归来集》跋语中云："诵《甲戌自赞》而知芦川初度之年在辛未。"按：辛未，即元祐六年。

《归来集》卷十《甲戌自赞》云："芦川老居士，今春六十四。"按：甲戌，即绍兴二十四年。

---

① 见《江海学刊》1962年第8期。

又同书卷四《上平江陈侍郎十绝序》云："辛亥休官，忽忽二十九载，行年七十矣。"

同书（清抄本）《正旦本命青词》云："伏念臣甘心贫病，匿迹埃尘……太岁丙寅，冲对长生之运；元日辛未，首临本命之辰。"

同书《本命日醮词》："追此建寅之月，适临元命之辰。"

据以上所述，可知张元幹生年确为元祐六年（1091）正月初一日。

至于张元幹的卒年问题，比较复杂。我在文章中虽然说过"张元幹的卒年，尚不确"的话，但文中引用韩元吉《挽张元幹国录词》"归旐三千远，亲年八十余"，从而推断他"活了八十多岁"。今天看来，这个推测是错误的。尽管我在后来发表的《张元幹及其芦川词》(《词学》第一期)和《张元幹事迹编年》(《文史》第二十七期)文章中都作了修正，但对卒年问题仍不能确定。从现存张元幹诗文系年来看，绍兴二十九年己卯（1159）在吴兴，元幹登垂虹桥，赋《念奴娇》（己卯中秋和陈丈少卿韵）。绍兴三十年庚辰（1160），元幹作《上平江陈侍郎十绝并序》云："辛亥休官，忽忽二十九载，行年七十矣。日暮途远，恐惧失坠，辄追记平昔所得先生（指陈瓘）话言，裁为十绝句，书以献于苏州使君待制公克肖。"此后则无明确纪年的作品。

1978年上海古籍出版社出版《芦川归来集》标校本，其《出版说明》谓张元幹（1091—1160后）云云，卒年虽不作肯定，但已接近于正确。

1986年香港三联书店分店推出黄珮玉著《张元幹研究》一书，作者初步考订张元幹卒年为"绍兴三十一年（1161）"。这是可信的，所列举的三点理由也是有根据的。对照《宗谱》，其中《宋朝中奉大夫潼州府路转运判官提举学士借紫张公（竑）墓志铭》提及张竑"父元幹，故朝奉郎将作少监，赠正义大夫。"又谓竑"任满，（绍兴)二十八年授信州户曹,举主关升从政郎。在任,丁少监忧,解官"。

按:宋制一任三年,张竑于绍兴二十八年始任,并在任上丁忧,而张元幹在绍兴三十年尚有《上平江陈侍郎绝句并序》等诗歌创作,可知其卒年当在绍兴三十一年。

第二节　早年仕宦(1091—1125)

如前所述,张元幹出身于世代仕宦的家庭。祖父张肩孟进士出身,后以五子俱登科而有"丹桂五枝芳"的赞语,并且获得了"特进少师"的殊荣。因此,在家庭环境氛围的影响下,元幹自幼受到儒家文化的良好熏陶。少年时不仅胸怀大志,"有意于功名"(《归来集·戊午岁醮词》),而且能够运笔作诗。元幹幼年丧母,后随父至河北官廨。当时他的诗作已能与父亲的"座客赓唱"。据《归来集》附录《宣政间名贤题跋》欧阳懋跋云:

> 余崇宁间,与安道少卿同仕于邺,公馀把酒,以诗相属。时元幹年未及冠,往来屏间,亦与座客赓唱,初若不经意,而辞藻可观,莫不骇其敏悟。

这一段少年生活掠影,生动地表现出少年元幹既聪明活泼,又爱好诗歌的形象气质。当然,元幹早年诗作的长进,不仅来自于父辈的教诲,而且还得到了名师的传授,这位名师就是著名诗人徐俯。俯字师川,自号东湖居士。张元幹在《亦乐居士序》中说得很清楚:

> 予晚生,虽不及见东坡、山谷,而少时在江西,实从东

湖徐公师川授以句法。东湖,山谷甥也。(《归来集》卷九)

在《苏养直诗帖跋尾六篇》中又说:

> 往在豫章问句法于东湖先生徐师川,是时洪刍驹父、弟炎玉父、苏坚伯固、子庠养直、潘淳子真、吕本中居仁、汪藻彦章、向子𬤇伯恭,为同社诗酒之乐。予既冠矣,亦获攘臂其间,大观庚寅辛卯岁也。

南宋蔡戡在《芦川居士词序》中也说:

> 少监张公,早岁问道于了斋先生(陈瓘),学诗于东湖居士。

这位东湖居士徐俯是江西诗派开创人黄庭坚的外甥,而他自己也列入江西派。可知张元幹早年诗作出于江西诗派之门,其诗学是有渊源可寻的。他不仅师从徐俯,而且直接参加江西诗社的唱和雅集。至于吕本中、苏庠、汪藻等人,都是元幹南渡后的至交好友,其舅父向子𬤇,更是与之从游,往来亲密。《四库全书总目提要》称其"诗文亦皆有渊源",确是有根据的。

当然,张元幹学业的日益长进,还必须提及他在京师(今河南开封)入太学读书的经历。《宗谱·少师文靖公记》中说他"初游太学,与其同舍郎交德最深"。现在可以考述的同舍郎仅仙井何𣹰,字文缜一人。《宣政间名贤题跋》中有何𣹰跋云:"仲宗,昔予太学同舍郎。"

太学是宋代的最高学府。神宗熙宁四年(1071)推行太学生三舍法,设外舍生、内舍生和上舍生。徽宗时不仅扩充了太学名额,而且还直接从太学选拔人才。张元幹在太学为上舍生。这时他的诗词创作才华,崭露头角,并受到前辈的赞美。政和二年(1112)春,元幹在京师太学就读期间所作的《菩萨蛮》(政和壬辰东都作),就是早年的代表性词作。李纲曾在《宣政间名贤题跋》的跋语中说:"予昔与安道(元幹父)少卿游,闻仲宗有声庠序间,籍甚,恨未之识。"

后来周必大在《益公题跋》中也说:张元幹在"政和、宣和间,已有能乐府声"。

张元幹政和二年春在汴京,这是有诗作可证的。不久以上舍生登第,赴官澶渊,曾到过洛阳,还在许州(今河南许昌)拜谒了苏辙。他在《跋苏黄门帖》中说:"苏黄门顷自海康归许下,安居云久。政和二年,晚生犹及识之。衣冠俨古,语简而色庄,真元祐巨公也。已而与其外孙文骥德称相遇澶渊,出书帖富甚。"

按:苏黄门即苏辙,字子由,曾任门下侍郎。官署门下省又称黄门省。苏辙晚年定居于许州。宋徐度《却扫编》卷十云:"苏黄门子由,南迁既还,居许下,多杜门不通宾客。"而《四库全书·芦川归来集提要》谓"元幹及识苏轼,见所作《苏黄门帖》",显然是把苏辙误作苏轼。

年轻的张元幹对在许州能见到前辈苏辙是感到很荣幸的,短短的几行跋语中流露出十分崇敬的心情。后来在澶渊又与苏辙外孙文骥相遇。他们早已相识,而元幹能有幸拜谒"多杜门不通宾客"的苏辙,或许是其外孙文骥的引荐吧。元幹还有一首《洛阳陈去非自符宝郎谪陈留酒官,予时作丞,澶渊旧僚友也,有诗次韵》(《归来集》卷一)。诗题中提及陈去非为"澶渊旧僚友",这位陈去非是谁?此人即陈与义,字去非,号简斋,洛阳人。《宋史》卷四百四十五有传。据《宋史》本传云:陈与义"登政和三年上舍甲科,授开德府教授"。澶渊与开德同属一地(今河南濮阳),元幹与陈与义同时在一地做官，故称与义为"旧僚友"。政和三年八月，与义在开德作有《次韵谢文骥主簿兼示刘宣叔》诗一首。可见与义亦相识文骥，其时元幹任职不详，而文骥任开德府主簿。《陈与义年谱》卷一谓"元幹此时亦在开德，《跋》中所称文骥当即谢文骥，则文骥乃苏辙外孙也"①。这里把陈与义感谢文骥主簿的题意，理解为姓谢，名文骥，确是一个小小的失误。

这里还需要提出的是张元幹早年的官职问题。《四库全书·芦川归来集提要》称元幹"徽宗时已仕官，钦宗时已贬谪，但不知尝为何官耳"。从元幹作诗称陈与义为"澶渊旧僚友"，又在《高尚居士》诗中说"往在澶渊过我家"，可知他在政和年间任职澶渊，大约在政和末离任回到京师。那么元幹在汴京担任什么官职呢？据《归来集》附录《芦川豫章观音观书》中说："元幹以宣和元年（1119）三月出京师，六月至乡里。十一月乃复始行，得先祖（肩孟）特进手泽于外孙陈氏。"在《祭祖母彭城郡夫人刘氏墓文》中又说："元幹获缘职事，道过墓下，剪伐荆棘，扫除阡隧，并得翁媪之坟祭拜焉。……宣和元年八月初吉，孙元幹记。"这就表明张元幹返乡是"获缘职事"，然不详其官职。

张元幹在宣和年间的行踪不定，大概是因为职务关系，曾频繁地奔走于各地。今可考见的事迹，除邀请当时名流如陈瓘、游酢、杨时、李纲、苏庠等为其先祖手泽题跋外，还值得提出的有以下几件事：

一是在宣和二年（1120）春，元幹至南康（今江西南康县）山中拜陈瓘了堂先生为师。据《归来集》卷四《上平江陈侍郎十绝并序》云："宣和庚子年，获拜先生（陈瓘）于南康，留山中者久之，蒙跋大父手泽。"

---

① 白敦仁著《陈与义年谱》卷一，第31页，中华书局1983年版。

同书卷九《跋了堂先生文集》云："宣和庚子春,拜忠肃公于庐山之南,陪侍杖屦,幽寻云烟水石间者累月,与闻前言往行,商榷古今治乱成败,夜分乃就寐。"

张元幹在《祭少师相国李(纲)公文》中亦云："往在宣和庚子,拜了堂先生庐山之南。心知天下将乱,阴访命世之贤。先生指公曰:'讳言久矣,乃者巨浸暴溢(指京师大水),都邑震惊。阴盛,兵象也,贵臣方负薪临河,有柱下史(指李纲)叩头陛下,愿陈灾异大略。胸中之奇曾未一吐,已触鳞远窜矣。异时真宰相也!吾老不及见矣,子盍从之游?'"(《梁溪先生全集》附录)

按:陈瓘,字莹中,号了斋,卒谥忠肃。著有《了斋词》、《了堂先生文集》。《宋史》卷三百四十五有传。张元幹后来追随李纲是接受了陈瓘的指教。

二是元幹在宣和五年(1123)夏,应约和陈与义、吕本中等十四人,同游东都慧林寺,避暑于资圣阁,分韵赋诗。据《芦川归来集》卷九《跋苏诏君楚语后》云:"顷在东都,一日,陈去非、吕居仁诸公同予避暑资圣阁,以'二仪清浊还高下,三伏炎蒸定有无',分韵赋诗,会者适十四人。"

又陈与义《简斋诗集》卷十一《游慧林寺以三伏炎蒸定有无为韵,得定字。是日欲逃暑阁下,而守阁童子持不可》诗。题中所称"逃暑阁下",即元幹跋中所云"避暑资圣阁"。

按:慧林寺在汴京相国寺内。孟元老《东京梦华录》卷三:"相国寺每月五次开放。……寺三门阁上并资圣门。"又云:"寺内有智海、惠(慧)林寺、宝梵、河沙(疑误)东西塔院。"又,李濂《汴京遗迹志》卷十:"相国寺在县治东,本北齐建国寺……唐睿宗以旧封相王,初即位,因赐额为相国寺。玄宗天宝四载,建资圣阁。"

据清周城《宋东京考》卷十四云:"相国寺在府治东北大宁坊……明皇天宝四载,建资圣阁,东塔曰普满,西塔曰广愿。"又谓宋时"元丰中,增建东西两厢,又立八院,东曰宝严、宝梵、宝觉、慧林,西曰定慈、广慈、普慈、智海"。

三是在宣和六年(1124)春,元幹三十四岁,自闽北返京途中,过梁溪(今江苏无锡),拜访李纲。"历论古今成败,数至夜分,语稍洽,爰定交焉"(元幹《祭少师相国李公(纲)文》)。此年元幹与李纲相识定交,不久任其属官。

据《芦川归来集》附录《宣政间名贤题跋》李纲宣和甲辰(六年)跋云:"今年春,仲宗还自闽中,访予梁溪之滨。听其言鲠亮而可喜,诵其文清新而不群,予洒然异之,然未敢以是知仲宗者。……别未几,仲宗复贻书勤勤,以其大父手泽诸公所跋示予,且求一言。"

四是在宣和七年(1125),中秋后,元幹至陈留(东京开封府属县,在府东少南五十里),任陈留县丞。这是元幹在宣和年间所任官职的明确记载。是年冬,元幹与旧僚友陈与义在陈留作诗唱和。

按:陈与义于宣和六年冬,坐王黼累,自符宝郎谪监陈留酒税。七年春至陈留南镇,是年冬作《入城》诗:

> 竹舆声伊鸦,路转登古原。孟冬郊泽旷,细水鸣芦根。雾收浮屠立,天阔雁鸿奔。平生厌喧闹,快意三家村。思生长林内,故园归不存。欲为唐衢哭,声出且复吞。

陈与义又作《招张仲宗》诗:"亦有张侯能共此,焚香相待莫徐驱。"(与《入城》均见《简斋诗集》卷十四)而张元幹《归来集》卷一《洛阳陈去非自符宝郎谪陈留酒官,予时作丞,澶渊旧僚友也,有诗次韵》云:

> 寒水绕近廓,栖鸦蔽高原。映带幽人居,暝色起草

根。衡门东南开,浊河日夜奔。所喜古堤月,初出烟江村。不入城市久,懒访亡与存。羡子了万事,坐以一气吞。

以上是张元幹在宣和年间的主要踪迹。随着国事的急剧变化,他在钦宗靖康元年(1126)的任职出现多次变更,并在短时间内遇到了出乎意料的悲剧命运。

徽宗宣和七年冬十二月,北方女真族金统治者分兵两路向北宋境内大举进攻。昏庸无能的徽宗赵佶不知所措,急忙传位于太子赵桓,是为钦宗,而自己准备出逃避难。钦宗靖康元年(1126)正月,东路金兵渡过黄河,旋即围攻汴京。正当国事危急之际,徽宗出逃东走,朝廷上下震惊,一些贪生畏死的官僚,如"尚书张劝并卫仲达、何大圭等五十六人,弃官而逃"(《三朝北盟会编》卷二十七)。钦宗任命尚书右丞兼知枢密院事李纲为东京留守、亲征行营使,而自己亦想出逃,后经李纲拦驾力谏方止。就在金兵侵犯京师的危难时刻,张元幹闻讯后立即从陈留赶到东京,投身李纲幕府任其属官,并上却敌书,见《芦川归来集》侄孙张广序。这种大胆果断的爱国行动,就如晋潘岳《西征赋》中所说:"临危而智勇奋,投命而高节亮。"如此壮举与那些"弃官而逃"者形成了何等鲜明的对照!当然张元幹从军抗战是有一定的思想基础的,他在少年时就曾立下过从军的壮志:"少年时,壮怀谁与重论?视文章真成小技,要知吾道称尊。奏公车治安秘计,乐油幕谈笑从军。……整顿乾坤,廓清宇宙,男儿此志会须伸。"(《陇头泉》)如今美好的憧憬已成为战斗的现实。他奋力参加保卫京城的战斗。在金兵围城攻打的危急之时,元幹陪同李纲登上城楼,昼夜巡视,冒着如猬刺一般密集飞来的箭矢,指挥军民,奋勇抗金。对于这一段难忘的抗敌督战的经历,元幹后来在《祭少师相国李公(纲)文》中有形象感人的生动追叙:"(李纲)建亲征之使名,总行营之兵柄,辟置掾曹,公不我鄙。引承人乏,值围攻危急,羽檄飞驰,寐不解衣,而餐每辍哺,夙夜从事,公多我同。至于登陴拒敌,矢集如猬(猬)毛,左右指麾,不敢爱死。庶几助成公之奇勋,初无爵禄是念也。"

又据胡仔《苕溪渔隐丛话·后集》卷三十六引《诗说隽永》云:"李(纲)伯纪为行营使,时王仲时、张仲宗俱为属,王颀长,张短小,白事相随。一馆职同在幕下,戏云:启行营,'大鸡昂然来,小鸡竦而侍'。"由于张元幹协同李纲夙夜从事督战抗敌,因此受到了钦宗的器重。《宗谱》中《张氏题名志》有一则元幹小传云:"元幹,朝议大夫将作少监,充抚谕使,宋□(原空缺,当为钦字)宗赐金牌书云:'虽无銮驾,如朕亲行。'"

这是一条前所未见的历史资料。据《宋史》卷一百六十七《官职志》谓:"抚谕使掌慰安存向,采民之利病,条奏而罢行之,亦不常置。建炎元年(1127),帝(高宗)谓辅臣曰:'京城士庶,自金人退师,人情未安,可差官抚谕。'于是以路允迪、耿延禧为京城抚谕使,此置使初意也。"

近年出版的《中国历史大辞典·宋史卷》(第173页)也认为"建炎元年(1127),始设京城抚谕使"。而张元幹充抚谕使则在钦宗靖康元年,因为高宗建炎元年元幹已经离开汴京,流寓江南,不可能在京城任职。据此可知这条史料所载与《宋史·官职志》的记载不相符合,又缺乏其他文献资料佐证,故只能存疑待考。

张元幹在李纲幕府中与金兵浴血奋战的英勇事迹,过去没有引起人们的注目,这是受到资料不足的影响,确是一件憾事。由于李纲和张元幹一道登城督战,率领军民奋力抗敌,金兵数次攻城均遭惨败,损兵折将,方知城中早有准备,于是采取退师议和、以待时机卷土重来的策略。当时朝廷遣使议和,金人提出的条件是,除了索取所谓犒赏金银外,还要割太原、中山、河间三镇,并以亲王或宰相为人质。对于这样苛刻的条件,钦宗一时拿不定主意,召集百官商议。这时赞许割三镇以议和的官员不胜其多,而李纲与张元幹等则是坚决反对,然而力争无效。实质上钦宗内心畏惧,完全接受"割三镇"、"赔银两"、"质亲王"的屈辱条件,以求一时苟安。金兵退却,汴京解围后,张元幹怀着沉重的心情写了一首五律《丙午春京城围解口号》诗:

> 戎马来何速,春壕绿自深。要知龙虎踞,不受犬羊侵。九庙安全日,三军死守心。倘为襄汉幸,良复见于今。

这首反映国难的悲歌,充分表现了作者对靖康之变的爱憎心态。"九庙"两句颂赞李纲率三军死守保卫汴京的爱国壮举。结末两句大胆谴责宰相白时中等劝钦宗弃城逃避襄、邓的可耻行径。诗中所流露出关注国事的沉郁格调,表明了他的诗歌创作内涵,已随着时代的剧变,深入地反映了社会现实的重大事件。

靖康元年四月,张元幹任兵房。据《靖康要录》卷五载,是年四月九日,少宰吴敏奏:"伏望明诏宰执,置司辟属,遵上皇诏旨,取祖宗旧法,悉加讨论,复其宜于今者。"又云:"奉圣旨,依奏置司讨论。既而诏少宰吴敏,太宰徐处仁各荐旧官十员,仍差宰臣充详议提举官。徐处仁踏逐到吕本中、范宗尹为吏房。……张元幹(按《丛书集成》本刊作'先幹',误)为兵房。"

朝廷自金兵退却以来,置边事于不问,亦无御敌之准备,而宋与金的战争状态并未消除,太原仍然被金兵围困。这时大臣之间主和与主战的矛盾又趋激化。李纲忧虑国事,数次上书陈述御敌备边之策,皆因主和者的种种阻挠而不能实施。是年六月又以李纲为河北河东路宣抚使。据《宋史》卷三百五十八《李纲传》:"时太原围未解,种师中战没,师道病归。南仲曰:'欲援太原,非纲不可。'上(钦宗)以纲为河东北宣抚使。"秋七月,李纲赴两河,而到了八月,又以种师道为两河宣抚使,召还李纲。九月间,金人围困年余的太原终于被攻陷,形势危急,而朝廷主和者又得势起来,主战者屡遭贬谪。此时李纲"除观文殿学士,知扬州,纲具奏辞免。未几,以纲专主战议,丧师费财落职"(《宋史》本传)。

李纲以主战的罪责而被贬,张元幹也蒙上这个罪名而同时遭贬。元幹在《祭少师相国李公(纲)文》中怀着沉痛的心情写道:"是岁(靖康元年)秋九月,卒与公同日贬,凡七人焉。"

这是元幹获"罪"遭贬的比较具体的记载。他在《上张丞相(浚)十首》诗中也说:"罪放丙午末,归来辛亥初。"可知张元幹是在靖康元年九月因主战而获罪的。在这个莫须有的"罪名"里渗透着诗人不堪宗社耻辱的满腔爱国热血。

第三节　中年致仕(1126—1131)

张元幹遭贬后,离开汴京漂泊南下。靖康元年冬,他舟行至淮上,始闻汴京陷落,徽、钦二帝被掳北去。神州陆沉之哀痛,权奸误国之可恨,使他肝胆欲裂,悲愤填膺,奋笔写下了《感事四首丙午冬淮上作》五律组诗。其三云:

戎马环京洛,朝廷尚议和。伤心闻徇地,痛恨竟投戈。始望全三镇,谁谋弃两河!甲兵无息日,吾合老江波。

其四云：

> 肉食贪谋己，几成国与人。珠旒轻遗敌，玉册忍称臣。四海皆流涕，三军盍奋身？不堪宗社辱，一战靖烟尘。

诗中抒写身遭亡国之痛的感情和欲挽狂澜、为国雪耻的强烈愿望，表达了北宋爱国臣民的共同心声。

是年冬末，元幹自淮上经建康（今南京）至镇江，与刘质夫、苏粹中同宿焦山寺。他在《跋江天暮雨图》中说："忆丙午之冬，吾三人者，苏粹中在焉。情文投合，皆亲友好兄弟。尝绝江同宿焦山兰若，夜涛澎湃声入梦寐中。"

高宗建炎元年（1127）春天，元幹避乱过云间（今上海松江），访黄锾。锾，字用和，福建浦城人，政和五年（1115）进士。靖康初，李纲宣抚河东，曾辟黄锾为僚属，元幹与之相识，故在此作客，有七律《过云间黄用和新園》，诗有云"客来留得共徜徉"。这与元幹在《跋江天暮雨图》中所云"刘质夫，建炎初与余别于云间"相吻合。至于诗中有"故园怪我归何晚，避地输君乐未央。待得功成方卜筑，岂如强健享风光"之语，可见其内心已萌生欲归故园之念，不过在战乱动荡中还不可能去领略家乡美好的风光。

不久，张元幹离开云间来到临安，寓居西湖，作有《丁未岁春过西湖宝藏寺》诗。是年夏，又作《满庭芳》（为赵西外寿）词。按：赵西外，即宗室赵仲浞，生于神宗熙宁六年（1073）。词上片云：

> 玉叶联芳，天潢分润，寿筵长对熏风。间平襟度，濮邸行尊崇。忠孝家传大雅，无喜愠、一种宽容。芝兰盛，彩衣嬉戏，亲睦冠西宗。

这首词的结尾云:"龙光近,星飞驿马,宣入嗣王封。"据《宋史·宗室濮王允让传》:"汴京失守,康王即帝位于南京(今河南商丘县),仲湜由汉上率众径谒。时嗣濮王仲理北迁,乃诏仲湜袭封。"又李心传《建炎以来系年要录》卷六:"建炎元年六月己未朔,庚申,皇叔祖、靖康军(按《宋史》作'靖海军')节度使、知西外宗正事仲湜为开府仪同三司,封嗣濮王。"而叶绍翁《四朝闻见录》甲集《恭孝仪王大节》条谓赵仲湜生辰乃四月二十九日。可知此首寿词为赵仲湜封嗣濮王后所作。

这年秋八月,临安发生兵乱,当时元幹在杭州,家藏秦观《访龙井辨才师行记》手稿,字画遒媚,深有二王楷法,因八月初兵乱而亡失(《跋少游帖》)。他在《跋山居图》中又说:"建炎初载,秋八月,钱塘营卒婴城作乱。官军四集矣,临川王叔毅为新城令,提乡兵来,旗帜精明,号令甚武。一日,服短后衣,投刀入真承祖寨,陈攻打破贼策,尤觉眉目有英气。是时,坐上见所持湖山形势,水墨写成,自云戏笔也,浓淡远迩,历历可观。予始知叔毅善画。"据《建炎以来系年要录》卷八记载,这次杭州兵乱,自八月初一暴发,至十二月始讨平,历时四月之久。元幹因避乱而离杭,流落在江浙一带。

建炎二年(1128)夏秋之际,元幹在太湖附近遇见少年时师从学诗的徐俯。他们相逢在战乱动荡的艰难岁月里,不禁悲喜交加,感慨万千。他陪同徐俯泛舟太湖,心中顿时涌起一股"百二山河空壮,底事中原尘涨,丧乱几时休"的无限悲愤的情绪,写下了一首直抒胸怀的《水调歌头·同徐师川泛太湖舟中作》。

是年十一月,元幹在离乱漂泊中又与江端友相逢。江端友在十一月十七日为元幹祖父手泽题跋,对其尊祖之用心和行事深表仰慕与敬佩。到了仲冬时节,元幹又在无锡梁溪,与李纲诸弟李维、李经从游。李维,字仲辅;李经,字叔易,兄弟二人在梁溪拙轩同观元幹所出示的李纲题跋,并题名于后,元幹与他们酬唱颇多。

事隔不久，金兵又大举南侵。建炎三年(1129)二月，高宗获悉金兵已攻占天长，立即狼狈出逃，从瓜洲渡口坐小船过江，逃往镇江府，后从镇江南逃至杭州。这一可悲事件，震动朝野，高宗迫于舆论，遂将黄潜善和汪伯彦罢职。三月初，任命朱胜非为尚书右仆射兼御营使，后又任命王渊主管枢密院事。王渊因结权宦官而骤入签书枢密院事，引起了诸将的不满。将官苗傅、刘正彦利用军民的愤恨不满情绪，发动兵变，不仅杀死了王渊和作恶多端的宦官康履等人，而且迫使高宗退位，立三岁的皇子为皇帝，改元明受，由孟太后垂帘听政。后由于张浚、韩世忠等抗金名将起兵声讨，四月初平定叛乱，高宗复位，任命吕颐浩为宰相，张浚主管枢密院事。这次兵变以后，张元幹写了一首《返正》诗，其结尾云："鲸鲵终必戮，草木已知生。"当高宗复位时，苗傅、刘正彦出逃，尚未缉捕，故有此言。后苗、刘在五月间被韩世忠擒获，七月伏诛。元幹诗中所云"鲸鲵终必戮"是有远见的。

  这一年秋天，元幹在湖州避乱，目睹国事危急，山河破碎，一腔悲愤，喷薄而出，遂赋《石州慢·己酉秋吴兴舟中作》。是年，他在浙江避乱中与挚友王铚(字性之)不期而遇。当时元幹写下了一首《喜王性之见过千金村》诗，其中有"喜复相逢乱世中"和"三年流落转途穷"之句。张元幹从靖康元年(1126)离乱算起，三年流落后相遇，则此诗应作于建炎三年(1129)。千金村在浙江归安县东南，属湖州。葛立方《归愚集》卷十九《大人游千金访张仲宗，以守舍不得侍行，用仲宗韵》诗云："闻道千金好，幽人已定居。"可知元幹此时已寓居湖州千金村。诗中又云："旅泊未妨酒，长饥犹著书。"这里"长饥"两字透露出元幹在颠沛流离中常常因缺粮而受饥挨饿，过着"无米糁藜羹"的极其贫困的生活。这种艰难困苦的情景，葛立方之父葛胜仲在《次韵张仲宗元幹绝粮》五首诗中有着形象具体的描述：

高贤往往突不墨,造化从来一小儿。
　　执戟逐贫曾有赋,柴桑乞食岂无诗。

　　二顷无田空好岁,四郊多垒已仍年。
　　遥知壁立书生舍,只有溪藤与麝烟。

　　飘蓬闻说旅途穷,我亦枯鱼困辙中。
　　裹饭独期来见客,一杯当卜与君同。

　　冠玉何因常瓮牖,身名未泰少安之。
　　雀罗忽枉黄金弹,惊怖还应震失匙。

　　中台宏议裨初政,学省雄文畏后生。
　　不悟宦游成左计,只今无米糁藜羹。

——《丹阳集》卷二十二

　　非常可惜的是,张元幹的《绝粮》五首原诗不见于今存的《芦川归来集》中,大概早已散佚,但从上引的五首诗中可以窥见其南渡初期旅途穷困的生活处境。

　　建炎四年(1130),元幹在湖州,曾过白彪访沈珰,感慨国势日削,作《过白彪访沈次律有感十六韵》诗。

　　按:沈珰,字次律,自号柯田山人,沈与求之兄,湖州德清人。沈与元幹有深交。

　　沈珰在宣和年间以学士奉使燕云,正值金兵犯边,被扣留,后逃归。南渡后在湖州德清县东北之柯田山筑新居归隐。当时张元幹写过一组《冬夜有怀柯田山人》四首诗,其中有"闻说新居好,山樊卜筑深","坐阅干戈扰,输公已定居"等句。在这组诗中也流露出作者"故山常入梦,何日到吾庐","自怜归未得,不是白头新"的思乡归隐的情绪。这种日夜思归的心态,不时地从他的笔端流泻出来，如《次赵次张见遗之什韵》："海边游子日思归。"《乱后》诗中也说："乱后今谁在？年来事可伤。云深怀故里，春老尚他乡。"而沈与求兄弟对他日益增长的思归心绪非常同情，沈与求曾作《张仲宗有诗怀归因次其韵勉之》诗加以规劝：

> 相逢无日不怀归，又是春山听子规。
> 休叹豺狼迷道路，似闻貔虎仆旌旗。
> 那从薄俗求青眼，还向高堂念白眉。
> 南望孤云应目断，殊方岁月易推移。
> ——《龟谿集》卷三

张元幹"无日不怀归"的强烈情绪是怎样形成的？如果说是因为离乱途中绝粮、生活困顿而引起的心思，恐怕不是主要因素。那么，究竟是什么原因促使元幹决意辞官归隐呢？从他所作《建炎感事》长篇五古诗可以窥见其中的复杂因素，诗云：

> 乾坤忽震荡，土宇遂分裂。杀气西北来，遗毒成僭窃。议和其祸胎，割地亦覆辙。……于今何势殊，天工狩明越。诸镇本藩翰，楚破阍城血。翠舆复东巡，蹈海计愈切。诏下散百司，恩许保妻妾。瞻彼廉陛尊，孰与壮班列？……

据《宋史·高宗纪》所载，建炎三年十月，高宗逃至越州，不久金追兵逼近，十二月初高宗又从越州逃至明州（今浙江宁波），后又定策航海避敌。这时张元幹曾追随高宗至海边，然因遭谗受谤而得罪，幸赖翰林学士汪藻力救始免，故诗中又云：

> 故山盍早归,岂忧践霜雪?作意海边来,初非事干谒。责我卖屋金,流言尚为孽。汪公德甚大,游说情激烈。力救归装贫,一洗肝肺热。如公趋急难,正似古豪侠。行藏道甚明,亲养志先决。去矣第三间,无问衣百结。他时期卜邻,此日尤惜别。请以兄事公,尺书未宜缀。

据《建炎以来系年要录》卷二十九,谓高宗乘船入海时,"给事中兼权直学士院汪藻以不便海舶,请陆行以从,许之"。诗中"汪公",即指汪藻。在高宗入海避难时,汪藻陆行以从,所以张元幹能与之相叙话别:"他时期卜邻,此日尤惜别。"问题的症结在于,他受什么事情的牵连而遭谗?因为这种诬陷打击使他心中遭到极大的伤害。在《次韵刘希颜感怀二首》诗中还一再提及:"避谤疏毛颖,推愁赖索郎(指名酒)。"在《次韵奉送李季言四首》诗中又说:"我辈避谗过避贼,此行能饱即须归。"这里的"避谤"与"避谗"的具体内涵究竟指什么?从现存《芦川归来集》和有关宋人文献资料中难以找到明确的答案。而这首《建炎感事》诗中"责我卖屋金,流言尚为孽"两句则透露出一点消息。他在《解嘲示真歇老人二首》诗中亦云:"世人多大屋,争笑卖吾庐。"尽管对"卖屋金"一事不详原委,但此事的流言蜚语与他的遭谗是有密切联系的。由此可见,张元幹是在屡遭诽谤的逆境中萌生怀归之念的,但当时并未付诸行动,而在建炎四年(1130)作此诗时,遂有"行藏道甚明,亲养意先决"之语,表明他此刻的归隐之志,不仅是心如铁石,而且言行一致。第二年,即绍兴元年辛亥(1131),张元幹就毅然辞官归里了。明毛晋《芦川词跋》中说他"不屑与奸佞同朝,飘然挂冠"。是年,元幹四十一岁,以右朝奉郎致仕。南宋胡穉在陈与义《送张仲宗押戟归闽中》诗注谓元幹"以将作监丞致仕"。张元幹休官归故里一事,在他诗文中有明确记载,如《上平江陈侍郎十绝》序云:"辛亥休官。"《上张丞相十首》诗云:"罪放丙午末,归来辛亥初。"其《祭少师相国李(纲)公文》中云:"辛亥至己未(绍兴九年),九载之内,公多居闽。"稍后蔡戡在《芦川居士词序》中亦云:"少监张公……年未强仕,挂神武冠。"以上可知张元幹在强仕之年休官归里,这是由特定历史条件下诸多复杂因素造成的。

第四节　归隐后的忧国意绪(1131—1156)

绍兴元年初,张元幹辞官归里,途经山阴郡(今浙江绍兴),曾作《次韵送友人过山阴郡,时夜别于舟中》诗。其中有"涛江君去访秦望,丘壑我归为楚狂。活国未逢三折臂,忧时空转九回肠"之句,可见他虽然决心归隐,但是神州陆沉之痛,更加深了他忧愁国事之心,使他归隐后虽然徜徉泉石,而没有遁迹山林,过着"不食人间烟火"的与世隔绝的生活。蔡戡在《芦川居士词序》中说他"挂神武冠"后,又喜作长短句,其忧国爱君之心、愤世嫉邪之气,间寓于歌咏。可以说是元幹归隐后心态的集中概括。当然,这不是说他没有思想矛盾和苦闷,从他"投闲廿年"来的诗文创作中足以窥见这种深藏内心的痛楚。

绍兴元年底,张元幹回到福州,从此"世乱畏途归罢休",渡过了漫长的闲居岁月。第二年春正月,元幹友人邓肃,字志宏,里人辛炳,字如晦均为元幹祖父手泽题跋。到了五月三十日,避寇福唐(今福建福清县)的邓肃不幸病卒。元幹与友人宇文师瑗、张世才、王时等共十六人,致祭亡友左正言(谏官)邓志宏亡灵。元幹撰有《诸公祭邓正言文》,祭文中称颂邓肃"雅欲正色而立朝,率由直道而事君。始也风刺,名重诸生,几中于奇祸,坐为谏臣。耻卖友以自售,宁甘心而守贫。故其放斥流离,一寓意于杯酒,悲歌慷慨,时托兴于诗文。浇胸中块垒不平之气,同世间陆沉未遇之人"。据《宋史·邓肃传》所载,"李纲见(肃)而奇之,相唱和,为忘年交"。又称邓肃入太学后,"时东南贡花石纲,肃作诗十一章,言守令搜求扰民",而被除名。"钦宗时召对便殿,补承务郎,授鸿胪寺簿"。南渡后擢左正言。李纲罢相,邓肃上奏极言其不当罢,触怒执政而被罢归。在家侍奉久病未痊的老母,"积忧成病,反丧盛年"。因此元幹为失去这位挚友而心折涕陨,悲恸不已。

绍兴十六年(1146),元幹在《丙寅自赞》中说:"这痴汉,没思算。初乏田园,却懒仕宦。"又云:"投闲二十余年,善类干烦殆遍。"可知他闲居后的交游是非常广泛的,而所结交的"善类",大多数是刚正不阿的主战人士,其中有的直接遭到权奸秦桧的残酷打击和长期迫害,但可以说没有一位是泯灭良知、屈膝投靠的。最有代表性的是胡铨,将在下章作具体解说。此外有李纲、张浚、折彦质、邓肃、辛炳、李弥逊、向子諲、富直柔、叶梦得、王以宁、吕本中等等,从元幹与他们的交游酬唱中显示出"同声相应,同气相求"的自然结合。当然,对于自称"隐逸之民"的张元幹来说,在他长期闲居的生涯中,自我超脱的心态是有发展变化的。大体上说,退归后至绍兴中期,对于国家命运的热切关注,仍然在他心中占着主导地位,而在后期则流露出更多消沉的压抑情绪。他在绍兴八年(1138)所作的《戊午岁醮词》中说:

少有志于功名,壮适丁于离乱。去国门者逾一纪,脱班簿者将十年。非不贪厚禄以利妻孥,私忧四海之横溃;非不好美官以起门户,痛愤两宫之播迁。忍耻偷生,甘贫削迹,挂衣冠而不顾,辱沟壑以何疑?

这里"私忧四海之横溃"和"痛愤两宫之播迁"的感情，与他在《次韵陈德用明府赠别之什》中所写"小隐故山今去好，中原遗恨几时休"和《信中、居仁、叔正皆有诗，访梅于城西，而独未暇，载酒分付老拙，其敢不承》诗中所说的"只今流落天南端，怅望中原莫回首"等一样，都渗透着神州陆沉之痛的忧伤情绪。这种心态在挂冠后"意气相投共杯酒"的交游中有着强烈的反映。

首先是与李纲在福州的交往十分密切。

李纲从什么时候起寓居福州的？据杨希闵《李忠定公年谱》所载，李纲在"建炎四年（1130）庚戌，自岭表访家鄱阳，未几挈家还邵武（今福建县名）"。而李纲在《松风堂记》中说得更具体："梁溪病叟（李纲自称）蒙恩归自海上，绍兴辛亥之夏（1131）始挈其孥寓居长乐之天宁寺。"（《梁溪先生文集》卷一百三十三）今存福州鼓山摩崖题刻中有李纲于绍兴元年五月二日的手迹原文："昭武李纲伯纪邀华阳王仲嶷丰甫、建溪吴岩夫民瞻、临川陈安节巽达、淮海周灵运元仲，游鼓山灵源洞。丰甫之子升叔明、伯纪之弟经叔易、纶季言、甥张津子知同来。绍兴元年五月二日。"

从这幅石刻文字中可知李纲确在绍兴元年寓居福州。那么张元幹与李纲在福州交往的具体情景又是如何呢？他在《祭少师相国李公文》中沉痛地追忆："流落倦游，回首十有四载于兹矣。中间丁未（建炎元年）至庚戌（建炎四年），公入秉钧衡，归自岭海。而仆阻于江湖，有如参商。辛亥（绍兴元年）至己未（绍兴九年），九载之内，公多居闽。岁时必升公之堂，获奉觞豆。间乃登高望远，放浪山巅水涯，相与赋诗怀古，未尝不自适而返，若将终焉，无复经世之意。迨夫酒酣耳热，抚事慷慨，必发虞卿、鲁仲连之论，志在忧国。"

这是南渡以来元幹归隐后与李纲兄弟过从密切的形象概括。"抚事慷慨"而"志在忧国"是他们共有的浩气与心态。在《芦川归来集》中载有元幹的唱和诗作《李丞相生朝三首》五律、《李丞相生朝》五言排律一首和《李丞相生朝三首》七律，还有《游东山二咏次李丞相韵》、《再和李丞相游山》、《用折枢韵呈李丞相二首》等。此外有《贺新郎》(寄李伯纪丞相)词一首。绍兴十年(1140)正月十五日，一代主战名臣李纲病逝于福州。张元幹"闻讣之日，若噩梦然，不知涕泣之横集"(《祭少师相国李公文》)。他怀着万分沉痛的心情写下了《挽少师相国李公五首》，另外写了两篇感情真挚的悼念文章。还有一篇《追荐李丞相设斋疏》。两篇感人至深的祭文为《芦川归来集》所缺佚，幸而保存在李纲《梁溪先生全集》的附录中，祭文前原有"张致政"三字，当为后人所加，其末云："畴昔公之在廊庙，犹仆之在幕府，虽大小殊途，贵贱异势，其为出处、龃龉略相似焉。公今云亡，殆将安仰？几筵肆设，恍惚平生。读公遗稿，永无负于国家；视仆孤踪，果何报于知遇？幽明之中，宾主不愧。皇天后土，实闻此言。抆血填膺，公其歆止。呜呼哀哉，尚飨！"

这两篇祭文不仅反映了张元幹的生平思想和人格力量，而且表明了他与李纲的密切关系和深厚的情谊。

元幹的挚友除李纲兄弟外，还有吕本中(1084—1145)。吕字居仁，号紫微，世称东莱先生。他是元祐宰相吕公著的曾孙，与元幹为早年相识的好友。在大观年间，即与吕本中、苏坚、苏庠、潘淳、洪刍、汪藻、向子諲等江西派诗人，"为同社诗酒之乐"(《苏养直诗帖跋尾六篇》)。南渡后，吕本中历尽艰辛，流离避难至福建，因此得以与元幹相聚。今《芦川归来集》中与吕有关的有七律一首、五律一首和《水调歌头》(送吕居仁召赴行在)词一首。而吕本中《东莱诗集》有给元幹的诗作四首，其中《再简范信中兼呈张仲宗》诗云："酒肉虽勤主人费，且幸吾尚频相过。"而张元幹所作的答诗《信中、居仁、叔正皆有诗，访梅于城西，而独未暇，载酒分付老拙，其敢不承》，有"十年丧乱岂记忆，一见新诗心目惊。平生公辈真好友，意气相投共杯酒。只今流落天南端，怅望中原莫回首"等语,可见他们之间的交往频繁、友谊深厚。尽管他们"强读文书不补饥,只今一饱尚难期"(吕本中《渴雨简张仲宗》二首之一),受到饥饿贫困的威胁,然而内心一直没有忘却中原的遗恨,并且埋藏着对国家命运的忧虑。绍兴六年(1136)四月,当吕本中召赴行在时,张元幹作词相送,面对"干戈未定,悲咤河洛尚腥膻"的战乱动荡的形势,希望他这次入朝能匡扶国事,为主战而出谋划策,所以提出了"愿数中兴年"的愿望。吕本中入朝后虽特赐进士出身,擢起居舍人,后迁中书舍人兼权直学士院,并力主恢复,反对议和,但由于高宗主和,权奸当道,终因触怒秦桧而遭罢免。

在元幹闲居期间所结交的"善类"中,还值得提出的是南宋名将张浚(1097—1164)。张字德远,号紫岩,世称紫岩先生。《宋史·张浚传》说他"亲见二帝北行,皇族系虏,生民涂炭,誓不与敌俱存,故终身不主和议"。他不仅在绍兴初年经略关、陕,牵制了西北的金兵南下,后来又督师江淮,采取积极进攻的作战部署,给金兵以极大的打击。绍兴八年(1138),他屡次上书反对和议,终因权奸秦桧当道而不报。绍兴九年二月除资政殿大学士充福建路安抚大使兼知福州,直至绍兴十一年十一月离闽。在这段时期里张元幹与之多有交游,今《芦川归来集》中有《紫岩九章八句上寿张丞相》四言组诗、《上张丞相十首》五律、《代上张丞相生朝四首》五律和《张丞相生朝二十韵》五言排律。在《上张丞相十首》之八云:"贱子居闾里,明公总帅权。姓名谁比数,礼遇每周旋。"可见这位声名煊赫的主战派领袖对于闲居的张元幹还是看重的,并没有轻视,因为他们关切时政的见解是一致的。"国论未定,系公断之"。这是指朝廷对和与战的重大国事,他殷切地希望张浚能坚持正义,主持抗金大局。尽管这些诗篇中难免应酬之句,但在张元幹的心目中,张浚是他所敬重的一位"知音"。

此外,还有叶梦得、王以宁等人,这里不一一叙述。从这一时期的创作心态来看,虽然他写过"胸中豪气半消磨"(《送高集中赴漳浦宰》)的激愤之句,但内心深处则是"未能忘壮志,遽肯变刚肠"(《漫兴》)的。由于张元幹身处险恶的政治环境而又不肯改变其主战的"刚肠",因此在秦桧专权而气焰熏天的黑暗年代,横祸随时都有降临的可能。

第五节 "下廷尉"的人生厄运

张元幹在绍兴中期已经意识到自己所处的逆境。他在绍兴十六年(1146)所作的《丙寅自赞》中说:"罢去谒府参官,一等著衣吃饭。休拈翰墨文章,说甚安危治乱?"这里"休拈翰墨文章",显然是心中的满腹牢骚话。但是秦桧对他从前染指的词翰也是不会放过的。八年之后,即绍兴二十四年(1154)所作《甲戌自赞》云:

> 芦川老居士,今年六十四。勇退激流中,毕竟只这是。胡为元命年,辄下廷尉吏?业风何见吹,逆境忽现示。

张元幹为什么忽然遭到"下廷尉",也就是"追赴大理"被下狱的厄运呢?这与他作词送胡铨有密切的关系。有关胡铨生平及其与张元幹的密切交往,我们将在第五章叙述。这里着重介绍与张元幹被捕入狱有关的史实。

绍兴八年(1138),宰执秦桧决心屈辱议和,并遣王伦使金,一时群情汹涌,纷纷上书反对。是年十二月,枢密院编修胡铨上书请斩王伦、秦桧、孙近三人,以谢天下。这就是四海震动而极负盛誉的《戊午上高宗封事》。秦桧对胡铨的上书恨之入骨,勃然大怒,随即以"狂妄凶悖,鼓众劫持"的罪名,诏除名,并要编管昭州,当即受到多数朝臣的反对。秦桧迫于公论,乃以胡铨监广州盐仓,但对胡铨及其支持者怀恨在心,必欲置之死地而后快。据李心传《建炎以来系年要录》卷一百五十八所载:"秦桧尝于一德格天阁下书赵鼎、李光、胡铨三人姓名。"日后起大狱,必将一一杀之。对于张元幹支持胡铨并遭牵连的记载,最详的是王明清《挥麈录·后录》卷十所云:

> (胡铨)疏入,责为昭州盐仓,而改送吏部,与合人差遣,注福州签判,盖上(指高宗)初无深怒之意也。至壬戌(绍兴十二年)岁,慈宁归养,秦讽台臣论其前言弗效,诏除名勒停,送新州编管。张仲宗元幹寓居三山,以长短句送其行。……邦衡在新兴,尝赋词云:"富贵本无心,何事故乡轻别。空使猿惊鹤怨,误薜萝风月。　囊锥刚要出头来,不道甚时节。欲驾巾车归去,有豺狼当辙。"郡守张棣缴上之,以谓讥讪,秦愈怒,移送吉阳军编管。……又数年,秦始闻仲宗之词。仲宗挂冠已久,以它事追赴大理削籍焉。

南宋岳珂《桯史》卷十二亦有载录:

> 胡忠简铨既以乞斩秦桧掇新州之祸,直声振天壤。一时士大夫畏罪钳舌,莫敢与立谈,独王卢溪庭珪诗而送之。……时又有朝士陈刚中、三山寓公张仲宗亦以作启与词为忮得罪。

据上述可知,当胡铨贬谪新州时,举世避嫌畏祸,平生亲友也是唯恐去之不速，而张元幹却敢于冒天大的政治风险作词送胡铨以壮其行，不仅表现出他的坚持正义的凛然之气，而且说明他们之间有着深厚的友情。在《芦川归来集》中有《瑞鹧鸪》词一首，词题为"彭德器出示胡邦衡新句，次韵"。按：胡铨原词今已不存。胡铨自绍兴九年正月签书威武军节度判官厅公事，谪居福州，与彭德器常通音问。在《胡澹庵先生文集》卷十二中有《与彭德器》书，称其为学士。而彭德器又与张元幹相交游，元幹有《病中示彭德器》诗，称赞他"君侯议论高千古，略假笔端问大钧"；又有《彭德器画赞》，说他"气节劲而议论公，心术正而识度远"。正因为他们之间有着志趣相投的情谊，所以彭德器能以胡邦衡新句出示给至交契友的张元幹。从这里可以看出元幹作《贺新郎》词送胡铨并为之饯行并不是偶然的。

由于张元幹作词支持胡铨，因此受到牵连而被秦桧"以它事追赴大理削籍"。那么，张元幹究竟在什么年代被除名的呢？《四库全书·芦川词提要》云："绍兴八年十一月，待制胡铨谪新州，元幹作《贺新郎》词以送，坐是除名。（考《宋史·胡铨传》，其上书乞斩秦桧在戊午十一月，则元幹除名自属此时，毛晋跋以为辛酉，殊为未审，谨附订于此。）"

毛晋认为张元幹除名在辛酉年，即绍兴十一年，显然是错误的，但《四库全书提要》的所谓订正也有疏误，故余嘉锡《四库提要辨证》卷二十四说："以《挥麈录》所记合《宋史》推之，则元幹之被除名，似当在绍兴二十年以后。"并且指出："毛晋以为绍兴辛酉者，既不知其所据，《提要》引《胡铨传》谓在戊午十一月者，尤无稽之言也。《芦川归来集》条下，《提要》谓胡铨贬于绍兴戊午，误与此同。"此辨甚为正确，但确切年代仍嫌含糊。按《甲戌自赞》中云："胡为元命年，辄下廷尉吏？"这里的"元命"，指古代六十岁为一甲子，到六十一岁又当生年干支，谓之元命。《芦川归来集》附录其孙钦臣跋云:"诵《甲戌自赞》而知芦川初度之年在辛未。"同书《本命日醮词》亦云:"迨此建寅之月,适临元命之辰。"张元幹从哲宗元祐六年辛未出生,至绍兴二十一年辛未,正是六十一岁。据此可知张元幹是在绍兴二十一年(1151)被下大理狱,而其著作亦遭到搜检没收。张广《芦川词序》云:"逮绍兴末,忤时相意,语及讥刺者,悉搜去,掇拾其余得二百余首。"

张元幹于是年被捕至临安,下大理狱,结果是被削籍除名。这样的沉重打击迫害,虽然使张元幹的身心受到摧残,留下难以弥补的创伤,但是他并没有屈服于邪恶势力。在他蒙难获释后所写的《水调歌头》(罢秩后漫兴)中,有"听子谈天舌本,浇我书空胸次"和《甲戌自赞》中"心存自在天,脚踏安乐地"等语,可知他有着旷达的胸怀和安身立命的自信心。

第六节　晚年漫游,客死异乡(1156—1161)

关于张元幹晚年的生活行踪资料并不多,只能大体上描述勾勒出一个轮廓来。这里需要提出的是,我在 1980 年发表的《张元幹生平事迹考略》一文(载《南京师范学院学报》1980 年第 2 期)中曾说其有一段"晚年出山"的经历,并举出三条论据,证明张元幹在绍兴末确实来到临安,但是否"供职"的问题,初稿中有一则资料,发表时删去了。这就是南宋梁克家纂修的《淳熙三山志》卷二十九人物类有"绍兴二十七年丁丑王十朋榜,闽籍进士三十六人"的记载,而其中第二十一人为"张柟,字元幹,福清人,终太学录",而《福州府志》和《福清县志》(均清乾隆刊本)亦有同样的记载。当时考虑张元幹是否有可能改名张柟,字元幹,参加这次进士考试呢?因为秦桧虽死,但属于秦桧党羽的汤思退任宰相,元幹不能无顾虑,所以不排除改名的可能性，然无佐证，谨录以俟考，而不能作为"出山"的根据。再从官桂铨同志据新发现的《永泰张氏宗谱》所作的《词人张元幹世系》来看，亦没有提及晚年的官职问题。根据现有的材料，可以说"晚年出山"的提法是不确当的，后来我在《张元幹事迹编年》（载《文史》第二十七期）中已经作了修正。

张元幹晚年行踪可考见者有下列数事：

其一，在绍兴二十三年（1153）离临安至苏州度过中秋节，作《水调歌头》（癸酉虎丘中秋）词。次年又到镇江，作《祥符陵老许作先驰归闽，因成伽陀赠别，绍兴甲戌秋七月，书于鹤林山》诗。按：鹤林山在今江苏镇江市。不久，元幹返回福建。九月作《亦乐居士集序》。

其二，绍兴二十五六年间，张元幹又来到临安，与刘质夫相遇。他在《跋江天暮雨图》中说："刘质夫，建炎初与余别于云间，今乃相遇临安官舍，出此短轴求跋。颇忆丙午之冬，吾三人者，苏粹中在焉。"又云："回首垂三十年。"可见元幹此时已在临安。据胡仔《苕溪渔隐丛话·前集》卷五十四云："余宣和间居泗上，于王周士处见张仲宗诗一卷，因借录之。后三十年，于钱塘与仲宗同馆谷，初方识之，余因戏谓仲宗曰：'三十年前，已识公于诗卷中。'芦川请余举其诗，渠皆不能记，殆如隔世，反从余求之'。"

按：王周士，即王以宁（1090—1146?），湘潭人。由太学仕鼎、澧帅幕。宣和六年九月为元幹《幽岩尊祖录》题跋。靖康元年，以发运司管勾文字征召进京。这期间他与张元幹、胡仔等交游相处。在李纲率兵援救太原时，王以宁入帅幕为参谋官，"勇而有谋"。后李纲遭罢，以宁亦被贬谪。绍兴二年，责永州别驾，潮州安置。十年复右朝奉郎，知全州（今属广西）。著有《王周士词》一卷。从胡仔的记载里亦可证明张元幹此时已在临安。到了绍兴二十七年（1157）春，张元幹与友人游吴江垂虹亭，作《水调歌头》（丁丑春与钟离少翁张元鉴登垂虹)。夏五月,元幹又到嘉兴,为苏庠从子庭藻作跋,有《跋苏诏君赠王道士诗后》、《跋苏诏君楚语后》和《跋苏庭藻隶书后二篇》等。其中《跋苏诏君楚语后》末署"芦川老人书于槜李弭棹亭中,丁丑仲夏望日"。按:槜李,古地名,为嘉兴之别称。

其三,绍兴二十八年(1158),张元幹又到临安,与周德友、郭从范、张孝祥等相识,并有诗作酬唱。这里需作一些考证性的说明。

据张元幹《苏养直诗帖跋尾六篇》,谓大观庚寅、辛卯岁与徐俯、向子諲、汪藻、吕本中等九人为同社诗酒之乐,而此时九人者"宰木久已拱矣,独予华发苍颜,羁寓西湖之上,始及识德友"。在丁卷跋云:"德友所藏诗词,多是《后湖集》中所未有,要当流传墨本,用贻好事者。"当时周德友所藏养直诗帖分甲、乙、丙、丁、戊、己六大轴,除张元幹题跋外,又分别请张孝祥、周必大题跋。周必大《跋周德友所藏苏养直诗帖》有云:

> 后湖居士歌诗清腴,盖江西之派别,而字画健逸,又老坡之苗裔也。吾宗德友丈,宝其遗墨,殆且百纸,可谓富矣。仆生也后,不及从居士游。今以德友数十年染指之勤,一旦得大嚼焉,正使亲见扬子云,所获未必如是之富也。欣玩弥日,拱揖不暇,姑识岁月而归之。绍兴戊寅十二月既望。
>
> ——《益公题跋》卷九

按:绍兴戊寅,即绍兴二十八年。又,张孝祥《跋周德友所藏后湖帖》云:

> 德友少时,趣尚奇伟,一斗百篇,诸老先生慕与之游。

今岁晚矣,讫未有识,一饱之不谋,可叹也。右《后湖书帖》自甲轴至己。绍兴二十八年三月望。

——《于湖居士文集》卷二十八

可见二人所跋者与张元幹所跋养直诗帖乃同一墨迹,而编号自甲至己六大轴亦相同。元幹在甲卷题跋中称德友索题跋时,"适连宵雨作春泥,良是中原禁烟天气"。可知张元幹此跋当在绍兴二十八年寒食节前后。

按:张孝祥(1132—1169),字安国,别号于湖居士,历阳乌江(今安徽和县)人。绍兴二十四年(1154)进士。绍兴二十八年授起居舍人。第二年权中书舍人,后为汪彻劾罢,是年秋自临安归芜湖。据此可知,张元幹与张孝祥相结识当在此时。张元幹为张孝祥作《跋张安国所藏山水小卷》称:"吾宗安国得友人把玩短轴,裱而藏之,每出以示诸好事。"又云:"安国不忘故旧,风味如此,胸次可知矣。"

此外,元幹还有一首五律《郭从范示及张安国诸公酬唱,辄次原韵》。据王明清《玉照新志》卷五记载:"绍兴己卯,张安国为右史,明清与仲信兄、左举善、郭世模从范、李大正正之、李泳子永,多馆于安国家。春日诸友同游西湖,至善安寺。"并且各赋诗以纪其事。这就是郭从范所示诸公春游西湖时的酬唱。可惜张孝祥、郭从范诸人的原诗已失传,无法考知其详情。

以上是张元幹为张孝祥所作跋与有关诗歌,而张孝祥《于湖居士文集》中不见唱和之作,但有写给张元幹的《张大监》尺牍一篇,约略地言及与张元幹的交往:"伏念某二年中都,数获款侍,仰蒙笃宗盟之契,奖予非他人比,感激恩义,铭镂不忘。大监尊翁以老成旧德,仪刑本朝,乃慕从赤松子游,褰裳去之。"又云:"寓直秘府,均逸闲馆,高名全节,照耀宇内。"所称"二年中都",当指张孝祥于绍兴二十八九年在临安事。而"数获款侍",说明他们之间的交往频繁。对于这位"大监尊翁"张元幹的奖掖,张孝祥更是"感激恩义,铭镂不忘"。

到了绍兴二十九年秋天,张元幹又重游吴江垂虹亭,作《念奴娇》(己卯中秋和陈丈少卿韵)词。陈丈,指陈瓘之子正同,字应之。元幹后接受陈正同之请校正《了堂先生文集》并为之作跋。绍兴三十年在苏州,作《上平江陈侍郎十绝并序》,陈侍郎即陈正同。据王明清《挥麈录·三录》卷三记载:"绍兴己卯,陈莹中(瓘)追谥忠肃,其子应子正同适为刑部侍郎,往谢政府。"

绍兴三十一年(1161),张元幹客死异乡。从现存的资料来看,大概是客死在平江(今苏州)。元幹死后,韩元吉写了二首《挽张元幹国录词》,这是悼念张元幹的唯一资料,兹录如下:

> 左学驰声誉,中朝得录初。宏材知底用,壮志亦成虚。归旐三千远,亲年八十余。苍天谁与问,行路亦欷歔。

> 一第固已晚,九迁人共期。功名虽有命,寿考独无时。门士韬珪璧,诸郎袭礼诗。他年振儒学,犹慰九原悲。
>
> ——《南涧甲乙稿》卷三

挽词所说"归旐三千远",是指元幹的柩旗运回故乡有三千里程之远,说明元幹是客死异乡的。《芦川归来集》附录其孙钦臣跋有云:"今芦川归葬闽之螺山。"这是重要的证据。

第三章
张元幹早期词作的审美追求

第一节　北宋后期词作的走向

自唐五代至宋初，应歌之词大量涌现出来，词风艳冶、软媚，大多属于婉约一路。《四库全书总目提要》谓："词至晚唐五代以来，以清切婉丽为宗，至柳永而一变，如诗家之有白居易；至苏轼而又一变，如诗家之有韩愈。"北宋后期词作的进一步发展与变革，并逐渐趋向于分流拓展，大都"有迹可循"，可以说程度不一地受到柳永和苏轼不同词风的影响。大体上说来，词的创作走向有两个方面：

一方面是改革传统词风而另辟蹊径，主要词人有苏轼的追随者黄庭坚、晁补之和稍后的叶梦得等。王灼《碧鸡漫志》卷二指出："晁无咎、黄鲁直皆学东坡，韵制得七八。黄晚年闲放于狭邪，故有少疏荡处。后来学东坡者，叶少蕴、蒲大受亦得六七，其才力比晁、黄差劣。"

另一方面是继承传统词风而扩展词境，主要词人有秦观、贺铸和周邦彦以及大晟词人等。宋徽宗时出现的大晟词人是以周邦彦为代表的宫廷词人群体。大晟府是朝廷专门设置的音乐机构。据《宋史》卷一百二十九《乐志》记载：崇宁四年（1105）七月，"朝廷旧以礼乐掌于太常，至是专置大晟府"。并谓"设立大司乐、典乐、大乐令、协律郎，又有制撰官，为制甚备"。周邦彦提举大晟府是在政和六年（1116）。当时供职大晟府的还有以下几位：

徐伸，字幹臣；田为，字不伐，二人为典乐。

江汉，字朝宗，为制撰。

晁端礼，字次膺，在政和三年（1113）以承事郎为大晟府协律郎。

万俟咏，字雅言，自称大梁词隐，为大晟制撰。他参助周邦彦审定音律，创制新调，曾"请以盛德大业及禅瑞事迹制词实谱。有旨依月用律，月进一曲，自此新谱稍传"。至于他的词作，"源流从柳氏（永）来，病于无韵"（王灼《碧鸡漫志》卷二）。周邦彦的词名晚起，他提举大晟府时，年已花甲，但后来的名声大振，被称为集大成而"负一代词名"（张炎《词源》）。他能自度曲，所作词富艳精工，沉郁顿挫，既善于融化唐人诗句，长于铺叙勾勒，又精于审音协律，开创了高度格律化的词作规范，把婉约词派的清丽典雅推向极致。以周邦彦为首的大晟词人，他们的词作在当时的影响甚大。周邦彦每制一曲，汴京的名流都依律赓唱。南宋陈郁《藏一话腴外编》说："周邦彦字美成，自号清真，二百年来以乐府独步，贵人、学士、市侩、妓女知美成词为可爱。"沈义父《乐府指迷》也说："凡作词当以清真为主。"又云："学者看词，当以《周词集解》为冠。"可谓推崇备至。

可是，作为宫廷词人，他们都有自身的弱点，而共同的缺陷在于，词境疆域太窄，所写不外绮罗香泽之态，有的一味歌颂升平，远离社会现实环境。其实北宋末年的统治阶级已经极端腐败。徽宗崇宁元年（1102）七月，任命蔡京为右相，就形成了以徽宗、蔡京为首的腐朽统治集团。这些至尊权贵为了满足骄奢淫逸、恣意享乐的生活需求，残酷地压迫剥削广大人民，巧取豪夺，无恶不作。他们仗势欺人，贪赃枉法，而大发横财。蔡京、童贯等权奸及其党羽，一个个都建筑了规模巨大而又富丽堂皇的住宅。院内苑囿中的花石、竹木就是朱勔、李彦等人从各地搜刮得来，既供皇家苑囿，又为蔡京、童贯等享用。他们还巧立名目，不断地增加各种赋税，大肆搜刮和剥削民脂民膏，逼得广大人民陷入水深火热之中。这些必然导致阶级矛盾的空前激化，必然导致大规模的农民起义。当时天下流传这样的谚语，说"打破筒（童贯），泼了菜（蔡京），便是人间好世界"（吴曾《能改斋漫录》卷十二）。这是广大人民强烈要求打倒徽宗、蔡京统治集团的呼声。到了宣和二年（1120），方腊终于揭竿起义，点燃了农民起义斗争的熊熊烈火。各地贫苦农民纷纷响应，数月之内，参加起义的人民群众竟达百万。与此同时，宋江在北方率领农民起义，也有较大的发展。尽管方腊和宋江的起义军相继失败，但是两浙人民和梁山泊的渔民仍然不断地坚持斗争。历史事实表明，宋徽宗是一位昏庸的皇帝，他所支撑的是摇摇欲坠的腐朽的统治大厦。但这种危机却为"四方同奏升平曲，天下都无叹息声"的虚假的表面繁华景象所掩盖。对于北宋末年这种阶级矛盾日益尖锐的社会背景，作为宫廷词人却毫无所悟是不足为怪的，不过有的大晟词人写了一些歌颂君主、粉饰太平的词作，确实反映了他们事君媚世的变态心理。如万俟咏在《恋芳春慢》（寒食前进）词中说："处处笙歌，不负治世良辰。"又说："谁知道，仁主祈祥为民，非事行春。"在《醉蓬莱》词的末尾又云："太平无事，君臣宴乐，黎民欢醉。"还有在《三台》（清明应制）词中写的"好时代、朝野多欢，遍九陌、太平箫鼓"等等，可以说是这种心态的形象写照。

又如大晟府制撰江汉，今存词作仅一首《喜迁莺》，但那种"升平无际"的腔调，完全是宫廷词人的应制和粉饰，明显地反映了北宋末年官僚士人沉湎声色、奢侈腐败的社会风气。当然,大晟词人并非一色的"粉饰太平"、颂扬君主。如周邦彦词中就没有一首是阿谀颂圣的。周密《浩然斋雅谈》卷下记载这样一则故事:宋徽宗命蔡京示意周邦彦作词,要颂扬祥瑞,播之乐府。可是周邦彦回答说:"某老矣,颇悔少作。"婉言加以辞谢。又如与万俟咏同时供职大晟府的田为,他对慢词创制甚多,可惜大都散佚,今存仅三首,其中如《江神子慢》(玉台挂秋月),上片由景入情,写女子对离人远去而杳无音信的挂念;下片追悔轻别,倾吐相思愁苦。全词抒写离愁别恨,时间跨度虽长,从秋写到春,但脉络分明,而笔力委婉,感情真挚,其立意造语可与周邦彦《浪淘沙慢》(昼阴重)相媲美。他的小词,言情体物,构思工巧,如《南柯子》(梦怕愁时断),借景抒怀,别饶情致。故王灼《碧鸡漫志》卷二称其"才思与雅言(万俟咏)抗行,不闻有侧艳"。这是符合词作实际的。这些都足以表明大晟词人中仍有可采的佳篇。

在北宋末年,除大晟词人外,尚有叶梦得、陈克、曹组、周紫芝等词人,承袭传统词风而走着各自不同的创作道路。叶梦得(1077—1144),字少蕴,自号石林居士。绍圣四年(1097)进士。他所作《贺新郎》(睡起啼莺语)词,遐迩传唱,而"赋此词时年方十八"(刘昌诗《芦浦笔记》卷十)。全词笔力委婉,在纤丽的词风中带有豪逸之气。关注《题石林词》谓"味其词婉丽,绰有温、李之风",说明叶梦得前期词作的传统面目。南渡以后,他的词风有了发展变化,后期词中显露出承接苏轼清旷、豪逸的格调。

陈克(1081—1137),字子高,自号赤城居士,临海(今属浙江)人。绍兴四年(1134),尚书吕祉帅建康,节制淮西军马,荐为幕府参谋。绍兴七年(1137)随吕祉至淮西。当时淮南东路兵马钤辖郦琼叛宋降金,杀死吕祉,陈克奋勇出战,不幸兵败被擒。贼令屈膝,陈克毫不畏惧,厉声斥责说:"宁为珠碎,不为瓦全。"后来"贼积薪焚之，克骂声不绝口，声如雷震"。而宋朝军民"闻克死，号恸如丧所亲"(《临海县志》卷二十四)。在北宋末年至南宋初期词坛上，他是唯一具有民族气节而为国捐躯的词人。他的词作今存四十七首，大部分为小令，内容主要是写闺妇闲情逸趣和节序、风情等，尤善于描写女性的轻柔粉香，词风工丽婉雅，可以说深得"花间"和北宋婉约词的神韵。如写闺妇自闲情趣的《菩萨蛮》(绿芜墙绕青苔院)和闺中愁绪的《谒金门》(愁脉脉)等。此外还有写阳羡竞渡的《鹧鸪天》、阳羡上元的《浣溪沙》和祈雨有感的《虞美人》等，犹如一幅幅江南风俗画，富有浓郁的地方生活情味，而对江南农村"踏车不用青裙女，日夜歌声苦"的艰苦劳动寄予深切的同情。这在北宋末期和南宋之交的词坛上也是独步的。当然，陈克亲历南宋初期战乱而在词中也有融入时代身世之感，反映金兵南侵的严酷现实的。尽管这些词所占的比重极为微小，但应该承认这是南宋前期慷慨爱国词的先声。从总体上来说，陈克词的格调乃属"晏、周之流亚"(陈振孙《直斋书录解题》)。陈廷焯《白雨斋词话》卷一亦称："陈子高词婉雅闲丽，暗合温、韦之旨。晁无咎、毛泽民、万俟雅言等，远不逮也。"说明他的词作渊源仍不脱传统婉约词的蕴藉风韵。

此外有曹组，字元宠，颍昌阳翟(今河南禹县)人。生卒年不详，大约卒于宣和末年。他才思敏捷，曾奉诏作《艮岳赋》而"歌咏太平"，深得宋徽宗的宠爱。不过曹组"逢辰未久而没"(王明清《挥麈录·后录》卷二)。他的词作，在政和年间即广为流传，而且"每出长短句，脍炙人口"(王灼《碧鸡漫志》卷二)。但是这些所谓"脍炙人口"的词作，以《红窗迥》为最著名，其实都是当时流行的通俗歌曲，内容大都写"侧艳"和"滑稽"，完全是适应市民阶层低级趣味的需要，故一时为浅薄者所仿效，因此遭到一些文人的非议，而被目为"滑稽无赖之魁"。到了南宋初年，他的儿子曹勋亦能诗文，"尝以家集刻板，欲盖父之恶，近有旨下扬州毁其板"(《碧鸡漫志》

卷二)。所以这些一时传唱而使闻者绝倒的"《红窗迥》及杂曲数百解"(同上)早已散佚不存了①。从现存的三十六首词中,可以看到有不少为歌颂太平之作,如《声声慢》下片云:"歌酒长春不夜,金翠照罗绮,笑语盈盈。陆海人山辐辏,万国欢声。登临四时总好,况花朝、月白风清。丰年乐,岁熙熙、且醉太平。"这与万俟咏词为同一腔调,当然是不足取的。但是,在他的词中也有一些"侧艳"之作,写得情意真切,风格清丽婉约,如《蓦山溪》中"一怀离恨,满眼欲归心,山连水,水连云,怅望人何处?"还有写旅况乡愁的《青玉案》(碧山锦树明秋霁),宛如一幅明丽秋光中的山行图。此外如《蓦山溪》咏梅之作,上片描绘梅花韵格的高洁,下片自抒赏梅的抑郁情怀,末以"问花知否"作结,饶有情致,正是"微思远致,愧粘题装饰者,结句自清俊脱尘"(沈际飞《草堂诗馀正集》)。

南宋黄昇《花庵词选》称曹组"工谑词"。从现存的滑稽诙谐的词中,我们读来感到为数很少的"谑词",既有情趣庸俗的一面,也有语言通俗、构思独特之处。如《扑蝴蝶》(人生一世)和《渔家傲》(水上落红时片片),尤其是《相思会》下片云:"粗衣淡饭,赢取暖和饱。住个宅儿,只要不大不小。常教洁净,不种闲花草。据见定、乐平生,便是神仙了。"这些口语化的通俗词作,不仅发展了柳永词的口语化、通俗化,而且对元散曲的通俗语言产生一定的影响。这里透露出北宋末期词发展演变的另一种趋势。

在南北宋之交,还有两位词人需要介绍,尽管他们的主要创作活动已在南宋前期,但他们早年的词作都在北宋末年。一位是周紫芝(1082—1155),字少隐,自号竹坡居士。青年时期即热衷于功名,然而科场失意,"此生三度试甘酸"(《阮郎归》),曾三次应举而

---

① 《全宋词》存目词谓《词苑萃编》卷二十二引《词品》载曹元宠《红窗迥》"春闺期近也"一首,乃曹豳作,见庶斋《老学丛谈》卷中之下。

落第。因世态炎凉,羞归故里,所以居陵阳山中,以山相伴,唱出了"酒儿熟也,赢取山中一醉"(《感皇恩》)的低音调。他早年的词作是从晏几道词入笔的,在《鹧鸪天》(楼上缃桃一萼红)词序中云:"予少时酷喜小晏词,故其所作,时有似其体制者,此三篇是也。"此外如写秋夜眷念歌女的《鹧鸪天》(一点残红欲尽时),上片写秋夜灯残、孤独凄苦的离愁,下片以昔日温馨欢聚与眼前分离悲苦的情景相对照,感情跌宕起伏。末句"不听清歌也泪垂",尤觉语浅情深。又如抒写别情的《踏莎行》(情似游丝)、游子思归的《醉落魄》(江天云薄)以及写春夜怀人的《生查子》(春寒入翠帷)等,都体现出早期词风所呈现的清丽婉曲的艺术特征。这也反映了周紫芝的词作既学晏、欧,又效法柳、周的审美情趣。他在《书自作小词后》中说得很清楚:"仆顷岁作中秋词(即《沙塞子》),后三十年,夜饮花下作木芙蓉词(即《渔家傲》),二词之作,日月几一世,而语之工拙,相去几何?岂非前一词似鹦鹉,后一词作秦吉了耶?"(《太仓稊米集》卷六十七)可见他的词作在南渡后已由模仿而入化境,故其词在南渡前后词坛上独具一格。

还有一位朱敦儒(1081—1159),字希真,号岩壑老人,又称伊水老人、洛川先生。河南洛阳人。他的早期词作大部分写于北宋末年,既有沉湎酒色、放荡轻狂的生活吟唱,又有逍遥林下、襟怀狂逸的风致描写。其中最有代表性的词作是写于洛阳的《鹧鸪天》(西都作):

> 我是清都山水郎,天教分付与疏狂。曾批给雨支风券,累上留云借月章。　　诗万首,酒千觞,几曾著眼看侯王。玉楼金阙慵归去,且插梅花醉洛阳。

这首以"清都山水郎"自居的词作,具有独特的个性,不仅表现出流连风月的疏狂心态,而且反映了作者傲视权贵,不愿在朝仕宦的情怀。这种狂逸的风致在北宋末年的词坛上是少见的。他在早期所写的词中模仿过苏轼词的表现手法并追求清旷、豪逸的境界,如《水调歌头》(对月有感)、(中秋一轮月)和《念奴娇》(插天翠柳)等,都明显地染上了苏词的色彩。还有他写的一些艳词,不过是当时普遍的社会风尚和词坛司空见惯的题材,并无多少新意。至于他的词风转变则是在南渡以后的创作中显示出来,这里就不多叙说了。

第二节 "宣和之音"的审美情趣

张元幹就是在这样的社会创作环境中带着传统的创作观念走上词坛的。他的青年时代的词作已崭露头角,而且颇有名声。南宋周必大在《跋张元幹送胡邦衡词》中说:

> 长乐张元幹,字仲宗,在政和、宣和间已有能乐府声。今传于世,号《芦川集》。
> ——《益公题跋》卷二

周必大(1126—1204),字子充,又字弘道,自号平园老叟,庐陵(今江西吉安)人。他是高宗绍兴二十一年(1151)进士,官至右丞相。光宗时封益国公。周必大是与张元幹的时代相近而稍后的词人,他的题跋内容是可信的。张元幹虽然在政和、宣和年间已有词名,但是今存《芦川词》中早年的词作并不多,现可考见的仅以下数首:

1. 《满江红》(自豫章阻风吴城山作)
2. 《风流子》(政和间过延平,双溪阁落成席上赋)
3. 《喜迁莺慢》(鹿鸣宴作)
4. 《明月逐人来》(灯夕赵端礼席上)
5. 《菩萨蛮》(政和壬辰东都作)
6. 《望海潮》(癸卯冬,为建守赵季西赋碧云楼)
7. 《浣溪沙》(王仲时席上赋木犀)
8. 《浣溪沙》(书大同驿壁)
9. 《南歌子》(凉月今宵满)

在这九首词中,可以确定写作年代的有四首:

其一为《菩萨蛮》(政和壬辰东都作)。壬辰即政和二年(1112),东都,指北宋都城汴京(今河南开封)。

其次为《风流子》,词题云"政和间"回福建,适逢双溪阁落成,遂赋此词。时在政和六年。

第三是《明月逐人来》(灯夕赵端礼席上)。据南宋陈元靓《岁时广记》卷十引《本事词》载,宣和盛时,京师宫禁五夜上元灯。少监张仲宗上元词云:"长记宫中五夜,东风鼓吹。"可知此首作于北宋宣和年间。

第四是《望海潮》,词题注云"癸卯冬",即宣和五年(1123)。其时张元幹已三十四岁,距离北宋灭亡只有三年。当时社会阶级矛盾日益激化,危机四伏,而张元幹仍在表面"升平"的景象中放声清歌。另外几首虽没有标明写作年代,但从词题和内容中仍可考见一二。如《浣溪沙》(王仲时席上赋木犀):

  翡翠钗头缀玉虫,秋蟾飘下广寒宫。数枝金粟露华浓。 花底清歌生皓齿,烛边疏影映酥胸。恼人风味冷香中。

词题王仲时，即王及之，相州（今河北临漳）人。据吕本中《东莱吕紫微师友杂志》云："王仲时才高识远，有绝人者。宣和间，在京作学官。"又据李纲《梁溪全集》卷一百七十六记载，靖康二年，王仲时坐围城中诱置内人（宫人）为妾与抄札金银自盗入己事遭贬，可知此词乃宣和年间在汴京王仲时席上所作。

又前调（书大同驿壁）乃政和、宣和年间作于泉州同安县。按：《福建通志》总卷十：泉州"同安县大同驿（在朝天门外）"。又名同安驿。

又如《南歌子》（凉月今宵满）一首，其舅父向子諲有《南歌子》（代张仲宗赋），词调相同，用韵和题材内容亦相同，当为一时之作。向子諲词题所称"代张仲宗赋"者，是以张元幹之身份口气作词，而向子諲将此词编入《江北旧词》，即北宋徽宗政和、宣和年间，则可知张元幹此首亦作于同时。

至于《满江红》（自豫章阻风吴城山作），据《芦川归来集》卷九《跋楚甸落帆》云："往年自豫章下白沙，尝作《满江红》词。"从他早年的生平活动来看，当是宣和元年（1119）离京返乡途中所作。还有他的《喜迁莺慢》，据词题当是他在福建参加当地州郡长官为中式举子设鹿鸣宴而作，应是政和年间所写。据上可见张元幹现存词的确切写作年代，最早的是《菩萨蛮》（政和壬辰东都作）：

> 黄莺啼破纱窗晓，兰缸一点窥人小。春浅锦屏寒，麝煤金博山。　　梦回无处觅，细雨梨花湿。正是踏青时，眼前偏少伊。

作者写此词时仅二十二岁，从踏青的春光中透现出一种青年人的气质和纵情游乐的心态。这是一首洋溢着青春气息的恋歌，而词句的工丽，情思的温婉，逼近欧阳修、晏殊和秦观词风。张元幹早期词作所追求的审美情趣,由此可窥见一斑。

自北宋柳永和欧阳修、晏殊以来,旖旎艳情之作,一直得到社会的普遍认同,而成为文人词作的一个主要倾向。这种流风影响逐渐地演变成两宋词坛上的一股强大的传统势力。虽然苏轼崛起词坛后,融进了对社会、人生和历史的观察与思考,呈现出豪放清雄的气象,"指出向上一路,新天下耳目"(王灼《碧鸡漫志》卷二),但是,综观他的词作并没有完全摆脱"绮罗香泽之态",更没有改变社会流行侧词艳曲的局面。到了北宋末期,苏轼由于政治上遭受迫害,文集一度被毁板,其词作当然少人问津,而"今少年妄谓东坡移诗律作长短句,十有八九不学柳耆卿则学曹元宠"(《碧鸡漫志》卷二)。这种滑稽可笑的状况正是反映了日趋堕落腐败的社会风气。当然,从艳情词的创作流程来看,自宋初以来就有着不同的走向,一种是表现手法显露,用语俚俗,其中难免庸俗低级趣味,柳永可称是这种格调的代表词人。另一种是写得比较含蓄,运笔典雅,往往具有婉丽优美的格调,二晏与秦观都堪称为代表词人。在这两种创作走向中,张元幹早期所选择的是后一种风格,追求的是"雅正"的审美意趣。试看他的《生查子》:

> 天生几种香,风味因花见。旖旎透香肌,仿佛飞花片。　雨润惜馀熏,烟断犹相恋。不似薄情人,浓淡分深浅。

此首写佳人美景,全篇以景物烘托恋情,笔调清丽,感情温婉、深挚,别有韵味。词中"旖旎透香肌"的娇柔女性,仿佛是《花间》词里的美女。结末两句,语浅情深,真可谓"艳"中有"雅"了。

在这类艳情词中,写得形象鲜明,感情色彩较浓的还有《春光好》:

    吴绫窄,藕丝重,一钩红。翠被眠时要人暖,著怀中。 六幅裙窣轻风,见人遮尽行踪。正是踏青天气好,忆弓弓。

  这首词从"吴绫"、"六幅裙"的服饰之美中衬托出佳人的艳丽,而风和日暖的踏青时节,情侣不见,格外思念。结处"忆弓弓"一句,以物代人,借弓样绣鞋以指美人,别有韵致。这与五代毛熙震《浣溪沙》云"缓移弓底绣罗鞋"和北宋欧阳修《南乡子》云"花下相逢、忙走怕人猜,遗下弓弓小绣鞋"的格调是一脉相承的。

  张元幹早期词中的另一类题材是应酬赋物的即兴之作,如《风流子》(政和间过延平,双豀阁落成,席上赋):

    飞观插雕梁,凭虚起、缥缈五云乡。对山滴翠岚,两眉浓黛,水分双派,满眼波光。曲栏干外,汀烟轻冉冉,莎草细茫茫。无数钓舟,最宜烟雨,有如图画,浑似潇湘。
    使君行乐处,秦筝弄哀怨,云鬟分行。心醉一缸春色,满座凝香。有天涯倦客,尊前回首,听彻《伊川》,恼损柔肠。不似碧潭双剑,犹解相将。

  又如《望海潮》(癸卯冬,为建守赵季西赋碧云楼):

    苍山烟澹,寒豀风定,玉簪罗带绸缪。轻霭暮飞,青冥远净,珠星璧月光浮。城际踊层楼,正翠帘高卷,绿琐低钩。影落尊罍,气和歌管共清游。 使君冠世风流。拥香鬟凭槛,雾鬓凝眸。银烛暖宵,花光照席,谯门莫报更筹。逸兴醉无休。赋探梅芳信,翻曲新讴。想见疏枝冷蕊,春意到沙洲。

这两首词所描绘的客观物象，一是赋双豀阁，一是赋碧云楼，但作者都不直接表现阁和楼的外在形态，而是从四周山水地理环境的景物描述中显示出它们的壮观。前一首写"对山滴翠岚，两眉浓黛，水分双派，满眼波光"以及"无数钓舟，最宜烟雨，有如图画，浑似潇湘"的自然景象，体现出此阁在延平(今福建南平县)城外剑津溪上的地域特色。宋黄裳《双豀阁致语》中说："襟带高下，瓯闽占溪水之雄；舟车往来，延平当水陆之会。"在这里新建楼阁，"飞观雕梁"，可想见其构造精美，为登眺胜地。后一首所写碧云楼，在建宁府(今福建建瓯)城内，不详其何时所建。赵季西有《丹青阁》诗云："跨壑飞誉屋数楹，上横山色下溪声。等闲题作丹青阁，未必丹青画得成。"按丹青阁在城外开元寺侧，其山水气势亦相仿佛。此词首起"苍山烟澹"三句，即描绘登临所见的山水景象，以"玉簪"借指山峰，以"罗带"形容溪水，更显出紧缠密绕的形态。作者从山光水色中描述碧云楼的景观，使人产生一种古朴、清幽、雅致的感觉。此外，两首词的换头处都提到了"使君"，并从不同角度展现两位使君的风流儒雅，既切合即席应景的词意，而又不落俗套。尽管这两首词的命意无甚创新，但造语工致，词藻可观，显示出张元幹青年时期的词作已具有立意布局、驾驭文字的扎实功夫。

在张元幹早期词中抒写羁旅愁思的作品，尤引人注目，其代表作是下面的一首：

满 江 红
自豫章阻风吴城山作

春水迷天，桃花浪、几番风恶。云乍起、远山遮尽，晚风还作。绿卷芳洲生杜若，数帆带雨烟中落。傍向来、沙觜共停桡，伤飘泊。　　寒犹在，衾偏薄。肠欲断，愁难著。倚篷窗无寐，引杯孤酌。寒食清明都过却，最怜轻负年时约。想小楼、终日望归舟，人如削。

这首词是抒写旅途中阻风吴城山的情景与急切思归的心态。《满江红》这个词调，一般都写得豪放激越，而此首却写得婉约情深。明吴从先《草堂诗馀隽》谓此词"上言风帆飘泊之象，下言归舟在家之思"。从结构布局来看，上片前六句写景，先写春水迷天，次叙乌云翻滚、远山遮盖，又写傍晚狂风再起。这样多层次地描写，不仅情景交融，而且所抒写羁旅愁思，感情起伏动荡，尤工于勾勒铺叙。这与柳永擅长表现羁旅行役而又尽情铺展的风格是一脉相传的。

综上所述，张元幹在北宋政和、宣和年间，虽有词作的名声，但他笔下的题材风貌则是沿着花间词派和北宋柳永、晏殊、欧阳修以及周邦彦等大晟词人的道路迈进，所歌唱的是"宣和之音"，追求的审美情趣是清丽婉约。早期词作尽管缺乏独创的个性，没有形成自己独具的风格，然而他在艺术技巧上所具有的一定造诣，为后来的创作奠定了良好的基础。随着时代环境的巨变，以及创作观念的转向，他的词作也逐渐摆脱"艳科"的束缚，以开合动荡的豪迈气概，演奏出惊心动魄的新乐章。

第四章
张元幹南渡后的词风嬗变

作家文学风格的形成及其发展嬗变，都有其自身的原因和客观的社会条件。对于研究张元幹来说，探寻其词风的演变，不仅在于了解词人的生平与创作实践，而且可以探索到时代与环境对他词风嬗变的推动与影响。

第一节 时代环境的强烈感应

宋高宗建炎元年(1127)以来，金统治者继续遣兵挥戈南下，企图消灭立足未稳的南宋小朝廷。这一场天崩地裂的民族灾难，不但葬送了北宋一百多年来经济发展的社会果实，而且打破了词人们舒适、闲雅的生活常规，使他们失去了"秦楼楚馆"、"浅斟低唱"的创作环境，其中一部分词人身经离乱伤痛，激发起心中渴求恢复神州、为国雪耻的思想感情，从而改变了原有的创作心态。这种时代环境孕育出了一批爱国词人。陈廷焯在《白雨斋词话》(卷六)中说："二帝蒙尘，偷安南渡，苟有人心者，未有不拔剑斫地也。"这种"拔剑斫地"的愤怒到极点的感情，就是"靖康之难"的时代剧变所酿成的。因此，我们要探索一个作家或某一词作的风格变异，不能与其发生影响的时代环境分离开来。这是文学的社会意识形态属性所决定的。当然，如果我们对词坛现象进行共时态考察的话，那么，就会发现处在同一时代剧变的社会环境下，在相同的文化氛围中，对于不同作家所产生的影响和渗透，并不是完全一致的。他们之间各有自身的特点，这是毫无疑问的。以张元幹来说，时代环境的特殊因素和自身的特点导致他词风的明显转变。为了具体说明这个问题，我们从以下三个方面进行剖析。

1. 国难时期的抗敌精神。

如前面所说，张元幹在金兵大举侵犯北宋的危急时刻，挺身而出，亲自参加了保卫汴京的激烈战斗。这种抗敌行动的本身价值，正如范文澜先生在《关于中国历史上的一些问题》中所指出的，在反对外族侵略的情况下，"统治阶级中也有一部分人，坚决不投降，采取各种形式，对外族统治者作积极的或消极的反抗。这种反抗基本上是出于对旧朝、旧君的忠爱，但和祖国的利益是一致的，因此，应该承认他们也是祖国的爱护者"（《范文澜历史论文选集》第72页）。作为"祖国的爱护者"，张元幹是当之无愧的。

在北宋末至南宋前期，面对金兵的南侵，统治阶级内部展开了主和与主战的尖锐激烈的斗争。张元幹自始至终站在主战派一边，坚决反对屈膝议和。他清醒地意识到议和是误国的祸害，于是以力透纸背的笔力，严加痛斥："议和其祸胎，割地亦覆辙。倘从种将军，用武寨再劫。不放匹马回，安得两宫说？"（《建炎感事》）"戎马环京洛，朝廷尚议和。伤心闻徇地，痛恨竟投戈。始望全三镇，谁谋弃两河。"（《感事四首丙午冬淮上作》）这种慷慨激愤的音调，唱出了民族劫难的悲壮心声。这正是特定时代社会所给予的深刻影响和渗透，而且贯穿终生。张元幹捍卫祖国利益的精神，在南渡词人中是不多见的。

2. 乱世流离的苦难伤悲。

由于金兵入侵,统一的国家顿时四分五裂。"乾坤忽震荡,土宇遂分裂"(《建炎感事》)。祖国的分裂必然导致社会的动乱,而南宋小朝廷的仓皇南奔,更使广大人民陷入战火硝烟的苦难之中。他们纷纷背井离乡,四处流离避难,"老弱扶携于道路,饥疲蒙犯于风霜,徒从或苦于驿骚,程顿不无于烦费"(《三朝北盟会编》卷一百三十四)。

南渡词人大都有一段颠沛流离的逃难历程。当然,各个词人途中所遭遇的艰难困苦不一样,而忧国伤时的感受也是有差别的。如陈与义自河南陈留避地襄汉,后转辗湖湘。他怀着丧乱何堪说的心境,在流寓边远地区时写道:"遭乱始知承平乐,居夷更觉中原好。"(《居夷行》)

还有吕本中,他离开京城后,历尽艰辛,避地岭外。在他从广东返归湖南途中,病体衰颓的苦楚与伤时避乱的忧愤相交织的复杂感情,融进了富有个性特色的诗篇:"稍离烟瘴近湘潭,疾病衰颓已不堪。儿女不知来避地,强言风物胜江南。"(《连州阳山归路》)这既是动乱时代的现实侧影,又表露了逃难者疾病缠身的痛苦不堪的心绪。

至于张元幹逃难的经历和陈与义、吕本中的避乱情况又不尽相同。他从中原到吴越一带避难漂泊,在乱世中备尝生活的艰难困苦,而其个人遭遇有两点值得格外注意:

一是金兀术率兵渡江南下,宋高宗仓皇出逃至海上避难。南宋小朝廷落到如此狼狈不堪的地步,这样的奇耻大辱,对于有宋一代的臣民来说,已由故国山河之恸,转化为杀敌救国、复兴宋室的强烈的爱国情绪。张元幹就是怀着这种爱国感情追随高宗行迹至海边,然因流言诽谤,反遭谗得罪,后经给事中汪藻游说,才得幸免。"我辈避谗过避贼,此行能饱即须归"(《次韵奉送李季言四章》)。这是他内心无比悲愤痛苦的呼喊。张元幹不仅遭谗,报国无门,而且在兵荒马乱中时有生命的危险。他在《家公生朝设醮青词》中曾追忆说:"父子俱尘于仕籍,闽吴并脱于贼兵。初赴难以请行,惊魂永定;迨再生而聚首,旧观复还。"时代战争所带给他的生离死别的种种苦难,充满了人生血泪。

二是在"三年流落转途穷"(《喜王性之见过千金村》)的漂泊生涯中,还有断炊绝粮的生活遭遇。张元幹作为被贬逐之人,在流离漂泊途中的穷困生活是可以想见的。他在建炎三年(1129)所作《冬夜有怀柯田山人四首》诗中即说:"客里了无况,乱来何止贫。淹留频换岁,老大更思亲。泥饮思田父,供粮乏故人。自怜归未得,不是白头新。"这是他对南渡初期生活艰难的描述,而在前面生平事迹中所介绍的葛胜仲《次韵张仲宗元幹绝粮五首》,更是他缺米断炊的贫困境况的真实写照。这种贫苦的漂泊者的形象,深刻地揭示了战乱时代带给人们的苦难伤悲。

3. 魂系中原的民族悲愤。

在我国历史上,自汉唐以来有过无数次的民族战争。这些战争酿成了不同历史时代的民族灾难,而植根于不同战乱时代的文学创作,在思想内容、方式和视角上,都有不同的表达方式,并呈现出各自不同的时代特色。从历史上的民族战争来看,无论是西晋的"永嘉之乱",还是唐代的"安史之乱",都没有宋代"靖康之难"的历史悲剧那样惨痛。这个天翻地覆的巨变,不仅北宋都城沦陷,徽宗、钦宗皇帝做了金人的阶下囚,而且南宋皇帝也被金兵追逼至海上。国家民族遭受这样的奇耻大辱,在历史上是从来没有过的。对于宋代臣民来说,蒙受如此空前的民族耻辱,无论在心理上或感情上都是难以承受的。"靖康耻,犹未雪。臣子恨,何时灭"。这种为民族雪耻的强烈感情,反映了时代人民的抗战呼声。然而南宋小朝廷畏敌如虎,不断地遣使向金屈膝求和,并残酷地迫害打击爱国将领,以换取东南半壁江山的偏安。这样不仅南宋"中兴"没有希望,收复中原也成为泡影,而且使一代英雄豪杰、爱国志士又遭到沉重的政治压抑。耻辱与压抑相交织的复杂感情,形成了一股深沉的忧国情绪。他们关注着民族的命运,眷念着故国河山,其中魂系梦绕中原大地则是南渡词人比较普遍的心态:"不道中原归思、转凄凉。"(吕本中《南歌子》)"谁知沧海成陆,萍迹落南州。忍问神京何在,幸有芗林秋露,芳气袭衣裳。"(向子諲《水调歌头》)而张元幹对中原故国怀念的感情更深一层,这里有着他个人特殊的缘由。因为他"往昔升平客大梁"(《次友人寒食书怀韵》),从青年时代起,就在汴京太学读书,后来又长期仕宦于中原地带。这种感受是十分真挚深切的。因此,他面对国土沦亡、中原未复的沉痛现实,心情格外的辛酸、沉重,"梦绕神州"的感情也显得更为强烈:"中原何日再京华?"(《次友人书怀》)"中原遗恨几时休!"(《次韵陈德用明府赠别之什》)以及"梦中原,挥老泪,遍南州"(《水调歌头》),"梦中北去又南来"(《江神子》)等等。这样浓烈的民族悲愤,如果离开产生它的特定时代现实的基础,那是不可能获得其艺术审美评价真谛的。

从以上三方面的粗略分析来看,可见张元幹南渡后词风的转变,并不是"非社会性"的自身本体的演变,而是与特定时代社会的影响分不开的。

第二节 "时移俗易"的创作观念

宋代自柳永大量制作慢词以来,推动了词调构成的发展变化,逐渐形成了小令、慢词双峰并峙的局面。随着宋词的发展,尽管出现了百花争妍的极盛气象,与唐诗可以相映生辉,但是词体的地位仍然不能与诗歌相提并论。在宋人心目中,词作不过是艳科小技,称为"小词"、"小道"。这种观念在宋初就开始萌发了。欧阳修在《归田录》卷二记载了一则宋初文坛趣事:

> 钱思公(惟演)虽生长富贵,而少所嗜好。在西洛时,尝语僚属言:"平生惟好读书,坐则读经史,卧则读小说,上厕则阅小词,盖未尝顷刻释卷也。"

钱惟演能作词,他的《木兰花》(城上风光莺语乱)一首,为人传诵。但是在他的心目中,词体不过是上厕时所读而位置在小说之下的"小词"。从宋初的词作来看,主要是宣泄私人生活的感情,并带有娱乐的、游戏的情调,而且是得不到公然鼓吹的。因此,对于社会现实的重大题材的反映变成诗歌的"专利",渐渐地成为一种社会风气。虽然苏轼登上词坛后,在开拓词境、打通诗词的界限以及推尊词体方面都产生过积极的影响,但是在北宋承平的创作环境里,传统的词作观念始终没有得到转变。所以,重大的社会现实题材在北宋词中没有一点反映。"靖康之难"的社会大动荡,不仅改变了词人的生活命运,而且使他们的词作内容和表达方式都有了新的抉择。这是时代巨变的客观因素决定的。因此,南渡词人吐露国破家恨和流离漂泊之苦的感情,已不再是往昔在汴京倚红偎翠所唱的软绵绵腔调。他们内心愤怒的呼喊,痛苦的呻吟,呈现出苍凉、悲壮的声调。这种变化,正如薛砺若在《宋词通论》中所指出:"中国词学,在南渡以后,本可直接由周邦彦一条路线走下去的,因为政治上受了一个最惨烈的打击,在承平一百七十余年的北宋社会,忽然被一种暴力所劫持,而变换了政治与生活的常态。""这使百年以来所代表的一种承平享乐的词风,为之遽变。"①当然,词作观念的转变需要有一个思考的过程,人的思想观念也不可能与时代现实的剧变同步,往往跟不上事变的进程。另一方面,长期积淀的传统词学观念,"诗庄词媚"的论调,已经积习成俗,也不是一下子可以冲破的。从这个角度考察南北之交的诗词创作,不难发现,比较全面、深刻地反映靖康之变的是诗歌先于词作,如刘子翚的《汴京纪事二十首》、吕本中的《兵乱后杂诗》五首、邓肃的《靖康迎驾行》以及陈与义的《感事》《伤春》等,都是展现那个动乱时代风貌的历史画卷。这种"史诗"般的时代纪实性的内容,在他们的词篇里却没有什么反映,或者表现的角度有所不同,但在写作时间上都后于诗歌。张元幹的情况也是如此。他最早写过《丙午春京城围解口号》和《感事四首丙午冬淮上作》等诗篇,而抒写忧愤国事的词作则是在四年之后,即建炎三年(1129)秋天所写的《石州慢·己酉秋吴兴舟中作》。如何看待这种诗词反映现实的不同步现象?我认为除了词体本身的抒情特性以外,与作者对词的观念形态的认识,随着"时移俗易"的变化是有密切关系的。

　　张元幹在战乱漂泊的环境中沉思,不仅深刻地感受到民族的苦难与悲哀,而且追寻酿成这场社会悲剧的原因。他出于对国家前途、个人命运的忧伤,无法抑止的愤怒感情,冲决了词为"艳科"的堤岸,自觉地把国家大事化为独特的意象,融进了一篇又一篇的新词章中。这些词作紧扣时代现实,毫无拘束地抒发自我襟怀,在自然流露中既扩大了审美空间,又创造出血泪凝成的前所未有的词境。可见社会现实的强烈影响和词作观念、情志的转向,这是促成张元幹词风嬗变的两大重要因素。

---

① 见《宋词通论》第36页,开明书店印行。

第五章
张元幹与"四名臣词"

南宋"四名臣"是指李光、李纲、赵鼎、胡铨,他们都是遭受秦桧迫害而坚贞不屈的爱国名臣,也是词坛名家。清末王鹏运把他们的词作合编为《南宋四名臣词集》,有《四印斋所刻词》本。张元幹与四名臣有相同的心志。关于他们之间的种种关系,分节叙述于下:

第一节 张元幹与李纲

李纲(1083—1140),字伯纪,号梁溪居士。他是南宋一代抗金名臣。南渡后宋高宗起用为尚书右仆射兼中书侍郎,居相位仅七十七日而遭罢官。绍兴后历任湖广宣抚使、江西安抚使、荆湖南路安抚使。他曾多次上疏议论复兴大事,反对和议,但始终不为朝廷所用。卒谥忠定。著有《梁溪词》一卷,又名《丞相李忠定公长短句》。

李纲的词作散佚很多,《全宋词》收录仅五十三首。所作词中有写贬谪生涯、怀古抒志的,如《六么令·次韵和贺方回金陵怀古,鄱阳席上作》云：

> 六代兴亡如梦，苒苒惊时月。兵戈凌灭，豪华销尽，几见银蟾自圆缺。

此首借金陵怀古旧题，抒发自己深藏内心的不忘抗金报国的责任感和坚强的爱国信念。在李纲词中最引人注目的是咏史词，共有七首。这些咏史之作，写得形象生动，笔墨豪宕雄健，在两宋词坛上是少见的。在这七首词中，除了《雨霖铃》一首是借唐玄宗故事讽刺当朝皇帝弃地逃跑外，其余皆为歌颂历史上消除内忧外患的英雄人物，如《念奴娇》(汉武巡朔方)，咏赞汉武帝用大将卫青、霍去病击败匈奴；《水龙吟》(太宗临渭上)，写唐太宗率领大军使突厥震骇屈服；《水龙吟》(光武战昆阳)和《喜迁莺》(晋师胜淝上)两首则写王莽和苻坚虽有百万之众，结果仍然遭到惨败。这些都是借古讽今，以激励朝廷的抗金意志。还有一首《喜迁莺·真宗幸澶渊》是写北宋抗辽之事，热情歌颂寇准力排众议、英勇抵抗的光辉业绩，以寄托自己的抗金理想。让我们读一首《喜迁莺·晋师胜淝上》，词云：

> 长江千里，限南北、雪浪云涛无际。天险难逾，人谋克壮，索虏岂能吞噬。阿坚百万南牧，倏忽长驱吾地。破强敌，在谢公处画，从容颐指。　　奇伟。淝水上，八千戈甲，结阵当蛇豕。鞭弭周旋，旌旗麾动，坐却北军风靡。夜闻数声鸣鹤，尽道王师将至。延晋祚，庇蒸民，周雅何曾专美。

这是描写历史上著名的淝水之战。词人按照历史战役的过程，层层递进，在夹叙夹议中概括了东晋以少胜多的作战业绩，形象鲜明，气势浩大，既富有历史感和现实意义，又充分体现出李纲咏史词的审美艺术价值。

在金兵压境的南宋初期，这七首咏史词的确是不同寻常的有为之作。它们的共同特征是既激励当朝皇帝要像历史上雄才大略的君主那样，不畏敌避难，又显示出作者以谢安、寇准等历史名臣自比的宏大抱负，笔力沉雄，气势豪宕，爱国思想感情充满字里行间。此外如李纲系念二帝被掳、坚信抗金必胜的《苏武令》，其结拍"拥精兵十万，横行沙漠，奉迎天表"数语，与岳飞《满江红》"待从头，收拾旧山河，朝天阙"相似，都是声情豪迈，可裂金石的壮语。然而南宋朝廷甘愿屈膝议和的现实，使他忧愤交并，身心俱瘁，以致发出了"江湖倦客，年来衰病，坐叹岁华空逝。往事成尘，新愁似锁，谁是知心底"(《永遇乐·秋夜有感》)的叹息，而想到如今"五陵萧瑟，中原杳杳，但有满襟清泪"，词人禁不住老泪纵横了。在李纲词中，时而高亢、时而低沉的音调，都带上了特定时代环境的感情色彩。

张元幹与李纲在北宋末和南渡后的交往，前面生平事迹中已有介绍。这里从创作的角度叙述他们南渡后所保持的密切关系。绍兴元年(1131)，李纲罢相后，提举洞霄宫，寓居福州。是年五月，他曾邀王仲嶷、吴岩夫、陈安节、周灵运等人游鼓山灵源洞，并留有题名。此幅石刻至今保存鼓山石门至水云亭间的左壁岩石上端。这一年张元幹毅然辞官归里，年底回到福州。这样他们两人由于战乱动荡，江湖阻隔，分离数年之后又得到了重逢，而且在李纲居闽期间，张元幹"岁时必升公之堂，获奉觞豆"(《祭李丞相文》)。有时陪同出游登高，放浪山水之间，相互赋诗唱和。张元幹《用折枢韵呈李丞相》二首有云："心知胜地都忘睡，喜听连床共和诗。"在《游东山二咏次李丞相韵》中云：

> 公如谢傅暂闲身,我亦归来效季真。
> 山屐数陪销暇日,诗篇常许和《阳春》。
> 虚怀寄傲三休外,洗眼旁观万态新。
> 谷口榴花解迎客,骑鲸端为谪仙人。

谢傅,指晋代名臣谢安(320—385)。他一心辅晋,声威外著,时人把他比作王导。他与其侄谢玄等大破苻坚于淝水,以功拜太保,卒赠太傅。谢安早年也曾放情丘壑,登览游赏。季真,指贺知章(约650—744),贺字季真,曾任秘书监,也称贺监。晚年自号"四明狂客"。他的个性旷达,能诗文,又善于草隶书。诗中以谢安比喻李纲,以贺知章自比,用得非常贴切而得体。尽管他们徜徉在山水之间,但内心仍然埋藏着志在忧国的悲愤。绍兴八年(1138),在宋金议和成为定局的情势下,李纲愤然上书谏阻和议,张元幹写过一首《贺新郎》(曳杖危楼去)寄给他,表示对李纲上书的支持(详见下章)。

绍兴十年(1140),南宋一代名臣李纲病逝于福州。这位"渡江以来,李伯纪第一流"(韩淲《涧泉日记》卷中)的人物的逝世,对于南宋中兴事业是一个重大的损失,而张元幹"闻讣之日,若噩梦然",更是悲恸欲绝,以万分沉痛的心情,一连写了悼念诗五首、祭文两篇和一篇追荐疏文。在《祭少师相国李公文》中,张元幹追念、缅怀与李纲结识相交的一件件往事,笔墨沉哀感人:

> 我来哭公,异于众人。往在宣和庚子,拜了堂先生庐山之南,心知天下将乱,阴访命世之贤。先生指公曰:"讳言久矣。乃者巨浸暴溢,都邑震惊。阴盛,兵象也。贵臣方负薪临河,有柱下史叩头陛下。愿陈灾异大略,胸中之

奇曾未一吐,已触鳞远窜矣。异时真宰相也,吾老不及见矣,子盍从之游?"后数年,始克见公梁溪之滨,历论古今成败,数至夜分。语稍洽,爰定交焉。盖瞻望最先,而登门良旧也。

越明年冬,虏骑大入。公在泰常决策,力赞徽宗内禅之志。已而庭争,挽回渊圣南巡之舆,明目张胆,自任天下之重。一迁而为贰卿,再迁而为右辖,三迁而为元枢,建亲征之使名,总行营之兵柄。辟置掾曹,公不我鄙。引承人乏,值围城危急,羽檄飞驰。寐不解衣,而餐每辍哺,夙夜从事,公多我同。至于登陴拒敌,矢集如蝟毛,左右指麾,不敢爱死。庶几助成公之奇勋,初无爵禄是念也。虏退城开,群邪未尽逐。父子之间,人所难言。飞语上闻,大臣畏缩避事。公毅然请行,剖赤心,迎大驾,调和两宫,再安宗庙,实系公之力。而宦传疑阃,事乃大谬。向使尽如壮图,督追袭之师半渡而击,首尾相应,可使太原解围。奈何反挤公,则有河东之役。仆尝抗之曰:"榆次之败,特一将耳。未当遽遣枢臣,此卢杞荐颜鲁公使李希烈也,必亏国体。"且陈以祸福利害,退而告公。公虽壮我,而为我危之。既不及陪属同列,有择地希进之诮,即投劾以自白,议者犹不舍也。是岁秋九月,卒与公同日贬,凡七人焉。

从这里可见张元幹与李纲不仅意气相投,关心国事朝政,而且在民族存亡危急时刻,有着共生死、同患难的战斗情谊。这种感情深挚真切的回忆,为南宋词坛留下极其珍贵的史料。

第二节　张元幹与胡铨

　　胡铨,字邦衡,号澹庵,江宁(今南京)人,避地居庐陵(今江西吉安)。生于徽宗崇宁元年(1102),比张元幹小十一岁。建炎二年(1128)进士。绍兴五年(1135)任枢密院编修官。后上书反对和议,请斩秦桧、王伦、孙近三人,以谢天下,被贬为福州签判。绍兴十二年(1142)又被押送新州(今广东新兴)编管。十八年移送吉阳军(今属海南省)。秦桧死后,量移衡州。孝宗乾道初知饶州(今江西波阳),历官至权兵部侍郎,以资政殿学士致仕。卒谥忠简。著有《澹庵文集》。其词有《澹庵长短句》一卷,今存词仅十六首。

　　胡铨一生虽屡遭秦桧迫害,被贬海外十年之久,但始终坚持反对屈膝议和。他的高风劲节,为后世所共仰。他所抒写愤世嫉邪的词作与其高尚的人格相表里,最为著名的是《好事近》:

　　　　富贵本无心,何事故乡轻别?空使猿惊鹤怨,误薜萝秋月。　　囊锥刚要出头来,不道甚时节。欲驾巾车归去,有豺狼当辙。

这是胡铨在被编管新州时身处逆境中所作。当时的"郡守张棣缴上之,以为讥讪,秦(桧)愈怒,移送吉阳军编管"(王明清《挥麈录·后录》卷十)。可见此词内涵极为深刻,而用语健挺,结末"豺狼当辙"乃用"豺狼当道,安问狐狸"(《东观汉记》卷二十)的典故,比喻权奸秦桧把持朝政。词中所写自己后悔出仕、意欲归隐的情绪,其实是一种愤激之辞。这首词中所表现出的不畏权势的斗争精神和忠义的气节,为作者赢得了很高的声誉。

张元幹与胡铨在何时结识相交,史无明载。但从现存文献资料来看,这与胡铨《戊午上高宗封事》而遭贬福州是有密切关系的。据南宋罗大经《鹤林玉露》卷六甲编记载:

> 胡澹庵上书乞斩秦桧,金虏闻之,以千金求其书。三日得之,君臣失色曰:"南朝有人。"盖足以破其阴遣桧归之谋也。乾道初,虏使来,犹问胡铨今安在。张魏公(浚)曰:"秦太师专柄二十年,只成就得一胡邦衡。"

胡铨的上疏使朝野震惊,主和者斥之为"凶悖",而爱国人士则表示支持和同情。"宜兴进士吴师古锓木传之"(《宋史·胡铨传》),立即印刷,传遍天下。这对一向关注国事的张元幹来说是不可能不知晓的。后来胡铨在绍兴九年(1139)贬为福州签判,直到十二年被谪新州编管时离开,在福州共有三年时间。张元幹此时的游踪大都在福州,他们共处一地达三年之久,从此相识并结下了深厚的友谊。所以张元幹能够冒着政治风险,在胡铨编管新州时作《贺新郎》词为他送行(详见下章)。

在张元幹现存的诗词作品中,还有两首是与胡铨相关的,一是《瑞鹧鸪·彭德器出示胡邦衡新句,次韵》:

> 白衣苍狗变浮云,千古功名一聚尘。好是悲歌《将进酒》,不妨同赋《惜馀春》。　　风光全似中原日,臭味要须我辈人。雨后飞花知底数,醉来赢取自由身。

词题彭德器,生平事迹不详。在张元幹《芦川归来集》中提及的,尚有《病中示彭德器》、《彭德器画赞》、《彭德器北堂太夫人挽诗》等。前面所引《胡澹庵先生文集》卷十二《与彭德器书》中称"某顿首再拜上德器学士座前",并有"吾友平生磊落,喜为无顾忌大语"云云,可略知其为人。张元幹在《彭德器画赞》中称颂其"气节劲而议论公,心术正而识度远。使之临敌对垒,则必以巾帼遗人;若夫委质策动,自当以剑履上殿"。可知彭德器学士并非等闲之辈,他是一位才能出众而不为世所重的人物。在《病中示彭德器》诗中,首联云:"老病无堪正坐贫,交游相见赖情亲。"以上说明张元幹与彭德器是有深交的,而且都是支持胡铨的挚友,因此彭德器才愿意向他出示胡铨的新句。可惜张元幹次韵的胡铨原词已散佚不存,无从对照。

其二是《送舒希古》诗。这首为舒希古送行的五言古诗,末两句云:"倘复逢湘累,更与问憔悴。"下注云:"谓胡邦衡。"这里的"湘累"指屈原,张元幹把胡铨遭贬,比作屈原放逐,可见张元幹对胡铨的深切关怀是有志同道合的思想感情基础的。不过由于胡铨一贬再贬,后来贬谪海南,两人就没有机会接触相叙,而等到胡铨恢复自由,返归内地得以自便时,张元幹已于绍兴三十一年(1161)卒于异乡。

第三节　张元幹与李光、赵鼎

张元幹与李光、赵鼎的交往不多,属于一般性的关系,由于他们的心志相同,词作的基调也有共同之处。

先说李光及其词。

李光(1078—1159),字泰发,上虞(今属浙江)人。徽宗崇宁五年(1106)进士,曾任常熟知县。南渡后历官至参知政事。和议达成后,李光对秦桧撤淮南守备、夺诸将兵权事表示不满,并在高宗面前指责秦桧误国,因而屡遭贬谪。秦桧死后,他才得到复官。卒

谥庄简。著有《庄简词》一卷,今存仅十四首。李光的词作虽然不多,但颇有自己的个性襟怀,如《水调歌头》词云:

> 兵气暗吴楚,江汉久凄凉。当年俊杰安在,酌酒酹严光。南顾豺狼吞噬,北望中原板荡,矫首讯穹苍。归去谢宾友,客路饱风霜。　　闭柴扉,窥千载,考三皇。兰亭胜处,依旧流水绕修篁。傍有湖光千顷,时泛扁舟一叶,啸傲水云乡。寄语骑鲸客,何事返南荒。

这首词还有一段自叙性的词题:"过桐江,经严濑,慨然有感。予方力丐宫祠,有终焉之志,因和致道《水调歌头》,呈子我、行简。"李光经历了人间忧患,此时虽然已经告退,颇有出世之想,然而内心的苦闷、悲愤难平。词中既有对金兵踩躏人民的愤恨,又有对中原板荡的深切关注。全词在超然物外的隐逸之情中,渗透出英雄俊杰失路的悲愤和民族危难的忧患意识。

张元幹与李光的交往不多,从现存的资料来看,仅见《芦川归来集》附录中的一条题跋:

> 仲宗平昔负绝俗之文,今又具高世之行,群公赠言,足以不朽矣。顾予何足以进之,强为题跋云。　　宣和乙巳中秋后二日,山阴李光。

这是李光在宣和七年(1125)八月的题跋,其时正在京城任符宝郎(《宋史·李光传》),张元幹以祖父手泽向李光求跋时也在京城,当在赴陈留任职之前。题跋称颂张元幹的"绝俗之文"和"高世之行",可知他们之间是早有交往的。

再说赵鼎及其词。

赵鼎（1085—1147），字元镇，号得全居士，解州闻喜（今属山西）人。崇宁五年（1106）进士，曾官河南洛阳令。靖康初为李纲属官。金兵攻陷汴京后，命百官议立张邦昌为傀儡皇帝，赵鼎与胡寅等人逃入太学，拒不附议，表现出高尚的民族气节。南渡后官至尚书左仆射，同中书门下平章事。他力主抗金，反对和议，为秦桧所忌，一贬再贬，后谪吉阳军（今海南省三亚），秦桧仍不放过，欲置之于死地。赵鼎乃自号铭旌云"身骑箕尾归天上，气作山河壮本朝"，便绝食而死。孝宗时追谥忠简。著有《得全居士词》一卷，今存词四十五首。

赵鼎为南宋"屹然重望"的名臣，他"本不以词藻争短长，而出其绪余，无忝作者"（《四库全书总目提要》）。早期所写大都为闺怨、春愁等闲情绮语。南渡后，身受离乱之苦，故笔下多眷恋家国乡关之作，风格由柔变刚，"清刚沉至，卓然名家"（况周颐《蕙风词话》卷二）。如建炎元年（1127）九月，南渡泊舟仪真（今江苏仪征）江口时所作的《满江红》：

> 惨结秋阴，西风送、霏霏雨湿。凄望眼、征鸿几字，暮投沙碛。试问乡关何处是？水云浩荡迷南北。但一抹、寒青有无中，遥山色。　　天涯路，江上客。肠欲断，头应白。空搔首兴叹，暮年离拆。须信道消忧除是酒，奈酒行有尽情无极。便挽取、长江入尊罍，浇胸臆。

这首词借景抒情，宣泄了对国事艰危的深重忧愁，蕴含着深厚的思乡爱国之情。如果没有时代国难所激发的感情，没有亲身避乱南方的经历，那是写不出这样情意真切的词作来的。

又如他的《花心动·偶居杭州七宝山国清寺冬夜作》：

江月初升,听悲风、萧瑟满山零叶。夜久酒阑,火冷灯青,奈此愁怀千结。绿琴三叹朱弦绝,与谁唱、《阳春白雪》。但遐想、穷年坐对,断编遗册。　　西北欃枪未灭。千万乡关,梦遥吴越。慨念少年,横槊风流,醉胆海涵天阔。老来身世疏篷底,忍憔悴、看人颜色。更何似、归欤枕流漱石。

词人所忧愤的正是"西北欃枪未灭";而老来身世漂泊,还要"看人颜色",更增添他内心的忧愁。这种复杂的愁绪便构成全词寓壮于悲的激昂怨慕的风格。由于赵鼎主战的壮志难酬而又身遭迫害,故内心的抑郁痛楚,往往诉之笔端。如《鹧鸪天·建康上元作》写作者避乱流离,虽时值元宵佳节,但"天涯海角悲凉地,记得当年全盛时",抚今追昔,其故国之思不禁油然而生。在被贬岭南时所写的《洞仙歌》,更是倾诉心中的"万斛清愁",笔力含蓄深沉。赵鼎后期词作"摧刚藏棱",变激昂之音为凄楚怨恨,令人不忍卒读。

　　从现存史料来看,张元幹与赵鼎没有直接交往,但赵鼎与李纲、张浚、吕本中等人结交,却与张元幹有间接关系。更重要的是,作为中兴贤相的赵鼎始终主战,这与张元幹的抗金态度是一致的。早在靖康初汴京危急之时,赵鼎竭力反对割地议和,认为"祖宗之地不可与人"(《宋史·赵鼎传》)。后来虽身处死生祸变之际,其忧国爱君之心依旧,这与张元幹归隐后的处境心态也是相近似的。赵鼎词中所表现的思乡爱国的感情,更是与张元幹词作心志息息相通。

　　以上四名臣的词作既有思想感情上的相同点,又呈现出各自不同的个性风貌。他们忧虑国事日非的词心和"愤"中有"悲"的引人瞩目的词篇,都与张元幹的词作相配合,对南渡以来词风转变起着推波助澜的作用。

第六章

张元幹的爱国词

在南渡词人中,涌现出一批爱国词人群体。他们的激烈壮怀和愤世之情,在炽热腾涌的爱国氛围中空前高涨、升华,发为词章,往往喷薄而出,直抒胸臆,其思想内容大都反映了民族的苦难并与社会现实的政治斗争有着密切的联系。在艺术风格上,他们深深感到北宋以来所盛行的清丽雅致的传统婉约词风,已不适宜表达人间沧桑的特定时代精神,而苏轼开创的豪放一路,则成为他们抒发爱国感情、宣泄心中愤恨的极好借鉴。其中,最早运用词作武器,反对议和,并充分体现出崇高的人格和词品的就是张元幹。他的爱国词作具有深刻的思想内涵和鲜明的时代色彩,在南宋词坛上独树一帜,并在当时和后世都赢得了很高的声誉。现在让我们领略这些词作的独特意象、审美内涵。

第一节　反映和与战的政治斗争

在南宋前期,朝廷统治集团内部所展开的一场关于和与战的激烈斗争,这并不是北宋中期以来新旧党争的延续,而是在宋金民族矛盾激化的特殊历史背景下的产物。当时的和战问题是关系着南宋朝廷的前途命运和民族存亡的一件大事，引起举国上下、朝野人士的普遍关注。一方面广大军民纷纷起来抵抗金兵的残暴掳掠，如在山西、河北一带的红巾军和以太行山为基地的八字军等，都有较强的武装力量。一些主战将领如宗泽、韩世忠、岳飞等，不仅率领宋军英勇作战，而且收复了大片失地。金军主力兀术所部遭到宋军的多次重大打击后，"十存三四，往往扶舁呻吟而归"（《大金国志》卷七）。宋金双方的力量对比开始发生了变化。另一方面，宋高宗与秦桧等人则忘掉了民族耻辱而屈膝议和。绍兴八年（1138）十一月，围绕着金使张通古以"江南诏谕"的名义至临安事，朝廷中和战两派又进行一场非常激烈的争论。反对和议的如礼部侍郎曾开"奏论不当讲和"，兵部侍郎兼权吏部尚书张焘也条奏"屈己就和利害"①。可是"宰相秦桧方主和议，力赞屈己之说，以为此事当由圣断，不必谋之在庭。上（高宗）从其言。其议已定，而外论纷然，群起以攻之"②。其中痛斥和议最为激烈的是枢密院编修官胡铨。他上书乞斩秦桧、孙近、王伦：

> 臣备员枢属，义不与桧等共戴天日！区区之心，愿斩三人头，竿之藁街，然后羁留虏使，责以无礼，徐兴问罪之师，则三军之士，不战而气自倍！不然，臣有赴东海而死耳，宁能处小朝廷求活耶？
> ——《胡澹庵文集》卷七

这是何等胆量！何等气魄！胡铨的上书，轰动了整个汴京，"市井

---

① 均见宋·徐梦莘《三朝北盟会编》卷一百八十五——一百八十六。
② 同上。

间喧腾数日不定"①。可见人心公议是不可遏止的。尽管后来他遭到了秦桧的迫害,但是这种民族的浩然正气,在宋代历史上谱写出惊天动地的篇章!

是年十二月,李纲在福州得知朝廷屈辱求和,顿时义愤填膺,立即上疏谏阻曰:"臣民之心戴宋不忘,与有识者谋之,尚足以有为,岂可忘祖宗之大业,生灵之属望,遽自屈服,冀延旦暮之命哉!"②这位在靖康元年保卫京城有赫赫之功的李纲,又是主战派的领袖人物,他的上疏是举足轻重的,是有影响的。这一年张元幹居在福州,闻讯后怀着对权臣"欲息兵戈"的愤慨之情,写了一首词送给李纲:

贺新郎
寄李伯纪丞相

曳杖危楼去。斗垂天、沧波万顷,月流烟渚。扫尽浮云风不定,未放扁舟夜渡。宿雁落、寒芦深处。怅望关河空吊影,正人间、鼻息鸣鼍鼓。谁伴我,醉中舞? 十年一梦扬州路。倚高寒、愁生故国,气吞骄虏。要斩楼兰三尽剑,遗恨琵琶旧语。谩暗涩、铜华尘土。唤取谪仙平章看,过苕溪、尚许垂纶否?风浩荡,欲飞举。

这首词的上片侧重写景,融情入景。在一片夜深寂静的苍茫景象中,暗示着动荡不定的政治局势。"正人间、鼻息鸣鼍鼓",既是那些苟且偷安、醉生梦死者的写照,又表达"众人皆醉我独醒"的心

---

① 《三朝北盟会编》卷一百八十六。
② 《梁溪先生全集》卷一百零二《论使事劄子》。

曲。上片以"谁伴我，醒中舞？"收结，不仅承上"月流烟渚"、"关河空吊影"的情景，而且借用晋祖逖与刘琨夜半闻鸡同起舞剑的故事，表明自己不能与志同道合者共商恢复中原大事，唯有自伤孤独，由此而转入寄赠李纲的主题。

下片联系金兵南侵的史实，直抒情志。"十年一梦扬州路"，指十年前，即建炎元年（1127），金兵分道南侵，宋高宗避难至扬州，后又逃至杭州，而扬州则惨遭金兵焚毁。这些惨痛的历史教训，激励着词人"气吞骄虏"的雄心壮志。然而中原未复，朝廷主和，使他产生一种报国无路的压抑感。这里作者运用两个典故，借古喻今。其一是"要斩楼兰三尺剑"，事见《汉书·傅介子传》。词人以楼兰比喻金统治者，以傅介子比喻李纲，表示坚定抗金的志向。其二是"遗恨琵琶旧语"，用汉王昭君出塞和亲的故事，借以抒写朝廷屈辱议和而导致英雄失路的无穷遗恨。正如杜甫《咏怀古迹》诗中所写："千载琵琶作胡语，分明怨恨曲中论。"这里更烘托出作者对主和误国者的愤然不平之气。结处"唤取"数句，不仅以谪仙李白比喻李纲，表示对他的敬仰之情，而且以"风浩荡，欲飞举"来期望李纲乘时而起，再立功业。因为李纲曾说过："余既居梁溪，有田园可乐，又生平爱钱塘湖山之胜，常欲治书室湖上……往来苕、霅间。"（《梁溪全集》卷二十一）故词中提出"尚许垂纶否"，这既符合李纲闲居福州的处境，又从应该乘风飞举中深化抗金爱国的主题。

这首支持李纲上书，跳动着一颗"忧国之心"的词作，慷慨悲壮，一时传唱，震动词坛。经过了半个多世纪，南宋后期的韩淲在一次酒席上，听到有人唱张元幹这首声情悲壮的词篇，情不自禁地用原韵谱写一词：

贺 新 郎

坐上有举昔人《贺新郎》一词,极壮,酒半,用其韵

万事伴休去。漫栖迟、灵山起雾,玉溪流渚。击楫凄凉千古意,怅怏衣冠南渡。泪暗洒、神州沉处。多少胸中经济略,气□□、郁郁愁金鼓。空自笑,听鸡舞。　　天关九虎寻无路。叹都把、生民膏血,尚交胡虏。吴蜀江山元自好,形势何能尽语。但目尽、东南风土。赤壁楼船应似旧。问子瑜、公瑾今安否?割舍了,对君举。

这时的南宋朝廷,国势日衰,已经一蹶不振。"王师北定中原日"的希望似乎成为关怀国事者的心理幻觉。韩淲面对中原的"生命膏血",长时期地任从"胡虏"来"宰割"的局势,"何能尽语"。张元幹词中的慷慨之音,使他心胆俱裂,欲哭无声,只能暗自落泪洒神州了。韩淲这种忧愤国事的焦急心态,可以说是受到了张元幹这首词作深意的感召。

四年之后,也就是绍兴十二年(1142),张元幹又不顾个人安危,冒着极大的政治风险,写了另一首《贺新郎》词送给胡铨,并与之饯别。当时的政治环境十分险恶,因为秦桧一手遮天,掀起了一股迫害主战人士的政治风波,不择手段地残害忠良,演出了一幕幕政治悲剧。这一年,秦桧又指使他的爪牙诬陷胡铨,把他从福州押送新州(今广东新兴)编管。"一时士大夫畏罪钳舌,莫敢与立谈"(岳珂《桯史》卷十二)。蔡戡在《芦川居士词序》中亦云:

绍兴议和,今端明胡公铨上书请剑,欲斩议者。得罪权臣,窜谪岭海,平生亲党避嫌畏祸,唯恐去之不速,公作长短句送之。

在这种政治压抑、环境险恶的形势下，张元幹给胡铨送词饯别，不仅充分显示出他的崇高人品，而且揭开了南宋反议和斗争的崭新一页，具有划时代的意义。其词云：

贺 新 郎
送胡邦衡谪新州

梦绕神州路。怅秋风、连营画角，故宫离黍。底事昆仑倾砥柱，九地黄流乱注？聚万落、千村狐兔。天意从来高难问，况人情、老易悲难诉。更南浦，送君去！　　凉生岸柳催残暑。耿斜河、疏星淡月，断云微度。万里江山知何处？回首对床夜语。雁不到、书成谁与？目尽青天怀今古，肯儿曹、恩怨相尔汝？举大白，听《金缕》。

北宋以来，不知有多少词人写过送别词。其中比较著名的如柳永的《雨霖铃》和周邦彦的《夜飞鹊·别情》，抒写男女离别之情，果然真切感人，但缺乏深刻的社会意义。张元幹这首词却不同，通篇扣住送别的词旨，写得沉郁顿挫，爱憎分明，又充满强烈的时代生活气息。词的开头从"梦绕神州路"起笔，借梦境以表现对中原故国的思念，感情极为沉痛。接着笔锋一转，词人连用了三个比喻：以昆仑山天柱倒塌比喻北宋的覆没，以黄河洪水泛滥比喻金兵的猖獗，以狐兔聚于千村万落比喻金兵占领中原的荒凉景象，不仅有力地写出国土沦丧的悲愤，而且以"底事"两字提出了为何造成这种惨象的问题。这与决策讲和的宋高宗有直接关系。在这个复杂而又重大的问题上，作者只能用曲折的手法，把笔锋转到"天意从来高难问"方面,借用杜甫《暮春江陵送马大卿公恩命追赴阙下》"天意高难问,人情老易悲"的诗意,表达自己对宋高宗苟安求和的不满以及对胡铨遭贬的不平心情。这样又转到了胡铨远贬与今夜的送别场景。

下片抒写离别情意。"凉生岸柳催残暑"三句,既点明初秋的季节,又描绘了秋夜的物景,而且从离别的自然环境中烘托出悲凉的心境。"万里江山知何处"四句,低回曲折地抒写离情。作者以回忆往昔对床夜语想到日后追思今日长夜深谈的曲折手法,进一步表达他们的深厚友谊和惜别情绪,而且想到别后书信难通,更添伤离愁苦。尽管他心中藏有千言万语,感情悲沉郁积,但是展望天下而胸怀今古,情思顿觉高昂。词末寓壮于悲,举杯消愁,听唱此曲,正是一结悲壮,余韵不尽。

这两首"慷慨悲凉"的词作,笔力直透纸背,当时盛传各地。它那宏畅的音调,扣人心弦,激发起无数爱国人士的共鸣。如南宋杨冠卿"听之慨然",并用前首原韵赋词一首,其词云:

贺新郎

秋日乘风过垂虹时,与一羽士俱,因泛言弱水蓬莱之胜。旁有溪童,具能歌张仲宗"目尽青天"等句,音韵洪畅,听之慨然。戏用仲宗韵呈张君量府判

薄暮垂虹去。正江天、残霞冠日,乱鸿遵渚。万顷云涛风浩荡,笑整羽轮飞渡。问弱水、神仙何处?翳凤骑麟思往事,记朝元、金殿闻钟鼓。环佩响,翠鸾舞。　　梦中失却江南路。待西风、长城饮马,朔庭张弩。目尽青天何时到,赢得儿童好语。怅未复、长陵抔土。西子五湖归

去后,泛仙舟、尚许寻盟否?风袂逐,片帆举。

　　杨冠卿生于绍兴九年(1139),《四库总目提要》据其《纪梦诗》序"戊戌(淳熙九年,1178),年四十"推其生年为绍兴八年,比蔡戡年长,而与张孝祥友善,相距张元幹的时代并不远。他这首词用的是张元幹送李纲词的原韵,而融入送胡铨词的内涵。他所感慨的不是蓬莱仙境胜地,而是中原未复的惆怅:"目尽青天何时到,赢得儿童好语。怅未复、长陵抔土。"长陵本是汉高祖刘邦的陵地,在今陕西咸阳,这里借指宋代帝王陵寝。由此可见,中原未复的民族遗恨始终铭刻在南宋有志之士的心中,而这两首词所产生的政治影响又是多么巨大而深远!

　　张元幹因为写了这两首伸张民族正气的词作,遭到秦桧残酷的政治迫害。如前所说,张元幹在绍兴二十一年(1151)被秦桧"以它事追赴大理削籍"(王明清《挥麈录·后录》卷十),家中亦被搜抄。据张元幹侄孙张广《芦川归来集序》云:

　　　　逮绍兴末,忤时相(指秦桧)意,语及讥刺者,悉搜去。

这里虽然说明张元幹的作品被搜抄,但是这二首词仍流传于世。王明清在《挥麈录·后录》中详尽地记载这段史实后作附记说:"此一段皆邦衡之子瀣手为删定。"张元幹之孙钦臣在《芦川归来集·跋》中也说:"得胡忠简子提刑公示及《贺新郎》二词真迹,诸贤见之,叙述称嘉。"从前我们以为这"二词真迹"早已不存,这是由于我们阅读范围没有涉及石刻法帖方面而产生的缺憾。其实南宋曾宏父据家藏宋人真迹编刻成书法汇帖《凤墅帖》①,已收入张元幹《贺新郎》(梦绕神州路)词的真迹。尽管原书全帙已佚,今存宋拓残卷本已成海内孤帙,而张元幹此首则赫然在目。清人刻有《凤墅残帖释文》,其卷四载张元幹《贺新郎》(梦传神州路)真迹拓本。杨万里题跋有云:"万里顷官五羊(广州),与少监公之子提舶公(按:即张元幹次子竦)同寮,相得《芦川集》,首见此词。坐客有善歌者慨然歌之,一声直上,云破石裂,闻者泣下,此与燕丹送荆卿于易水之歌何异?"这条稀见史料为前人所未引用,极为珍贵,同时又显示出这首词作具有震撼人心的艺术感染力。

张元幹这两首"压卷"之作,其"刚风劲节,人所共仰"(叶申芗《本事词》),不仅在他的生命史上留下了光辉的一页,而且开创了南宋爱国词的先声,影响极为深远。"数百年后,尚想其抑塞磊落之气!"(《四库全书总目提要》)

第二节 表达抗敌报国的宏愿

在张元幹的爱国词中,有一些是通过自己避乱漂泊生活的描述,让我们看到一幅幅战乱动荡的社会图画,听到国家危难时刻的人民心声。如《石州慢·己酉秋吴兴舟中作》:

风急云飞,惊散暮鸦,微弄凉月。谁家疏柳低迷,几

---

① 曾宏父,字幼卿,自号凤墅逸客,庐陵人。南宋嘉熙淳祐间(1232—1252)辑刻《凤墅帖》四十四卷,今存残帖本《凤墅残帖释文》,南京图书馆藏有清刻十卷本。张元幹《贺新郎》(梦绕神州路)词真迹与现行此词相对照,除无词题外,尚有五处异文,拟在笺注本中增补,此不赘述。

点流萤明灭。夜帆风驶,满湖烟水苍茫,菰蒲零乱秋声咽。梦断酒醒时,倚危樯清绝。　　心折。长庚光怒,群盗纵横,逆胡猖獗。欲挽天河,一洗中原膏血。两宫何处?塞垣只隔长江,唾壶空击悲歌缺。万里想龙沙,泣孤臣吴越。

己酉,即建炎三年(1129)。这是民族灾难深重的年代,也是南宋处境危急的时刻。这年二月,金兵攻陷扬州,宋高宗仓皇逃往临安。三月,南宋小朝廷发生了苗傅、刘正秀的兵变,并胁迫高宗退位。"苗刘之变"虽很快平定,但金兵又乘势渡江,直逼临安。高宗狼狈出逃,辗转至海上,而江南一带则惨遭金兵的蹂躏。是年秋天,张元幹正在吴兴(今浙江湖州)避乱,目睹国事危急,怀着满腔的忧国悲愤,倾吐民族苦难的心声。

词的上片写景,既描绘出一幅"雨急云飞"、湖面烟水苍茫的自然画面,也展现了战乱时代风云变幻的图像。下片直抒胸臆,以"心折"两字领起,既是承上,又是启下。南朝诗人江淹《别赋》用"心折骨惊"来形容离别的伤心,这里是为国事而伤悲。正如作者在《建炎感事》诗中所说:"三吴素轻浮,伤弓更心折。"在当时内忧外患的严峻时刻,天空的长庚星(即金星,又名太白星,古代认为主兵戈之事)如今似乎放射出愤怒的光芒,对于"壮志深忧国"的词人来说,怎能不感到"心折"呢?尤其是徽、钦二帝被掳北去的耻辱,"塞垣只隔长江"的现实,更使他悲愤填膺,大声疾呼:"欲挽天河,一洗中原膏血。"这种慷慨悲壮的杀敌呼声,震撼人心的气势,充分体现了时代的精神,表达了人民抗战的心声。词末以痛语收结,既是国难当头时忠臣义士的共同哀泣,又是一位避乱漂泊者的自我伤悲。作者在层层递进中塑造了一位壮志未伸、雄心不已的孤臣孽子的形象。

张元幹在建炎年间战乱频仍的形势下，还写了一首《水调歌头·同徐师川泛太湖舟中作》：

> 落景下青嶂，高浪卷沧洲。平生颇惯江海，掀舞木兰舟。百二山河空壮，底事中原尘涨，丧乱几时休！泽畔行吟处，天地一沙鸥。　　想元龙，犹高卧，百尺楼。临风酹酒，堪笑谈话觅封侯。老去英雄不见，惟与渔樵为伴，回首得无忧。莫道三伏热，便是五湖秋。

作者与徐俯在乱世中相逢，同泛舟于太湖之上。那种悲喜交加的情感中蕴含着多少艰难漂泊、流落异乡的痛楚。尽管太湖的风光是那么美丽，但他们毕竟是来"避地"，而不是"胜游"，因此词人笔下的自然景象是"落景下青嶂"，是"高浪卷沧洲"。如果说这里"落景"与"高浪"的意象，曲折地反映了战乱动荡的时代，那么"百二山河空壮，底事中原尘涨，丧乱几时休"则是直抒神州陆沉、国事危急的悲愤。"泽畔行吟处"，是借屈原以自比。《楚辞·渔父》："屈原既放，游于江畔，行吟泽畔，颜色憔悴，形容枯槁。"而"天地一沙鸥"，是用杜甫《旅夜书怀》的成句，既刻画出一位国土沦丧时漂泊者的形象，又是那个时代苦难的社会缩影。由于报国无路，词人发出了"惟与渔樵为伴"的愤切的感叹，但是"回首得无忧"，仍使人感触到他的一颗"忧国之心"在跳动。

这两首词是张元幹从前期"绮罗香泽"的情调转变为寄慨国事的慷慨悲壮之音的代表作。在南渡词人的创作中，他是最早用词的形式，艺术形象地反映这场民族灾难，抒写战乱流离悲苦的词人。

第三节　梦绕中原　意蕴浑厚

自中原板荡以来,无数爱国志士在精神上承受着民族耻辱的极大痛苦,也激发起他们思念故国河山的创作欲望。但是即使相同的时代和背景,相同的题材,在不同词人头脑中所形成的艺术判断和价值取向都是不同的。这就是"同"中有"异",也就是体现出艺术创作中的个性化特征。

张元幹此类词作的"同"中之"异",表现在真实感情的倾泻中显示出鲜明的个性,具有不同的风貌。比较突出的有两点:一是直抒情志,二是梦中意象。

先讲直抒情志。这是一种直率的表达方法。在神州蒙辱的时代环境中,张元幹满腔激愤的感情达到了不可抑制的地步。他那种要收复失地、中兴宋室的民族意识、炽热的激情,再也用不着含蓄蕴藉,而是一泻无余地喷吐在词章上。除了前面所引的"欲挽天河,一洗中原膏血"(《石州慢·己酉秋吴兴舟中作》)和"百二山河空壮,底事中原尘涨,丧乱几时休"(《水调歌头·同徐师川泛太湖舟中作》)以外,还有《水调歌头·送吕居仁召赴行在所》,其上片云:

> 戎虏乱中夏,星历一周天。干戈未定,悲咤河洛尚腥膻。万里两宫无路,政仰君王神武,愿数中兴年。吾道尊洙泗,何暇议伊川。

这种慷慨悲壮的音调,正是张元幹爱国热肠的心血喷涌,是他艺术生命的"自我"体现。他那直抒心胸的呼声,在当时词坛上是最强烈的,最响亮的,也是最悲壮的。可是南宋朝廷一直苟且偷安,并无恢复之意,南宋一代英雄豪杰无不扼腕叹息。张元幹"愿扫妖氛"、"廓清宇宙"的壮志,只能付之东流,而中原故土也只有在梦魂中神游了。

其次是梦中意象。在古代诗词中借助梦境抒情、记事,可以说是常见的手法。唐代诗人李贺写过一首《梦天》诗,通过梦游月宫仙境,下俯人寰景象,感到人世"千年如走马",时间是那样的短促,空间又是那样的渺小,其中寓寄着人间沧桑的无限感慨。但是不同时代生活的"梦境",都有着各自的特点。北宋晏几道词中也有借梦抒情的,如《生查子》"关山魂梦长"、"归梦碧纱窗",写出了一个游子思念家中妻子的"梦"。张元幹词中的"梦境"则别有一番意象,他既不写梦游天上月宫仙境,也不写梦见妻子的情景,而是做着怀念故国的"梦"。他借助记梦词来倾吐自己的心曲,有着时代现实的亲切感受,意蕴深厚。比如:

梦绕神州路。
——《贺新郎》

梦中原,挥老泪,遍南州。
——《水调歌头》

梦中北去又南来。饱风埃,鬓华衰。
——《江神子》

别离久,今古恨,大刀头。老来长是清梦,宛在旧神州。
——《水调歌头》

西窗一夜萧萧雨，梦绕中原去。觉来依旧画楼钟，不道木犀香撼、海山风。

　　　　　　　　　　　　——《虞美人》

　　中原旧游何在？频入梦，老眼空潸。

　　　　　　　　　　　　——《十月桃》

如果说中原人民遭受的民族苦难没有在他的头脑里生根的话，那么这些念念不忘中原失地的深沉的记梦词句是孕育不出来的。这是主观意识受到特定时代感应的产物，而且开创了南宋时期借梦抒写爱国情思的先河，对后世陆游、辛弃疾等爱国诗词的创作产生了直接的影响。

第四节　伤时感事　寄托遥深

　　前面所举张元幹的爱国词作，在写法上大都用直接抒情的方式，感情激越慷慨，气势豪宕刚健，感人心肺，长人意气，但也有摧刚为柔、化情语为含蓄的篇章，二者是不可偏废的。诗贵含蓄，词亦须含蓄。清沈祥龙《论词随笔》云：

　　含蓄无穷，词之要诀。含蓄者意不浅露，语不穷尽，句中有余味，篇中有余意，其妙不外寄言而已。

所谓"寄言"，也就是作词所运用的"寄托"手段。周济在《介存斋论词杂著》中说：

初学词求有寄托,有寄托则表里相宣,斐然成章;既成格调,求无寄托,无寄托则指事类情,仁者见仁,智者见智。

周济把"寄托"当作词学的命脉,颇受后世的推重。然而,何谓"寄托"? 立论者的说法并不完全一致。吴梅在论咏物之作时说:"所谓寄托者,盖借物言志,以抒其忠爱绸缪之旨,三百篇之比兴,《离骚》之香草美人,皆此意也。"[①]从"寄托"的本义来说,意藏于内的目的是为了"言志",为了表达不敢或不能明言的衷肠。这与时代环境和个人身世有着密切的关系。尤其在南宋时期,"国势陵夷,金之继迫,忧时之士,悲愤交集,随时随地,不遑宁处。而时主昏庸,权奸当道,每一命笔,动遭大僇,逐客放臣,项背相望,虽欲不掩抑其辞,不可得矣。故词至南宋,最多寄托,寄托亦最深婉"[②]。从总体上说,这是南宋词人最多寄托的主要原因。从词人个体来看,正是由于伤时念乱的种种感受特别深切,不能有感而无所寄托。所以我们探索词作内容有无寄托,必须要知其人而论其世的。比如岳飞写过慷慨激昂、气壮山河的《满江红·写怀》,但是由于朝廷一意求和,使他的报国理想不能实现,所写《小重山》词与《满江红》的格调不同,词云:

昨夜寒蛩不住鸣,惊回千里梦,已三更。起来独自绕阶行,人悄悄,帘外月胧明。　　白首为功名,旧山松竹老,阻归程。欲将心事付瑶琴,知音少,弦断有谁听。

---

① 吴梅《词学通论》第 5 页。
② 詹安泰《宋词散论》第 64 页。

这首词抒发了失地难复、有家难归、壮怀无人理解的内心痛楚,写得委婉含蓄,如怨如慕,如泣如诉。其结末三句所写自己内心的隐衷是有寄托深意的。陈郁《藏一话腴》谓此首"欲将心事付瑶琴,知音少,弦断有谁听"指主和议者①,可以说是道出了词的主题。

在张元幹词中也有不少寄托"深婉"之作,曲折含蓄地抒发故国之思,如《兰陵王·春恨》:

> 卷珠箔,朝雨轻阴乍阁。阑干外,烟柳弄晴,芳草侵阶映红药。东风妒花恶,吹落梢头嫩萼。屏山掩,沉水倦熏,中酒心情怕杯勺。　　寻思旧京洛。正年少疏狂,歌笑迷著。障泥油壁催梳掠。曾驰道同载,上林携手,灯夜初过早共约。又争信飘泊。　　寂寞,念行乐。甚粉淡衣襟,音断弦索。琼枝璧月春如昨。怅别后华表,那回双鹤。相思除是,向醉里、暂忘却。

此首词题黄昇《中兴以来绝妙词选》作"春游"。其实这是张元幹南渡后身经丧乱之痛,借"春恨"以抒写黍离之悲,故不能拘泥于泛泛的"春恨"。词的第二片换头"寻思旧京洛"一句,承上启下,并转入对往昔汴京繁华景象追忆,含蕴着深沉的感念故国之情。他在《次友人寒食书怀韵二首》之一中曾写过:

> 往昔升平客大梁,新烟燃烛九衢香。
> 车声驰道内家出,春色禁沟宫柳黄。
> 陵邑只今称虏地,衣冠谁复问唐装。
> 伤心寒食当时事,梦想流莺下苑墙。

---

① 　此据清沈雄《古今词话》上卷。

作者运用今昔对照的手法，伤时感事，吐露出深沉的爱国感情。这与本词的主旨是一致的。可见"寻思旧京洛"的"旧"字，并非指"新"与"旧"的概念，而是有着特殊的时代含义。词人笔下的"旧京洛"，早已被金兵占领，"陵邑只今称虏地"了。宋翔凤在《乐府余论》中说：

> 南宋词人系心旧京，凡言归路，言家山，言故国，皆恨中原阻隔。

这种痛恨中原阻隔的情绪，不正是亡国之恨的感情流露吗？不过词中没有明说，而是暗示。陈廷焯《白雨斋词话》卷六云："黍离麦秀之悲，暗说则深，明说则浅。"这就是强调寄托要深厚，寄托不厚，当然也就感人不深了。张元幹这首词作曲折含蓄地表达对故国的刻骨思念，笔力凝重，情意深沉，呈现出一种"深婉"的风格。又如《石州慢》：

> 寒水依痕，春意渐回，沙际烟阔。溪梅晴照生香，冷蕊数枝争发。天涯旧恨，试看几许消魂，长亭门外山重叠。不尽眼中青，是愁来（一作怕黄昏）时节。　　情切。画楼深闭，想见东风，暗销肌雪。辜负枕前云雨，尊前花月。心期切处，更有多少凄凉，殷勤留与归时说。到得却相逢，恰经年离别。

这首有所寄托的词，在黄昇《中兴以来绝妙词选》中有词题"初春感旧"，是有感而发的。词中运用比兴寄托，确实寓有深远的意念。黄苏《蓼园词选》云：

> 仲宗于绍兴中，坐送胡铨及李纲词除名，是其忧国之心，不肯附秦桧之和议可知矣。际国事孔棘之时，因思同心之友，远谪异域，此心之所以耿耿也。起首六语，是望天意之回；"数枝争发"，是望谪者复用也；"天涯旧恨"至"黄昏时节"，是目望中原，又恐不明也；想见"东风销肌雪"，是念远同心者应亦瘦损也；"辜负枕前云雨"，是借夫妇以喻朋友也。因送友而除名，不得已而托于思家，意亦苦矣。

黄苏的这种说法，并非纯主观臆断，也许是"作者之用心未必然，而读者之用心何必不然"（谭献《复堂词录叙》）吧。不过对于这首"脍炙人口"的词篇，是否要这样分解而落到实处，并不是没有异议的。但从词中所抒写"天涯旧恨"和"不尽眼中青，是愁来时节"来看，可知其心中郁积无穷的新愁旧恨。这与《兰陵王·春恨》词中眷恋旧京的繁盛以及北宋覆灭后的无限悲痛一样，都是蕴含着一种相当深厚的爱国思想感情。

张元幹这两首寄托深婉的词作，不仅历来受到人们的推崇，而且表明了他的爱国词作的风格，已由"豪放"走向"婉约"。

第七章

张元幹隐逸词的意趣

南宋前期,在战乱动荡、山河破碎的特殊时代里,一方面以抗金卫国为基调的爱国词作得到空前的发展,另一方面又逐渐出现追求山林隐逸之趣的作品。这种复杂的文学现象,不仅反映了那个时代所特有的悲剧色彩,而且表现了正直士大夫在国难中屡遭排斥、压抑的人格与心态。他们既然失落了抗金功业上的理想,那么,面对痛苦人生的退路选择,就是走向远离社会的大自然,回归山林而寻求精神上的寄托,以解脱自我。隐逸词作也就应运而生了。

第一节 北宋隐逸词的发展轨迹

在词的发展史上,隐逸题材的出现是比较早的。从现存唐五代词中,我们可以读到描写隐逸生活情致的作品,其中最为著名的就是张志和的《渔歌子》五首之一:

西塞山前白鹭飞,桃花流水鳜鱼肥。青箬笠,绿蓑衣,斜风细雨不须归。

这首"笔墨入化,超然尘埃之外"(《蓼园词选》)的渔家之歌,开启了后世文人抒写隐逸之趣的门径。

宋初以来,承平日久的社会环境使多数词人、达官文士的宴饮、欢会,在晚唐五代余风的直接影响下低吟浅唱,很难感受到"渔家之歌"的真谛。尽管宋初词苑中也有一些因仕途失意而寄情于山水风光的佳作,但还没有出现寻求大自然宁静、安逸的趋势。到了北宋中期,一些士大夫文人卷入了新旧党争的漩涡,并随官场沉浮,经历了种种磨难。他们遭贬受累,外在失落的痛苦,促使自己寻求内心的精神补偿,以解脱自我,而走向大自然的山林隐逸之趣,可以抚慰那颗带有伤痕的心灵。其中有代表性的词人是苏轼,他首先运用张志和《渔歌子》的成句作《浣溪沙·渔父》词:

> 西塞山边白鹭飞,散花洲外片帆微。桃花流水鳜鱼肥。　　自庇一身青箬笠,相随到处绿蓑衣。斜风细雨不须归。

此外,他还写四首《渔父》词:

> 渔父饮,谁家去。鱼蟹一时分付。酒无多少醉为期,彼此不论钱数。

又:

> 渔父醉,蓑衣舞。醉里却寻归路。轻舟短棹任斜横,醒后不知何处。

又：

　　渔父醒,春江午。梦断落花飞絮。酒醒还醉醉还醒,一笑人间今古。

又：

　　渔父笑,轻鸥举。漠漠一江风雨。江边骑马是官人,借我孤舟南渡。

苏轼这些词作虽然没有张志和原词那样"妙通造化",但是这里透露出一点信息,张志和《渔歌子》的影响到宋代已经逐渐扩大,同时也显示出苏轼因仕途失意而在词中融进解除"人间忧患"的山林隐逸之趣。如《沁园春·赴密州早行马上寄子由》词,下片云：

　　当时共客长安。似二陆初来俱少年。有笔头千字,胸中万卷,致君尧舜,此事何难。用舍由时,行藏在我,袖手何妨闲处看。身长健,但优游卒岁,且斗尊前。

这是苏轼离杭赴密州(今山东诸城县)"早行"途中所作。早在离杭之前,苏轼曾有《捕蝗至浮云岭,山行疲荼,有怀子由弟二首》,第二首中就有"独眠林下梦魂好,回首人间忧患长"的诗句。这首词中不难看出他要避开世路风险,归去过悠闲自在生活的心绪。此外还有：

　　无可奈何新白发,不如归去旧青山。

　　　　　　　　　　——《浣溪沙·感旧》

卖剑买牛吾欲老,乞浆得酒更何求。
——《浣溪沙·自适》

算诗人相得,如我与君稀。约他年、东还海道,愿谢公雅志莫相违。
——《八声甘州·寄参寥子》

不如归去。二顷良田无觅处。归去来兮,待有良田是几时?
——《减字木兰花·送东武令赵晦之》

买田阳羡吾将老,从来只为溪山好。来往一虚舟,聊随物外游。　有书仍懒著,《水调》歌归去。
——《菩萨蛮》

以上词句,都是苏轼"归隐"思想的自然流露。至于他的《满庭芳》(归去来兮)以及稍加檃括陶渊明《归去来兮辞》以就声律的《哨遍》词,更是淋漓尽致地宣泄欲归田园、溪山的思想感情。这些词句对宋代隐逸词的"滥觞"起到了一定的推动作用。

北宋后期不断出现归隐山林、寻求闲适意趣的词作。这不仅与当时新旧党争的政治环境有密切的关系,而且还受到佛、道思想的直接影响。比如黄庭坚的《拨棹子·退居》:

归去来,归去来,携手旧山归去来。有人共月、对尊罍。横一琴,甚处不逍遥自在。　闲世界,无利害。何必向、世间甘幻爱。与君钓、晚烟寒濑。蒸白鱼稻饭,溪童供笋菜。

又如：

诉 衷 情

在戎州登临胜景，未尝不歌渔父家风，以谢江山。门生请问：先生家风如何？为拟金华道人作此章

一波才动万波随，蓑笠一钩丝。锦鳞正在深处，千尺也须垂。　吞又吐，信还疑，上钩迟。水寒江静，满目青山，载月明归。

黄庭坚是"党争"的失败者，也有被贬谪居的处世体验。因此，他在流寓之中渴望回归山林自然，过着逍遥自在的垂钓生涯。后一首词题中的戎州（今四川宜宾），就是他被贬之所，当时被视为荒蛮之地，所以他写过"投荒万死鬓毛斑"的诗句。作者在此讴歌渔父家风，可以说是禅家修养对他立身处世，并看空世间以排遣谪居悲苦心绪的一种自我慰藉。至于黄庭坚见到苏轼的《浣溪沙》（西塞山前白鹭飞）后击节称赏，并据此续成一首，更引起一场小小的"风波"。其词云：

鹧 鸪 天

表弟李如箎云："玄真子《渔父》语，以《鹧鸪天》歌之，极入律，但少数句耳。"因以玄真子遗事足之。宪宗时，画玄真子像，访之江湖，不可得，因令集其歌诗上之。玄真之兄松龄，惧玄真放浪而不返也，和答其《渔父》云："乐在风波钓是闲，草堂松桂已胜攀。太湖水，洞庭山。狂风浪

起且须还。"此余续成之意也

  西塞山边白鹭飞,桃花流水鳜鱼肥。朝廷尚觅玄真子,何处如今更有诗。 青箬笠,绿蓑衣。斜风细雨不须归。人间底是无波处,一日风波十二时。

按此首误入南宋曾慥本《东坡词》卷下。清刘熙载《艺概·词曲概》沿误作东坡词。

  黄庭坚这篇词序有一百多字,提供了宋时用张志和原词续唱的颇有参考价值的史料。不过他所写的续作只是上下各添两句。所以苏轼看到以后笑着说:"鲁直乃欲平地起风波耶?"①这里所说的"平地起风波",似乎是开个"玩笑",其实含有人生的风险。"人间底是无波处"一句,在《能改斋词话》里作"人间欲避风波险",用意更加明显。但是从创作角度看,由于黄庭坚的续成之作,引起了其他词人续唱的"风波"。比如徐俯就根据苏轼和黄庭坚词的不同内容写了二首《浣溪沙》和二首《鹧鸪天》。兹录一首,以见一斑:

鹧 鸪 天

  西塞山前白鹭飞,桃花流水鳜鱼肥。朝廷若觅玄真子,恒在长江理钓丝。 青箬笠,绿蓑衣。斜风细雨不须归。浮云万里烟波客,唯有沧浪孺子知。

这类词作对南渡词人,尤其是张元幹的隐逸词产生了一定的影响。

  在北宋后期的隐逸词中还有抒写仕途失意的牢骚和激愤,比

---

① 南宋吴曾《能改斋词话》卷一。《词话丛编》,中华书局1986年版。

较著名的是晁补之的《摸鱼儿·东皋寓居》：

> 买陂塘、旋栽杨柳，依稀淮岸江浦。东皋嘉雨新痕涨，沙觜鹭来鸥聚。堪爱处，最好是、一川夜月光流渚。无人独舞。任翠幄张天，柔茵藉地，酒尽未能去。　　青绫被，莫忆金闺故步。儒冠曾把身误。弓刀千骑成何事？荒了邵平瓜圃！君试觑，满青镜、星星鬓影今如许！功名浪语。便似得班超，封侯万里，归计恐迟暮。

晁补之因新旧党争的株连，在崇宁二年(1103)被免官回乡(今山东巨野)。他在东山修葺归来园，过着隐士生涯。这首词中既抒写归隐情趣，又表现厌弃官场的心态。"儒冠曾把身误"、"功名浪语"，字里行间，流露出满腹的人世怨恨与激愤。刘熙载《艺概·词曲概》认为辛弃疾《摸鱼儿》"更能消几番风雨"一首，即无咎《摸鱼儿》"买陂塘、旋栽杨柳"之波澜。可见晁无咎的隐逸之作对南宋词坛产生了一定的影响。如果说，北宋时期抒写隐逸意趣的词作，大都是因贬官困境而引发出来的，那么，南宋初期的特殊环境形成了一股归隐山林的社会风气，起因更加复杂，方式也更加多样。

第二节　南宋初期归隐山林的社会风尚

南渡以后，一些爱国忧民的士大夫和知识分子，处在"宇宙崩离"的特殊时代环境和南宋朝廷苟安求和的政治氛围中，他们挽救国难的理想、壮图，受到社会的压抑，自身又遭打击迫害。有的慨叹"壮怀消散，尽付败荷衰草。个中还得趣，从他老"(李纲《感皇恩》)，脱身污浊官场而走向云山深处，被迫成为"林下客"。有的则消极逃避,隐身遁世,寄情于山水之间,追求超然独处的隐逸之趣。这样渐渐地形成了一股"林下之风",而南宋初期的隐逸词也就随之蓬勃兴起。但是由于各人隐居山林的处境不同,笔下隐逸词的格调也各不相同。比如李纲屡受排斥、打击,被迫归隐,"山林高卧,袖手何妨闲处,醇酒醉朋侪"(《水调歌头·同德久诸季小饮,出示所作,即席答之》),以获得精神上的寄托慰藉。其《水调歌头·似之、申伯、叔阳皆作,再次前韵》云:

> 物我本虚幻,世事若俳谐。功名富贵,当得须是个般才。幸有山林云水,造物端如有意,分付与吾侪。寄语旧猿鹤,不用苦相猜。　　醉中适,一杯尽,复一杯。坐间有客,超诣言笑可忘怀。况是清风明月,如会幽人高意,千里自飞来。共笑陶彭泽,空对菊花开。

这里不是对"功名富贵"失落的叹息,而是感到人间世事的虚幻,如演一场滑稽戏。幸有山林云水,清风明月,可以会人高意,堪慰心灵。这种看穿人间"功名富贵"而从官场走向山林的心绪,既反映了当时士大夫阶层中所共有的一种倾向,又显示出他们生活情趣的转变和审美追求。其中有代表性的是驰骋沙场的抗金名将韩世忠。他"生长兵间,不解书,晚年乃稍稍能之"[①]。他在解甲归田后写了二首词,其一是《南乡子》:

> 人有几何般?富贵荣华总是闲。自古英雄都如梦,为官。宝玉妻男宿业缠。　　年事已衰残,鬓发苍浪骨髓干。不道山林有好处,贪欢。只恐痴迷误了贤。

---

① 南宋费衮《梁溪漫志》卷八。

据费衮《梁溪漫志》卷八记载,韩世忠晚年"放浪湖山",其词"乃林下道人语"。他享受过为官的"富贵荣华",又领悟到这并非"长生药"的人生哲理,因而从"富贵"中追求"清闲"的林下之趣。

在南渡词人中,虽然有的戎马倥偬,有的颠沛流离,但是当他们从官场致仕归隐,或奉祠闲居,大都构筑自己的园亭别墅,纵情于青山绿水之间,成为当时士大夫所追求的一种社会风尚,并出现了分居各地的隐逸词人群体。如向子諲在江西清江有"芗林"别墅,朱敦儒晚年居嘉禾(今浙江嘉兴)筑有"山家风味"的岩壑别墅,叶梦得归隐湖州有卞山石林,李弥逊在福州连江有筠溪山庄,张元幹在福建也有"数亩傍山园"的"鸥盟轩"。这些别墅山庄,都是他们长期栖身之处,并且悠然心会于真山真水之间,吟唱徜徉山水的乐趣,以寄托各自的精神世界。

比如第三章中提及的"清都山水郎"朱敦儒,在北宋末年不愿做官,曾隐居于洛川,自乐闲旷,逍遥林下,写过一首《鹧鸪天·西都作》,前面已经引录。这首词题,黄昇《中兴以来绝妙词选》作"自述",是他前期隐居生活心态的形象体现。朱敦儒早期隐逸词还追求一种清旷豪逸的境界,除了常被后人称引的《念奴娇》(插天翠柳)以外,还有《水调歌头》:

> 中秋一轮月,只和旧青冥。都缘人意,须道今夕别般明。是处登临开宴,争看吴歌楚舞,沉醉倒金尊。各自心中事,悲乐几般情。　烛摧花,鹤警露,忽三更。舞茵未卷,玉绳低转便西倾。认取眼前流景,试看月归何处,因甚有亏盈?我自阖门睡,高枕笑浮生。

这类词作都明显地看出脱胎于苏轼词的痕迹,但内涵的深厚却是不及的。南渡以后,朱敦儒的词风有所转变,写了一些忧时伤乱、怀念故国的篇章,如《水龙吟》:"回首妖氛未扫,问人间、英雄何处?奇谋报国,可怜无用。"《相见欢》:"中原乱,簪缨散,几时收?试倩悲风吹泪、过扬州。"再如《采桑子·彭浪矶》:"万里烟尘,回首中原泪满巾。"这些词都写得意蕴深刻,感情真切,具有一定的时代现实意义。但是由于他后期历经宦海风波,时进时退,理想与现实的矛盾,使他的"入世"思想渐趋消失,而愤世嫉俗、及时行乐的"出世"观念则日益滋生,成为一位"世外希真"的隐士。因此他后期的隐逸词中充满了旷达自适和浮生若梦的颓废情调,所谓"世事短如春梦,人情薄似秋云。不须计较苦劳心,万事原来有命"(《西江月》),"屈指八旬将到,回头万事皆空"(前调),"人生虚假,昨日梅花今日谢。不醉何为,从古英雄总是痴"(《减字木兰花》)等等,都表现了词人以老庄思想自我解脱的虚无色彩。朱敦儒的"出世"思想有时甚至导致他对一度"入世"的后悔,表示要"把从前一笔勾断"(《鼓笛令》),尽情追求山水之乐。晚年退居嘉禾时所作的六首《渔父词》就是他当时生活情景的自我写照。兹举《好事近·渔父词》一首为例:

  摇首出红尘,醒醉更无时节。活计绿蓑青笠,惯披霜冲雪。 晚来风定钓丝闲,上下是新月。千里水天一色,看孤鸿明灭。

这首小词笔墨清丽自然,在恬静、空旷的境界中透现出超然物外的洒脱襟怀,"飘飘有出尘想,读之令人意境翛远"(梁启超《饮冰室评词》)。

  如果说朱敦儒后期的隐逸词具有"神仙风姿"(黄昇《中兴以来绝妙词选》卷一),那么向子諲和扬无咎的隐逸词中,较多的是表现隐逸情趣和鄙弃名利的作品。

向子䜃祖籍河南开封，南渡后隐居临江（今江西清江县）。建炎三年（1129），金兵侵犯湖南时，向子䜃作为潭州（今长沙）太守曾率领军民奋力抵抗，坚守八日而城陷。陈与义在《伤春》诗中曾有"稍喜长沙向延阁，疲兵敢犯犬羊锋"之句，加以赞扬。后因主战而触怒秦桧，绍兴九年（1139）致仕，归隐临江"芗林"别墅。尽管他退隐后没有忘却国事，在"江南新词"中仍有倾诉思念故土、渴望祖国统一的词篇，如《水龙吟·绍兴甲子上元有怀京师》和《秦楼月》（芳菲歇）等等，但他后期的隐逸词中却呈现出不同的格调，如《蓦山溪》词云："挂冠神武，未作烟波主。"《西江月》词云："欲识芗林居士，真成渔父家风。"《鹧鸪天》云："今朝得到芗林醉，白发相看万事休。"其中反映当时隐居心态比较突出的，还有以下几首：

西 江 月

政和间，余卜筑宛丘，手植众芗，自号芗林居士。建炎初，解六路漕事，中原俶扰，故庐不得返，卜居清江之五柳坊。绍兴癸丑，罢帅南海，即弃官不仕。乙卯起，以九江郡复转漕江东，入为户部侍郎。辞荣避谤，出守姑苏。到郡少日，请又力焉，诏可，且赐舟曰泛宅，送之以归。己未暮春，复还旧隐。时仲舅李公休亦辞舂陵郡守致仕，喜赋是词

五柳坊中烟绿，百花洲上云红。萧萧白发两衰翁，不与时人同梦。　　抛掷麟符虎节，徜徉江月林风。世间万事转头空，个里如如不动。

又如:

鹧鸪天
绍兴己未归休后赋

露下风前处处幽,官黄如染翠如流。谁将天上蟾宫树,散作人间水国秋。　　香郁郁,思悠悠,几年魂梦绕江头。今朝得到芗林醉,白发相看万事休。

这些词作的风格渐趋平淡,情调比较消沉,所谓"以枯木之心,幻出葩华"(胡寅《题酒边词》),可以概括他隐逸词的风貌。

至于扬无咎的隐逸词又有不同的个性面貌。他是一位著名画家,兼擅倚声。南渡后,秦桧专权,扬无咎耻于依附,屡征不起,人品至为高洁。他一生没有仕宦,晚年"独处山林",与向子諲交往甚密,常有诗作唱和。他们两人都写了不少隐逸词,但扬无咎词中更多地反映了文人隐士高雅清幽的情趣,如《水龙吟·赵祖文画西湖图,名曰总相宜》:

西湖天下应如是,谁唤作、真西子。云凝山秀,日增波媚,宜晴宜雨。况是深秋,更当遥夜,月华如水。记词人解道,丹青妙手,应难写、真奇语。　　往事输他范蠡,泛扁舟、仍携佳丽。毫端幻出,淡妆浓抹,可人风味。和靖幽居,老坡遗迹,也应堪记。更凭君画我,追随二老,游千家寺。

又如《点绛唇·和向芗林木犀》词二首:

借问嫦娥,当初谁种婆娑树。空中呈露,不坠凡花数。　　却爱芎林,便似蟾宫住。清如许,醉看歌舞,同在高寒处。

散策芎林,几回来绕团团树。月明风露,平地神仙数。　　准拟归来,移近东家住。应相许,为君起舞,直到高寒处。

这两首词中的物象和意趣,都是文人雅士的审美观照。词人欲追随林逋、苏轼二老和"却爱芎林"的心迹,表明他怡情于自然山水而"超然物外"的隐逸情味。

综上所述,可知南宋初期词坛上蓬勃兴起的隐逸词,虽然风格有同有异,各具性情,但从内涵来看,大致有两种类型:一是从官场失意走向山林,实非甘心当"隐士",也"没有忘记天下"。在他们的"隐"词中,往往带有对人世不公的愤慨与"牢骚"。另一种是任性逍遥林下,回归自然以解脱身心烦恼,甘愿充当"林下客"、"真隐士"。张元幹的隐逸词兼具这两种情调,反映了他长期闲居的生活心态和意趣。

第三节　张元幹的隐逸词

张元幹自从绍兴元年(1131)离开官场以后,做了二十多年的"闲人"。虽然他一身清闲,但壮心犹在,并没有忘记天下。因此,他笔下的隐逸词既有愤世之情,又有淡泊之心,两种不同的格调都融进词章,有时甚至交织在一篇作品中。一般说来,归隐后的抒情言志之作更显示出自己的个性特色。比如《陇头泉》①：

> 少年时,壮怀谁与重论？视文章、真成小技,要知吾道称尊。奏公车、治安秘计,乐油幕、谈笑从军。百镒黄金,一双白璧,坐看同辈上青云。事大谬,转头流落,徒走出修门。三十载,黄粱未熟,沧海扬尘。　念向来、浩歌独往,故园松菊犹存。送飞鸿、五弦寓目,望爽气、西山忘言。整顿乾坤,廓清宇宙,男儿此志会须伸。更有几、渭川垂钓,投老策奇勋？天难问,何妨袖手,且作闲人。

这首词自叙生平,不仅表明他有"整顿乾坤,廓清宇宙"的壮怀大志,而且点出了"事大谬,转头流落,徒走出修门"的时代变化的社会背景。"事大谬",用司马迁《报任少卿书》"事仍有大谬不然者"的语意,谓自己遭受意料不到的逸谤。当他走出国都,隐身林下作"闲人"时,又企慕陶渊明"三径就荒,松菊犹存"(《归去来兮辞》)的隐逸之趣。作者记叙往事,从少年到投老,前后呼应,既流露出愤世的感慨,又表现了洒脱的襟怀,而且内藏着一股隐逸之气在运行。

又如《水调歌头》：

> 雨断翻惊浪,山暝拥归云。麦秋天气,聊泛征棹泊江村。不羡腰间金印,却爱吾庐高枕,无事闭柴门。搔首烟波上,老去任乾坤。　白纶巾,玉麈尾,一杯春。性灵陶冶,我辈犹要个中人。莫变姓名吴市,且向渔樵争席,与世共浮沉。目送飞鸿去,何用画麒麟。

---

① 此调名又称《多丽》。

词人在夏日泊舟江村,触景生情,抒发了"不羡腰间金印,却爱吾庐高枕"的不愿涉世的隐居心态。长期闲居的处境使他平生意气转化为"与世浮沉"的激愤、牢骚,显示出独有的个性面目。至于隐逸词中所表露出怀念中原故国的情思,前面已作解说,这里不再例举。

张元幹在绍兴十六年(1146)所作《丙寅自赞》中说:"这痴汉,没思算。初乏田园,却懒仕宦。"这种不愿做官,不涉世务而写胸中丘壑的淡泊情绪,在他的笔端不断地流泻出来。比如《水调歌头·罢秩后漫兴》:

> 放浪形骸外,憔悴山泽癯。倒冠落佩,此心不待白髭须。聊复脱身鹓鹭,未暇先寻水竹,矫首汉庭疏。长夏啖丹荔,两纪傲闲居。 忽风飘,连雨打,向西湖。藕花深处,尚能同载麹生无?听子谈天舌本,浇我书空胸次,醉卧踏冰壶。毕竟凌烟像,何似辋川图。

词中云"两纪傲闲居",可知作于绍兴二十四年(1154),是年已六十四岁,此心早已清净无为。唐代诗人杜牧在《晚晴赋》中说:"倒冠落佩兮,与世阔疏。敖敖休休兮,真徇其愚而隐居者乎!"这里词人借以表明自己超脱世事、放浪形骸之外的洒脱态度和旷达襟怀。再如他的《宝鼎现·筠翁李似之作此词见招,因赋其事,使歌之者想像风味,如到山中也》:

> 山庄图画,锦囊吟咏,胸中丘壑。年少日、如虹豪气,吐凤词华浑忘却。便袖手、向岩前溪畔,种满烟梢雾箨。想别墅平泉,当时草木,风流如昨。 瘦藤闲倚看锄药。双芒鞋、雨后常著。目送处、飞鸿灭没,谁问蓬蒿争

燕雀。乍霁月、望松云南渡,短艇欹沙夜泊。正万里青冥,千林虚籁,从渠缯缴。　　携幼尚有筠丁,谁会得、人生行乐。岸帻纶巾归去,深户香迷翠幕,恐未免、上凌烟阁。好在秋天鹗。念小山丛桂,今宵狂客,不胜杯勺。

筠翁李似之,即李弥逊(1089—1153),字似之,自号筠溪,福建连江人。曾试中书舍人,因反对秦桧议和,被迫引退。绍兴十年(1140)归隐连江西山,以吟诗自娱,其中常常流露出"居闲忧世"之情。他是张元幹归隐后的好友,志趣相同,互相唱和之作也特多,从中可以窥见张元幹的行踪和个性特点,因此多花费一点笔墨作介绍是有必要的。

在李弥逊的《筠溪先生文集》中,我们读到他赠给张元幹的作品有以下十三篇:

《文集》卷十四:《次韵仲宗天宁见怀,月余卧病横山,得其诗颇动念,所以末句见意》;

卷十七:《和仲宗判监》;

《仲宗访我筠溪,出陪富丈、粹之游天宫诗,见索嘱和次韵》;

《仲宗许我甚久,一见便有去意,戏用春字韵留之》;

《与粹之游支提,九日仲宗以诗酒见寄,次韵答之》;

《仲宗过筠庄,作诗见招,且有借庵之意,次其韵》;

《题张仲宗鸥盟轩》;

《送仲宗之建安》;

卷二十:《张仲宗研铭》;

《跋张仲宗先世聘书后》;

《跋张仲宗刻其祖手泽后》;

另有唱和词两首:

《永遇乐·用前韵呈张仲宗、苏粹中》;

《鹤冲天·张仲宗以秋香酒见寄并词,次其韵》。

尤其是李弥逊的《张仲宗研铭》,借铭写人,富有史料价值,其铭曰:

清而不腥,其质也;温而不腴,其文也;历万险而不磨,阅世之久也;出众巧而无尽,写物之工也。谁其有之,张子仲宗也。而铭之者,筠溪老渔也。

这是迄今保存描述张元幹品格、个性的唯一资料,从中可见他们归隐后的亲密交往和志同道合的情趣。至于张元幹写给李弥逊的作品,现存的仅有九篇,其中诗歌七律二首:《访亲于连江,因过筠溪,叩门循行,叹其荒翳不治,有怀普现居士,口占此章》和《筠溪居士跳出随顺境界,把住放行,自在神通,纵横妙用,已是摸索不着,妙现老子犹贬句中眼,可谓善知识用心,谨次严韵上呈》。

词作七首,除前已引一首外,尚有:
《八声甘州·陪筠翁小酌横山阁》;
《青玉案·筠翁生朝》;
又一首;
《点绛唇·呈洛滨、筠溪二老》;
《夏云峰·丙寅六月,为筠翁寿》;
《天仙子·三月十二日,奉同苏子陪富丈访筠翁于旧居,遂为杏花留饮。欢甚,命赋长短句,乃得〈天仙子〉,写呈两公,末章并发一笑》。

张元幹与李弥逊的唱和之作,并不止以上数篇,散失的不少。比如在李弥逊《筠溪先生文集》卷十二中有《暇日约诸友生饭于石泉,以讲居贫之策,枢密富丈欣然肯顾,宾至者七人,次方德顺和贫士韵,人赋一章》诗,其第三首为张元幹所作,今本《芦川归来集》

未收。

以上介绍可以具体了解张元幹的归隐踪迹和企求的山林风味,也有助于理解这首《宝鼎现》词的创作环境。首句"山庄图画",是以李公麟(字伯时)的名画《山庄图》来形容李弥逊筠溪山庄的优美图景。《筠溪先生文集》卷二十一《跋筠溪图后》云:"李子(弥逊)倦游归自秣陵,至连江西山,吾祖之旧隐也,遂家焉。得湖阴依山之地百亩,可佃可渔,因以筑室。念卫公之平泉,李愿之盘谷,伯时之山庄,皆吾宗故事,乃诛茅而篱落之,种竹万棵,结庐其间。"词中所描绘山中岩前溪畔清幽奇绝的意象,不仅与文中的情景相吻合,而且充分展现出作者旷达自适的闲情逸趣。

张元幹看穿"人生","逸想寄尘寰外"的淡然情绪,倾注入词中而比较明显的还有《水遇乐·宿鸥盟轩》:

白鸥盟在,黄粱梦破,投老此心如水。

又如《八声甘州·陪筠翁小酌横山阁》:

念老去、风流未减,见向来、人物几兴衰。身长健,何妨游戏,莫问栖迟。

再如《永遇乐·为洛滨横山作》:

乘除了、人间宠辱,付之一笑。

从以上所引的这些词句中,足以看出张元幹对人间宠辱的超脱、淡泊的心态,也是参禅所"悟"出的解脱之门。最能代表这种人生态度的隐逸词,当推《渔家傲·题玄真子图》:

　　　　钓笠披云青障绕,橶头细雨春江渺。白鸟飞来风满
　　棹。收纶了,渔童拍手樵青笑。　　明月太虚同一照,浮
　　家泛宅忘昏晓。醉眼冷看城市闹,烟波老,谁能惹得闲
　　烦恼。

玄真子图,即张志和像,见黄庭坚《鹧鸪天》渔父词序。上一节已提及自称"烟波钓徒"张志和的《渔歌子》,极能道渔家之事。张元幹此首则是通过形象描绘张志和隐居垂钓的渔家生活乐趣,表现自己超然绝俗的心胸。南宋罗大经《鹤林玉露》卷三乙编称此词"语意尤飘逸。仲宗年逾四十即挂冠,后因作词送胡澹庵贬新州,忤秦桧,亦得罪。其标致如此,宜其能道玄真子心事"。

这首词不仅"能道玄真子心事",也写出了张元幹的"心事",是他的得意之作,常手写以示人。据南宋胡仔《苕溪渔隐丛话·后集》卷三十九云:

　　　　张仲宗有《渔家傲》词,余往岁在钱塘,与仲宗从游甚
　　久,仲宗手写此词相示,云旧所作也。其词第二句,原是
　　"橶头细雨春江渺",余谓仲宗曰:"橶头虽是船名,今以雨
　　衬之,语晦而病。"因为改作"绿蓑细雨",仲宗笑以为然。

这段记载明毛晋《六十名家词》本《芦川词》中已收入,附刻于此首之末,可见其文献资料价值。

张元幹的隐逸词中,还有一些把自我融化入山水自然、悠然心会的短篇佳作,如《卜算子》:

　　　　风露湿行云,沙水迷归艇。卧看明河月满空,斗挂苍
　　山顶。　　万古只青天,多事悲人境。起舞闻鸡酒未醒,

潮落秋江冷。

再如《怨王孙》：

> 霁雨天迥,平林烟暝。灯闪沙汀,水生钓艇。楼外柳暗谁家,乱昏鸦。　　相思怪得今番甚,寒食近,小砑鱼笺信。屏山交掩,微醉独倚栏干,恨春寒。

此首词题有一段较长的序文,云:"绍兴乙丑春二月既望,李文中置酒溪阁。日暮雨过,尽得云烟变态,如对营丘著色山。坐客有歌《怨王孙》者,请予赋其情抱,叶子谦为作三弄,吹云裂石,旁若无人,永福前此所未见也。老子于此,兴复不浅。"这里既交代了创作环境,又表现出词人高雅的情致,同时反映了他远离喧闹城市,眷恋"山家风味"的真实心态。

总之,张元幹隐逸词有着独特的品味。他对山水自然的审美观照,不满足于描摹客观山水景物的图像,而着重于抒发内在的心灵,使自我与大自然"神交",以达到"一念不生,万事不理"(《庚申自赞》)的境界。从而由参禅修养,不断消磨处世壮心,以解脱心中压抑的苦闷,逐渐发展成为追求旷达超脱的人生理想。

第八章
张元幹的节序词和寿词

张元幹写了一些吟咏岁时节序和应酬寿词,反映了他思想生活和艺术趣味的某些侧面,其中不乏佳作,现分述如下:

第一节 节序词

张炎《词源》卷下"节序"云:"昔人咏节序,不惟不多,附之歌喉者,类是率俗,不过为应时纳祜之声耳。"

这里有两点值得注意:一是岁时节序词自唐五代以来,发展演变到宋代已渐趋繁多。二是宋代节序词大都"率俗",而"应时纳祜"之声也较为普遍。从总体上说,这是符合当时词坛的创作实际的,但就个体词人的作品而言,并不是千篇一律、毫无个性的。张元幹的节序词就是"同中有异"的一个例证。

在张元幹的词集中,词题注明节序的仅有灯夕、上巳、七夕、中秋和重阳等五种,数量也不多,而吟唱中秋的词作就有四首(不包含词中提及中秋之作),约占一半。这里透露出时代的风尚和他的审美情趣。我们知道,中秋节与春节、端午节是我国民间传统的三大节日。唐宋时期中秋佳节的传统活动非常盛行,并且涌现出许多优美动人的篇章。宋代中秋词写得境界高妙、流传最广的首推苏轼的《水调歌头》(明月几时有)一首。胡仔《苕溪渔隐丛话》认为此词一出,"余词尽废",可谓推崇备至。但是南渡词人在中秋词中注入人世沧桑、忧国伤时的情愫,开拓词境,写出了不少名篇佳作,这也是不容忽视的。比如张元幹的《水调歌头·和芗林居士中秋》:

> 闰馀有何好,一岁两中秋。滕王高阁曾醉,月涌大江流。今夜钓龙台上,还似当时逢闰,佳句记英游。看山兼看月,登阁复登楼。　　别离久,今古恨,大刀头。老来长是清梦,宛在旧神州。遐想芗林风味,瓮里自倾春色,不用贯貂裘。笑我成何事,搔首谩私忧。

芗林居士即向子諲,张元幹的舅父。他们归隐后的交往密切,张元幹在《芗林居士赞》中说:"天资拔俗,雅志好贤,临事必欲出奇,为善常恐不及。所谓胸中丘壑,皮里阳秋,盖自英妙时固已沉著痛快矣。"这里勾画了向子諲归隐后的性格、志趣。至于他的《水调歌头》中秋词的写作年代,据词序云:"大观庚寅闰八月秋,芗林老、顾子美、汪彦章、蒲庭鉴,时在诸公幕府间。从游者,洪驹父、徐师川、苏伯固父子、李商老兄弟。是夕登临,赋咏乐甚。俯仰三十九年,所存者,余与彦章耳。绍兴戊辰再闰,感时抚事,为之太息。因取旧诗中师川一二语,作是词。"按:戊辰为绍兴十八年(1148)。清汪曰桢《长术辑要》卷九谓绍兴"戊辰年,闰八"。因是年闰八月,故有两次中秋。为了便于对照,现将向子諲《水调歌头》原词抄录于下:

> 闰馀有何好,一岁两中秋。补天修月人去,千古想风

流。少日南昌幕下,更得洪徐苏李,快意作清游。送日眺西岭,得月上东楼。　　四十载,两人在,总白头。谁知沧海成陆,萍迹落南州。忍问神京何在,幸有芗林秋露,芳气袭衣裘。断送馀生事,惟酒可忘忧。

这首怀念故国、感时抚事的中秋词,一时用原韵唱和者甚多,如富直柔、李弥逊、扬无咎、张元幹等。比较起来,张元幹的唱和之作更切合向子諲词的主题。"别离久,今古恨,大刀头。老来长是清梦,宛在旧神州"。大刀头是刀头有环,借作还。唐吴兢《乐府古题要解》卷下:"何当大刀头,刀头有环,问夫何时当还也。"而"老来"两句,与他的《贺新郎》"梦绕神州路"一样,具有思念中原故土的浓烈情意。这种借中秋节抒发沧桑之变的爱国感情的作品,在南宋前期词坛上别具一格。

当然,我们应该看到,张元幹的中秋词也有应时而发的即兴之作,如《南歌子·中秋》:

凉月今宵满,晴空万里宽。素娥应念老夫闲,特地中秋著意、照人间。　　香雾云鬟湿,清辉玉臂寒。休教凝伫向更阑,飘下桂华闻早、大家看。

这是张元幹早期的作品,在第三章已有考述,此不赘述。从题材内容来看,与向子諲的《南歌子·代张仲宗赋》是相同的,不妨读一下向子諲的原词:

碧落飞明镜,晴烟幂远山。扁舟夜下广陵滩,照我白萍红蓼、一杯残。　　初望同盘饮,如何两处看。遥知香雾湿云鬟,凭暖琼楼十二、玉栏杆。

这两首词都是写中秋月夜的物景与感受,而且"香雾"句都用杜甫的《月夜》诗,尽管笔调流畅,但缺乏鲜明的个性。

在这类节序词中,有的反映了时节风情的盛况。如《明月逐人来·灯夕赵端礼席上》:

花迷珠翠,香飘罗绮。帘旌外、月华如水。暖红影里,谁会王孙意?最乐升平景致。　长记宫中五夜,春风鼓吹。游仙梦、轻寒半醉。凤帏未暖,归去熏浓被,更问阴晴天气。

又如《念奴娇·丁卯上巳,燕集叶尚书蕊香堂赏海棠,即席赋之》:

蕊香深处,逢上巳、生怕花飞红雨。万点胭脂遮翠袖,谁识黄昏凝伫?烧烛呈妆,传杯绕槛,莫放春归去。垂丝无语,见人浑似羞妒。　修禊当日兰亭,群贤弦管里,英姿如许。宝靥罗衣,应未有、许多阳台神女。气涌三山,醉听五鼓,休更分今古。壶中天地,大家著意留住。

前一首写都城灯夕,作于北宋宣和年间。词人通过元宵佳节,宫中放灯五夜的时节风情,表现出沉醉于"升平景致"的心态,体现了早期词作的思想风貌。后一首吟咏三月上巳,作于绍兴十七年(1147)。我国古代风俗,三月上巳日,人们聚集水滨洗濯,相传可以祓除不祥。王羲之的名篇《兰亭集序》云:"暮春之初,会于会稽山阴之兰亭,修禊事也。群贤毕至,少长咸集。此地有崇山峻岭,茂林修竹,又有清流激湍,映带左右,引以为流觞曲水,列坐其次,虽无丝竹管弦之盛,一觞一咏,亦足以畅叙幽情。"

这首词正是紧扣住三月上巳这个民俗传统节日风情铺叙而

成的。上片的"传杯绕槛",就是用"曲水流觞"的故事。下片"修禊"三句,概括了古代兰亭聚会的盛况。"气涌三山"以下,由思古之情转入当前别有天地的宴饮之趣。全词上下照应,一气贯注,透过疏宕的笔力,显示出一幅暮春宴赏海棠图和上巳民俗的风情图。

此外,张元幹还写了二首七夕词,其《如梦令·七夕》云:

> 雨洗青冥风露,云外双星初度。乞巧夜楼空,月妒回廊私语。凝伫,凝伫,不似去年情绪。

七月七日之夜牛郎与织女在天河鹊桥相会,这个民间传说起源很早,三国时曹丕的《燕歌行》中已有"星汉西流夜未央,牵牛织女遥相望"的诗句。宗懔的《荆楚岁时记》说得更明确:"七月七日,为牵牛织女聚会之夜。"又说:"是夕,人家妇女结彩楼,穿七巧针,或以金银鍮石(黄铜)为针,陈瓜果于庭中以乞巧。"这样的民间习俗承传演化到唐宋时期极为流行。《东京梦华录》卷七有"七夕"条,详载七夕、乞巧风俗之盛。宋人吟唱七夕的题材很普遍,词作也多,其中传诵最广的佳作是秦观的《鹊桥仙》(纤云弄巧)一首。结处"两情若是久长时,又岂在朝朝暮暮"二句,强调人类相爱的真挚感情,立意高远,遂成为千古绝唱。

张元幹这首小词扣住七夕的景物展开,既写出牛郎织女"双星初度"的景象,又表现出"乞巧"的民风习俗,同时流露出情绪不佳的压抑心态,构思不落俗套,也值得一读。

上述数例,表明张元幹的节序词有着自己的个性特色,主要是融入忧国伤时的感情和描述了时令节序的风情。

第二节 寿 词

我国古代庆贺生日、寿诞的礼仪,从宫廷、官府到民间祝寿风俗的流行,不仅演变为传统的文化习俗,而且逐渐成为诗词创作中的一种题材。在唐代宫廷祝寿之风已开始兴盛,同时也出现配合祝寿而演唱的歌词。如敦煌词中《感皇恩》四首之二:"当今圣寿比南山,金枝玉叶尽相连。百僚卿相列排班。呼万岁,尽在玉阶前。金殿悦龙颜。祥云驾喜悦,两盘旋。休将舜日比尧年。人安泰,真是圣明天。"但祝寿之词在唐五代并不发达,数量也不多。到了宋代,君臣上下,庆贺寿诞,蔚然成风。南宋蔡絛《铁围山丛谈》卷二谓:"国朝故事,天子诞节,则宰臣率文武百僚班紫宸殿下,拜舞称庆。宰相独登殿捧觞,上天子万寿,礼毕,赐百官茶汤罢,于是天子还内。"由于为皇上寿诞庆贺形成了制度,上行下效,因此宋时祝寿之风大盛。在这种文化背景下,介寿之词越积越多,至南宋时期寿词的创作达到了巅峰。《全宋词》收录词题中标明"寿"与"生日"的寿词,大约有二千多首,绝大多数为南宋词人所作。这些寿词内容不仅在君臣之间,而且延伸到朋友、兄弟之际。宋代寿词的数量之多虽然惊人,但是难得佳句,尤易入俗已成为通病。

向来认为寿词最难作,这是前人遇到的一个填词难题。难在什么地方?"倘尽言富贵,则尘俗。尽言功名,则谀佞。尽言神仙,则迂阔虚诞。当总此三者而为之,无俗忌之词,不失其寿可也"(张炎《词源》卷下)。近人刘永济在《词论》卷下"作法"中说:

> 介寿之词,宋时最盛,亦人事所不能免。然必不谀不俗,而措词浑雅,方为合作。至施之朋友、骨肉之间,则亦

贵有真性情语，方见欢欣祝颂之诚。

可见介寿词必须避免用寿酒、寿香、老人星、千春、百岁之类的俗套话，而着重表现他人的身份、事业和自己的抱负，既形容得体，又要语意新奇。按照这样的认识，我们来具体分析张元幹的介寿之词。

张元幹的寿词较多，现存词集中共有二十一首。这些内容大体可分为两类：一类是属于官场应酬的，如《满庭芳·为赵西宗寿》、《望海潮·为富枢密生朝寿》和《水龙吟·周总领生朝》等。另一类是庆贺挚友华诞，如《夏云峰·丙寅六月，为筠翁寿》、《青玉案·筠翁生朝》、《感皇恩·寿》等。前一类词中，大都没有摆脱旧曲的规模，比如《满庭芳·寿富枢密》：

> 韩国殊勋，洛都西内，名园甲第相连。当年绿鬓，独占地行仙。文彩风流瑞世，延朱履、丝竹喧阗。人皆仰，一门相业，心许子孙贤。　　中兴，方庆会，再逢甲子，重数天元。问千龄谁比，五福俱全？此去沙堤步稳，调金鼎、七叶貂蝉。香檀缓，杯传鹦鹉，新月正娟娟。

富枢密即富直柔，字季申，号洛滨，洛阳人。北宋宰相富弼之孙。《宋史》卷三百七十五有传。靖康初，晁说之奇其文，荐于朝，召赐同进士出身，除秘书省正字，累官至端明殿学士、签书枢密院事。晚年徜徉山泽，放意咏吟，与苏迟、叶梦得、张元幹等交游酬唱。绍兴二十六年（1156）卒。此词作于富直柔知枢密院后，从词中有"中兴，方庆会，再逢甲子，重数天元"等语来看，当作于绍兴十四年（1144）。"韩国殊勋"，是指富直柔的祖父北宋名相富弼进封韩国公的殊荣。当年告老归洛阳，与文彦博等洛中大夫十二人相聚欢饮，有"洛阳耆英会"之称。作者从富氏"一门相业"的显赫家世讲到子孙贤良、累世富贵,都是明显的祝颂之语,别无新意。

这类祝寿词中也有佳句可采撷,如《感皇恩·寿》:"安养老成,十年萧散。天要中兴相公健。"又如《醉蓬莱·寿》:

> 迎日天元,听正衙宣制。尽洗中原,遍为霖雨,宴后堂歌吹。

还有《感皇恩·寿》:

> 流霞麟脯,难老洛滨风味。谢公须再为,苍生起。

这些词句都切合当事人的个性、才能和事业,并寓箴规于颂祷之中,写得浑雅,而感情朴实,不落俗套。

至于张元幹为友人华诞而作的寿词则有另一番情味:

> 涌冰轮,飞沆瀣,霄汉万里云开。南极瑞占象纬,寿应三台。锦肠珠唾,钟间气、卓荦天才。正暑,有祥光照社,玉燕投怀。　新堂深处捧杯。乍香泛水芝,空翠风回。凉送艳歌缓舞,醉胃瑶钗。长生难老,都道是、柏叶仙阶。笑傲,且山中宰相,平地蓬莱。
> ——《夏云峰·丙寅六月为筼翁寿》

丙寅,即绍兴十六年(1146),筼翁,即李弥逊,此时虽已归隐福建连江多年,但仍抱忧世之情。词中写景抒情,既写他锦肠珠唾的文学才华,祝颂他早生贵子,又把他比作怡然自得的"山中宰相"。据《南史·陶弘景传》记载,陶弘景,字通明,丹阳秣陵人,自号华阳陶隐居,而国家每有吉凶征讨大事,无不前以咨询。时人称之为"山中宰相"。这里用来比喻李弥逊是非常得体的。

在张元幹的寿词中,有两首所指何人,说法不一,引起后人的争议,因此有必要作一些考辨。现在先将两首词抄录如下:

瑞 鹤 仙
寿

倚格天峻阁。舞庭槐阴转,盆榴红烁。香风泛帘幕。拥霞裾琼佩,真珠璎珞。华阳庆渥。诞兰房、流芳秀萼。有赤绳系足,从来相门,自然媒妁。　　游戏人间荣贵,道要元微,水源清浊。长生大药,彩鸾韵,凤箫鹤。对木公金母,子孙三世,妇姑为寿满酌。看千龄,举家飞升,玉京更乐。

瑶台第一层

宝历祥开飞练上,青冥万里光。石城形胜,秦淮风景,威凤来翔。腊余春色早,兆钓璜、贤佐兴王。对熙旦,正格天同德,全魏分疆。　　荧煌。五云深处,化钧独运斗魁旁。绣裳龙尾,千官师表,万事平章。景钟文瑞世,醉尚方、难老金浆。庆垂芳,看云屏间坐,象笏堆床。

关于前一首词,清冯煦《蒿庵论词》中说:"芦川居士以《贺新郎》一词送胡澹庵谪新州,致忤贼桧,坐是除名。与扬补之之屡征不起,黄师宪之一官远徙,同一高节。然其集中寿词实繁,而所寿之人,则或书或不书。其《瑞鹤仙》一阕,首云'倚格天峻阁',疑即寿桧者。盖桧有一德格天阁也。意居士始亦与桧周旋,至秽德彰闻,乃存词而削其名邪?"

夏承焘先生赞同此说："秦桧当权时，文人纷纷献诗词奉承。宋本张元幹《芦川集》有《瑞鹤仙》、《满庭芳》（应作《瑶台第一层》）几首词，其中两次提到'格天阁'，无疑是献给秦桧或秦桧家人祝寿的词。但后来因作词送主战派胡铨、李纲而遭到主和派的迫害，即此可见张元幹晚年品节。"[1]

这种说法是值得商榷的。首先是"格天阁"的年代问题。据李心传《建炎以来系年要录》卷一百五十三记载，绍兴十五年"夏四月丙子朔，（高宗）赐太师秦桧甲第一区。戊寅，桧迁居赐第"。又，南宋吴曾《能改斋漫录》卷十一云："光尧赐御书秦益公（桧）'一德格天阁'牌，一时缙绅献诗以贺。"

这两条史料有力地证明秦桧迁居"格天阁"的时间在绍兴十五年（1145），张元幹送李纲和胡铨词均在此之前。因此段熙仲先生认为《瑞鹤仙》一首之产生不得早于绍兴十五年九月之前，而多半在十六年五月；《瑶台第一层》词的出笼不可能晚于十七年三月之后。段先生还据词中"对熙旦，正格天同德，全魏分疆"，考检《宋史》，秦桧于绍兴十七年三月，以魏国公改封益国公。认为本词写作年代"当在十五年底"。此首与《瑞鹤仙》词皆为伪作或误入[2]。

段先生的考据是很有说服力的。我们仔细体会词作内容，似乎是寿秦氏女嫁为贵妇人者。"有赤绳系足，从来相门，自然媒妁"。这种推测不是没有根据的。因此我认为这两首词有可能是他人之作而羼入的。

2006年，吴熊和先生《论词绝句一百首》在《词学》上发表。该文论张元幹的有四首，其四云："寿词二阕致人疑，晚盖堂堂不可移。曾傲闲居踰二纪，倒冠落佩未归迟。"诗后附有解读性的注文，

---

[1] 夏承焘《瞿髯论词绝句》第20页"题解"。
[2] 段熙仲《张元幹"晚盖"质疑》，《文史》第十辑，1980年版。

云:"瞿禅师(夏承焘)《论词绝句》论张元幹曰:'堂堂晚盖一人豪',则为张元幹定评,决不可易。"大概感到论据乏力,又录段先生文章云:"殷(段字误排)熙仲《张元幹'晚盖'质疑》(《文史》第十辑),据秦桧于绍兴十七年三月,由魏国公改封益国公,谓此词当作于绍兴十五年底,并谓二词皆为伪作或误入,识此待考。"①

总之,从张元幹繁多的寿词中透现出南宋初期已盛行以祝寿词应酬的社会风气。

---

① 《词学》第十六辑,华东师范大学出版社,2006年1月版。

第九章

张元幹的咏物词和艳情词

咏物与艳情,这是宋词中常见的两种题材,虽然不是张元幹所吟唱的主调,但在他的词集中不乏可采的佳作,是值得阅读和研究的。

第一节 咏物词

自唐五代以来,随着词体的成熟、发展,创作题材不断呈现出多向开拓的趋势,咏物词也就应时产生了。当然唐五代词中咏物的不多,在文人笔下咏物的品种也只有十多个门类,大都为自然界的生物花卉,如咏海棠、梅花等,也有写鸟禽之类的,如牛峤的《望江南》:

衔泥燕,飞到画堂前。占得杏梁安稳处,体轻惟有玉人怜。堪羡好姻缘。

燕子衔泥飞到屋梁安稳处筑巢,引起女主人公的羡慕、感叹,意蕴含蓄。此词两首,一咏燕,一咏鸳鸯,姜夔说"是咏物而不滞于物者也,词家当法此"①。这体现了初期咏物词"不滞于物"的抒情特点。

北宋的咏物词有了很大的发展,题材内容也比较广泛,仅咏吟花卉的就有八十多个品种,还有鸟兽虫鱼以及日常器皿等等。词的表现形式也突破了以小令为主的格局,出现了少量的慢词,扩大了篇幅,增加了容量。至于艺术手法则更加多样,摹写物态,或以形写神,或状物取神,标志着北宋咏物词已渐趋于成熟。

北宋的咏物词以林逋的《点绛唇》咏草词为最早,请看:

> 金谷年年,乱生春色谁为主? 馀花落处,满地和烟雨。 又是离歌,一阕长亭暮。王孙去,萋萋无数,南北东西路。

此首写金谷园中春草杂乱的荒芜景象,衬托离别的凄苦之情。而王孙去后遍地丛生的春草,更显得荒凉、落寞。王国维称颂这首词与梅尧臣的《苏幕遮》、欧阳修的《少年游》三阕,"为咏春草绝调","能摄春草之魂者"(《人间词话》)。如果说林逋的咏草词以状物取神著称,那么北宋中期章楶的《水龙吟·柳花》与苏轼的和韵是咏物词中遗貌取神的"绝妙"之作:

水 龙 吟
柳 花

燕忙莺懒花残,正堤上、柳花飘坠。轻飞点画青林,

---

① 《词林纪事》《词林纪事补正》合编:"姜尧章云云一条,出《历代诗馀》卷一百一十三、《历代诗馀》,又来自沈雄《古今词话·词评》卷上。《古今词话》未知何据。"《合编》上册第98页,上海古籍出版社,1998年11月版。

谁道全无才思。闲趁游丝,静临深院,日长门闭。傍珠帘散漫,垂垂欲下,依前被、风扶起。　　兰帐玉人睡觉,怪春衣、雪沾琼缀。绣床渐满,香球无数,才圆却碎。时见蜂儿,仰黏轻粉,鱼吞池水。望章台路杳,金鞍游荡,有盈盈泪。

水 龙 吟
次韵章质夫杨花词

　　似花还似非花,也无人、惜从教坠。抛家傍路,思量却是,无情有思。萦损柔肠,困酣娇眼,欲开还闭。梦随风万里,寻郎去处,又还被、莺呼起。　　不恨此花飞尽,恨西园、落红难缀。晓来雨过,遗踪何在,一池萍碎。春色三分:二分尘土,一分流水。细看来不是,杨花点点,是离人泪。

　　章楶的咏柳花词刻画其物态情状,曲尽杨花飘落的妙处,并且通过物景的摹写表达闺中女子怀人的相思愁苦。作者借物写人,不露痕迹。苏轼的和韵词,更胜一筹。词人所咏杨化,遗貌取神,摹写物态与人的形象融为一体,尤其是"后段愈出愈奇,真是压倒今古"(张炎《词源》下)。如果说苏轼咏杨花之作,显示出北宋咏物词的艺术成就已进入了一个新阶段,那么周邦彦的咏物词又开拓了新的境界,构思独到,形神兼备而章法多变,在艺术技巧上给南宋词人以更多的启迪。周邦彦写了二十多首咏物词,如《花犯·梅花》、《大酺·春雨》、《兰陵王·柳》、《六丑·蔷薇谢后作》、《水龙吟·梨花》等。现举《大酺·春雨》一首为例:

　　对宿烟收,春禽静,飞雨时鸣高屋。墙头青玉旆,洗铅霜都尽,嫩梢相触。润逼琴丝,寒侵枕障,虫网吹黏帘竹。邮亭无人处,听檐声不断,困眠初熟。奈愁极顿惊,梦轻难记,自怜幽独。　　行人归意速。最先念、流潦妨车毂。怎奈向、兰成憔悴,卫玠清羸,等闲时、易伤心目。未怪平阳客,双泪落、笛中哀曲。况萧索、青芜国。红糁铺地,门外荆桃如菽。夜游共谁秉烛?

周邦彦的咏物小词,一般以白描手法见长,但这首慢词用典较多。全词不正面描写春雨形象,而用侧笔写雨中景象和内心感受。下片连用典故写自己羁旅行役的伤心情怀。兰成指庾信,入北周后常有乡关之思,写有名篇《哀江南赋》。卫玠为晋山西人,风姿特异,有"玉人"之称,因避乱迁居建业(今南京)。人闻其名,围观者如堵,后病死。平阳客指马融,喜爱音乐,能操琴吹笛。在平阳时,听客舍有人吹笛,其声悲哀,于是写了一首《笛赋》。词人以庾信、卫玠、马融自比,又以雨中凄苦物景相衬,更见其伤心愁怀。"况萧索"以下"一句一折,一步一态"(谭献《词辨》),曲折而有情致。此首咏春雨,不留滞于物,确是遗貌取神的代表作。

咏物词至南宋而空前发达,不仅"应社"唱和,分题咏物,制作繁多,而且题材扩展,托物言志,各具造境。张炎《词源》卷下设有"咏物"一节,可见当时社会风气之盛。

张元幹的咏物词并不多,词题中注明咏物的仅有十四首,题材比较狭窄,所摹描的物体大都是花木,如梅花、杏花、海棠、芙蓉、木犀等,以咏梅为最多,共有四首。从写作年代看,大部分写于南渡以后。从内容上考察,大致可分为两个层次:

一是为应酬而作,或单纯的咏物词。这类词作着重于客体物象外在特征的描述。如《浣溪沙·王仲时席上赋木犀》:

翡翠钗头缀玉虫，秋蟾飘下广寒宫。数枝金粟露华浓。　　花底清歌生皓齿，烛边疏影映酥胸。恼人风味冷香中。

又如《怨王孙·海棠》：

小院春昼，晴窗霞透。把雨燕脂，倚风翠袖。芳意恼乱人多，暖金荷。　　多情不分群葩后，伤春瘦，浅黛眉尖秀。红潮醉脸，半掩花底重门，怨黄昏。

前一首咏木犀即桂花，作于北宋宣和年间。上片以天宫仙女的璀璨首饰比喻秋日桂花的外貌形态。下片写歌女佐酒低唱的撩人风味。这首咏物词是宴席上的"应歌"之作，表现出一种流连光景的心态。后一首咏海棠，作年不详。从词中所流露的伤怨情调来看，似作于南渡后。全篇不从正面描写海棠的物象，而是用侧笔以美人的脂粉容颜比拟海棠的娇美形态。"多情"句，由花及人，而结束又回到"花"间，并透露出浓重的伤春情绪。这两首咏物词并无丰富的内涵，但通过物态"形似"抒写自己的不同感受，所写了然在目，也别有意趣。

另一层次是借物抒情言志，或寓寄自己深切怀念中原故国的情思，或借以抒发清高淡远的志趣。如《十月桃》：

年华催晚，听尊前偏唱，冲暖欺寒。乐府谁知，分付点化金丹。中原旧游何在？频入梦、老眼空潸。撩人冷蕊，浑似当时，无语低鬟。　　有多情多病文园。向雪后寻春，醉里凭阑。独步群芳，此花风度天然。罗浮淡妆素质，呼翠凤、飞舞斓斑。参横月落，留恨醒来，满地香残。

此首与李弥逊《十月桃》同调同韵,题材亦相同,当为一时之作。李弥逊有词题云:"同富直柔赋梅花。"其原词之二如下:

> 一枝三四,弄疏英秀色,特地生寒。刻楮三年,谩夸煮石成丹。梨花带雨难并,似玉妃、寂寞微潸。瑶台空阔,露下星坠,零乱风鬟。　　记前回、拥盖西园。花信被山烟,著意邀阑。盏面横斜,大家月底颓然。如今万点难缀,共苍苔、打合成斑。诗翁何似,欢春莫交,粉淡香残。

从李弥逊的词题中,可知张元幹此词为南渡后作,是一首咏梅词。作者由梅花的"撩人冷蕊",想起中原旧游的情景,令人感慨不尽。这种身在南方、梦绕中原的深厚感情,正是那个特定时代精神的艺术体现,也可以说是"借题发挥"。但并不离"题",而是扣住梅花的天然风姿,并运用典故充实词境。"罗浮"句以下是用隋赵师雄迁居广东罗浮山,醉憩梅花树下,与花神相会的民间故事,语见《龙城录》。这首咏物词深刻地反映了时代现实,"寄托"了爱国感情,是南宋初期词坛上不可多得的咏物佳作。

　　咏梅的题材在唐五代文人词中已经出现,而且能够刻画出梅花的特质:"越岭寒枝香自拆,冷艳奇芳堪惜。"(和凝《望梅花》)宋人的咏梅词虽然扩大了容量,并以形神兼备取胜,但都能注意到梅花不同凡俗的"冷艳奇芳"和报春的特点,并由此写出各不相同的境界。张元幹的咏梅词也是这样,如《渔家傲·奉陪富公季申探梅有作》:

> 寒食(一作日)西郊湖畔路,天低野阔山无数。路转斜岗花满树。丝吹雨,南枝占得春光住。　　藉草携壶

花底去,花飞酒面香浮处。老手调羹当独步。须记取,坐中都是芳菲侣。

富公季申即富直柔。词题虽云"探梅有作",其实是把记事、写景和咏物、抒情融为一体。南枝指梅花,她不仅独占春光,而且有暗香浮动。"老手调羹当独步"三句是即景抒情。调羹,此指和羹。李弥逊《十月桃》:"枝头要看如豆,趁和羹、百卉开时。"这里以五味和调喻指宰臣能辅佐君王调理政务。富季申曾知枢密院事,用"老手调羹"来赞美他是非常得体的。词篇咏物写人,都有自己的个性特色。

张元幹的咏物词中,有的写得含蓄蕴藉,别有意趣,如《卜算子·梅》:

的皪数枝斜,冰雪萦馀态。烛外尊前满眼春,风味年年在。　老去惜花深,醉里愁多瞰。冷蕊孤芳底处愁,少个人人戴。

又如《豆叶黄·唐腔也,为伯南赋早梅,复和韵》①:

冰溪疏影竹边春,翠袖天寒炯暮云。雪里精神澹伫人,隔重门,宝粟生香玉半温。

这两首咏物小词,通过梅花外貌形态的描写,深入到她的内在特质,表现出不畏冷雪的精神和冷蕊孤芳的风姿,寓寄着词人高洁的

---

① 《豆叶黄》即《忆王孙》,同调异名,向作宋人创调,据此词题,可知为唐腔,非宋人所创。

情操。词风清丽、委婉,意蕴含蓄、淡雅,在宋代咏物词中可以自成一家。

第二节 艳情词

在宋初人的心目中,词被视为"艳科",不足登大雅之堂。但从创作的角度来看,染指其间者日益众多,而且歌唱男女恋情成为一时的主要题材。正如《复雅歌词序》中所说:

> 温、李之徒,率然抒一时情致,流为淫艳猥亵不可闻之语。吾宋之兴,宗工巨儒,文力妙于天下者,犹祖其遗风,荡而不知所止。脱于芒端,而四方传唱,敏若风雨,人人歆艳咀味,尊于朋游樽俎之间,以是为相乐也。①

"人人歆艳咀味",也许是夸张的笔墨,不过宋初词人写艳情却是相当普遍的。像欧阳修这样的文坛领袖也写了不少反映男女恋情的词篇,如:

南 歌 子

> 凤髻金泥带,龙纹玉掌梳。走来窗下笑相扶,爱道"画眉深浅入时无?" 弄笔偎人久,描花试手初。等闲妨了绣工夫,笑问"鸳鸯两字怎生书?"

这首正面描写男女恋情的词作,刻画人物的行动与心态,生动活

---

① 祝穆《新编古今事文类聚》续集卷二十四引,原书已佚。

泼，表现出对爱情生活的大胆追求。这在宋初词坛上并不多见。至于柳永笔下的大量艳曲，已为人们所熟悉，可以不必再引述。这些艳情词在表现手法上，大致有"雅"、"俗"之分。我们所说的"雅"，是指抒情委婉含蓄，格调比较高雅的艳词。北宋晏几道的词作颇有代表性，如《鹧鸪天》：

> 彩袖殷勤捧玉钟，当年拚却醉颜红。舞低杨柳楼心月，歌尽桃花扇底风。　从别后，忆相逢，几回魂梦与君同。今宵剩把银釭照，犹恐相逢是梦中。

这首抒写男女柔情别恨的词作，笔力曲折深婉，体现了小山词的艺术特色。又如他的《临江仙》"落花人独立，微雨燕双飞"；《蝶恋花》"衣上酒痕诗里字，点点行行，总是凄凉意"以及《思远人》"泪弹不尽临窗滴，就砚旋研墨。渐写到别来，此情深处，红笺为无色"等等，都在抒写浓厚的柔情蜜意中渗透出文人的"雅致"。

所谓"俗"，是指表达方式直露，用语俚俗，有的格调低下。这类词作以柳永为代表。柳永因为好写"俗曲"，曾遭到后人的讥讽、指责，说什么"词语尘下"、"声态可憎"等等。翻开柳永的《乐章集》，其中确实有一些俗不可耐的东西，如《小镇西》"意中有个人"、《两同心》"嫩脸修蛾"、《西江月》"师师生得艳冶"以及《木兰花》"心娘自小能歌舞"四首等，可以说是毫不遮盖地把他的"风流肠肚"一齐兜翻出来了。当然这些在柳永词中属于下乘之作，并不影响对柳永词的总体评价。

南宋初期词坛一度崇尚"雅词"之名，如曾慥编选宋人词作，不仅书名题为《乐府雅词》，而且自认为是"艳曲"的词作，悉予删除。他是按照内容上来区分的，也就是张炎《词源》中所说："词欲雅而正之，志之所之，一为情所役，则失雅正之音。"

张元幹的侧艳之作，既有"雅正之音"，也有"俚俗之声"，但所追求的主要是"雅正"一路，其代表作是《楼上曲》：

> 楼外夕阳明远水，楼中人倚东风里。何事有情怨别离？低鬟背立君应知。　　东望云山君去路，断肠迢迢尽愁处。明朝不忍见云山，从今休傍曲阑干。

本词借闺中人送君出行，抒写离愁别恨，感情真挚缠绵，曲折深婉，饶有韵味。陈廷焯在《白雨斋词话》卷七中称此首"意味深长，音调古雅，艳体中《阳春白雪》也"。

类似这种艳体的雅调，还有《小重山》：

> 谁向晴窗伴素馨？兰芽初秀发，柴檀心。国香幽艳最情深。歌《白雪》，只少一张琴。　　新月冷光侵。醉时花近眼，莫频斟。薛涛笺上《楚妃吟》。空凝睇，归去梦中寻。

又如《柳梢青》：

> 清山浮碧，细风丝雨，新愁如织。慵试春衫，不禁宿酒，天涯寒食。　　归期莫数芳辰，误几度、回廊夜色。入户飞花，隔帘双燕，有谁知得？

前一首写别后思闺之情。上片借兰花以写人。"歌《白雪》，只少一张琴"与赵鼎《花心动》"绿琴三叹朱弦绝，与谁唱《阳春白雪》"的情意是很相近的。下片用典，薛涛是唐代女诗人，后为乐妓。曾创制深红彩笺，时人谓之薛涛笺。《楚妃吟》，即《乐府诗集》所引用的

《楚妃叹》,为古乐府吟叹曲。这里借以抒写思念佳人的一片深情。凝睇犹云凝目。柳永《诉衷情》:"故人千里,竟日空凝睇。"结处由白日难觅,转入梦境寻找,情意真切深婉,动人心魄。

后一首写寒食怀人。上片写暮春风雨生愁的物景与心态,景中见情,笔力高妙。下片抒写思归怀人之情,化虚为实。"飞花"、"双燕",对景怀人,更深一层地揭示内心的愁思柔肠,余韵不尽。此二首写得委婉情深,风格清丽,足以追步少游。

此外还有写闺情的,如《祝英台近》:

> 枕霞红,钗燕坠,花露殢云髻。粉淡香残,犹带宿醒睡。画檐红日三竿,慵窥鸾鉴,长是倚、春风无力。
> 又经岁。玉腕条脱轻松,羞郎见憔悴。何事秋来,容易又分袂。可堪疏雨梧桐,空阶络纬?背人处、偷弹珠泪。

此篇起写闺中枕上女子的华贵首饰。次写酒醉未醒的睡态和懒起照镜的孤寂心绪。换头,"条脱"为臂饰,即金钗。"条脱轻松",指人体消瘦,暗示思君愁损。"羞郎"句袭用唐元稹《莺莺传》"不为旁人看不起,为郎憔悴却羞郎"。而秋来分袂,疏雨点滴梧桐,又闻秋虫哀鸣,禁不住伤心落泪。结束两句哀婉情深,与晏几道《虞美人》"犹有两行闲泪宝筝前"具有同样的工妙。

张元幹另一类艳情词的写法比较直露,用语俚俗,但表现艳遇情事富有真实感情。这与他早年有过"少年百万呼卢,拥越女吴姬共揶"(《柳梢青》)的狎昵、放荡生活是分不开的。因此,这种情事并不是随世俗青睐而添加进去的"艳情"佐料。比如《长相思令》:

> 香暖帷,玉暖肌。娇卧嗔人来睡迟,印残双黛眉。
> 虫声低,漏声稀。惊枕初醒灯暗时,梦人归未归。

又如《春光好》：

> 疏雨洗，细风吹，淡黄时。不分小亭芳草绿，映檐低。
> 楼下十二层梯，日长影里莺啼。倚遍阑干看尽柳，忆腰肢。

再如《清平乐》：

> 明珠翠羽，小绾同心缕。好去吴松江上路，寄与双鱼尺素。　兰桡飞取归来，愁眉待得伊开。相见嫣然一笑，眼波先入郎怀。

还有《点绛唇》：

> 减塑冠儿，宝钗金缕双绥结。怎教宁帖，眼恼儿里劣。　韵底人人，天与多磨折。休分说，放灯时节，闲了花和月。

这几首艳情小词有一个共同特点，就是采用白描手法，直抒男女风流韵事，温馨柔情，语言浅近通俗，质朴自然，属于传统的情致畅发的一路。《长相思令》中还有一首"花下愁，月下愁"，更具有民歌的风味。此首表现美女嗔人睡迟的娇态，情景逼真。《春光好》的"腰肢"，本指腰身，此借指女子。沈约《少年新婚为之咏》："腰肢既软弱，衣服亦华楚。"词中写这位痴情男子倚遍阑干，看尽了柳，都是为了想念心中的佳人，所写痴情极为真实。《清平乐》中写别后喜相逢的眼神、笑貌，更是如见其人。这些直抒胸臆的艳词，尽管缺乏丰富的内涵，但都写得语浅情深，尤其是运用方言俗语，如

《点绛唇》"怎教宁帖,眼恼儿里劣",明显地受到柳永词的影响而开启了散曲的先声。

张元幹的艳情词尽管在写法上有"雅"、"俗"之分,但从内容上来看,并没有超越《花间》以来男女风流韵事的模式,除了少数应酬赠妓之作,如《彩鸾归令·为张子安舞姬作》、《春光好·为杨聪父侍儿切鲙作》等以外,绝大部分都是通过离愁别绪来表达男女相思之情,可以说是他歌唱爱情的一个重要方面。这里再举两首:

萧萧疏雨滴梧桐,人在绮窗中。离愁遍绕,天涯不尽,却在眉峰。　娇波暗落相思泪,流破脸边红。可怜瘦似,一枝春柳,不奈东风。

——《眼儿媚·秋闺》

春院深深莺语,花怨一帘烟雨。禁火已销魂,更黄昏。　衾暖麝灯落灺,雨过重门深夜。枕上百般猜,未归来。

——《昭君怨·春晚》

两首词的时节环境虽然不同,但都写女子思念远别情人的心曲。上一首写深秋闺中女子因离愁相思而落泪。"流破脸边红"一句,造语颇新,其实还是从韦庄《天仙子》"一日日,恨重重,泪界莲腮两线红"和宋祁《蝶恋花》"泪落胭脂,界破蜂黄浅"的词句中点化出来的。下一首描写寒食时节女子日夜怀人的心态。结末"枕上百般猜,未归来"两句,表现女子的娇痴情态,可谓语浅而情深。这种手法与顾敻的《荷叶杯》"手挼裙带独徘徊,来么来,来么来"是一脉相承的。

张元幹的艳情词尽管反映生活面并不广阔,但笔下男女相会或离愁别苦的词境与意象,都不落俗套。风格以清丽婉约为主体,也有明快、率直之作,尤其是一些"透骨情语",为南宋初期艳情词增添了不同的艺术情趣。

第十章

张元幹漫游吴越的词作

绍兴二十五年（1155）十月，祸国害民的秦桧病死。张元幹此时重来临安，寓居西湖之上。这位六十五岁的老人，已是华发苍颜，尚幸身体强健。他历经沧桑之变，看尽人情世态，对于人间宠辱，早已付之一笑。这次在临安旧地重游，虽然"以老成旧德，仪刑本朝"，但他不谋名利，"乃慕赤松子游，褰裳去之"①。后来漫游吴越一带，留下了二十多首词篇，比较集中地反映了他晚年的思想生活与心态，是研究张元幹一生词作发展演变不可缺少的组成部分。

第一节 从西湖到垂虹

宋初以来，杭州已是东南第一州。灯火万家，笙歌满地，富庶繁华的景象和优美的西湖风光，吸引着无数的诗人墨客游赏吟唱。柳永的《望海潮》（东南形胜）和苏轼的《饮湖上，初晴后雨二首》，都是脍炙人口的名篇杰作，形象生动地描绘了杭州的繁盛和西湖的

---

① 张孝祥《于湖居士文集》卷三十七《张大监》。

美丽。然而这种繁华并非一成不变。曾几何时,陵谷变迁,金兵的铁骑践踏了这个城市。昔日西湖的歌楼舞榭,犹如洪水淹没一样,荡然不存。不过这种残破景象没有延续多久,到了绍兴八年(1138),南宋正式定都临安后,又大兴土木,建造金碧辉煌的宫殿楼阁。西湖四周也大造行宫别馆,以供南宋君臣在湖上纵情享乐。这时逐渐恢复繁华面貌的杭城已成为他们沉湎声色的"安乐窝",而忘掉了收复中原。正如林升在《题临安邸》诗中所写:"山外青山楼外楼,西湖歌舞几时休?暖风熏得游人醉,直把杭州作汴州。"

张元幹一生中曾多次到过临安,但先后的情景与感受都是不一样的。其中有两次是值得提出来的,一是在建炎初,二是在绍兴末。

建炎元年(1127),张元幹南下避乱至杭州,"寓居西湖"(《跋少游帖》)。这次是避乱,而不是胜游,因此赏心悦目的西湖美景也不能缓解他那沉痛的心情。这时他很少作词,至今没有发现写于此时的词作,可以考见的是一首五言古诗《丁未岁春过西湖宝藏寺作》:

> 湖埂取微径,窈窕松门深。中有古佛屋,阒无人足音。春雪带飞雨,冷色来苍岑。孰知戎马盛,但见藤萝阴。平生云卧想,正欲幽梦寻。不减避世士,契此太古心。

丁未岁即建炎元年。诗中岑寂无人的境界与"戎马盛"的局势相联系,折射出金兵南侵的社会侧影。作者描写西湖的春雪冷色,也是与他寻幽避世的心境相表里的。

张元幹在绍兴末年重来临安滞留的时间较长。他不仅与旧友胡仔"同馆谷",还与刘质夫相遇临安"官舍",而且结识青年新进张孝祥和周德友、郭世模等人,相互酬唱,结为忘年之交。在这几年中,张元幹曾赴吴江垂虹等地,但到绍兴二十九年(1159)又返回临安,有《郭从范示及张安国诸公酬唱,辄次原韵》诗作证。诗云:

> 登楼乘暇日,唤客共浇愁。春去花犹发,阴浓雨未休。和诗真冷澹,得句总风流。能遣西邻老,殊无陋巷忧。

郭从范即郭世模,张安国即张孝祥。前面所引王明清《玉照新志》卷五有"绍兴己卯(二十九年),张安国为右史,明清与仲信兄、左举善、郭世模、李大正、李泳多馆于安国家,春日诸友同游西湖,至善安寺"云云,郭从范所出示的张孝祥诸公诗作,当为此次春日游西湖事所赋。张元幹用原韵赋诗,其时当在临安,前后已达四五年之久。

张元幹这次重来临安,心中感触颇多,但留下的词作很少,最有代表性的是《八声甘州·西湖有感寄刘晞颜》:

> 记当年、共饮醉画船,摇碧罥花钗。问苍颜华发,烟蓑雨笠,何事重来。看尽人情物态,冷眼只堪咍。赖有西湖在,洗我尘埃。　　夜久波光山色,间淡妆浓抹,冰鉴云开。更潮头千丈,江海两崔嵬。晓凉生、荷香扑面,洒天边、风露逼襟怀。谁同赏,通宵无寐,斜月低回。

刘晞颜,一作希颜,名无极,生卒年不详。丹徒人,政和五年(1115)进士,终尚书郎①。他是张元幹的好友。建炎四年(1130),张元幹

---

① 《至顺镇江志》卷十八,又见《宋诗纪事》卷十九。

在湖州一带避乱时曾作《次韵刘晞颜感怀》诗二首,表达自己"拟颂中兴业"的壮怀和"避谤"的忧愤心情。如今二十多年过去了,然而当年西湖船上共饮的情景,犹历历在目。词人由昔及今,展示了一位华发苍颜、看尽人间炎凉世态的老人重来西湖的心态,追求西湖的波光山色,以寄托自己高洁的情怀。

这首词在写法上打破了上景下情的旧曲格局,而从回忆、记叙起笔,抒写内心的感慨。换头三句写西湖景色。"欲把西湖比西子,淡妆浓抹总相宜"。这里借以描写西湖雨后的月夜风光,妩媚动人,而荷香扑面,更感襟怀开朗,故邀友人同赏,流露出一种洒脱自在的情调。全篇境界空阔,笔力疏宕,具有超尘出俗的高情远致。

这时期他抒写西湖送别的小词,即景抒情,饶有清新俊逸之趣。如《浣溪沙·武林送李似表》:

燕掠风樯款款飞,艳桃秾李闹长堤。骑鲸人去晓莺啼。　　可意湖山留我住,断肠烟水送君归。三春不是别离时。

李似表,即李弥正,李弥逊之弟。南宋楼钥在《筠溪文集序》中称李弥逊"昆仲六人,文字为一门之盛",并谓其弟"太史弥正,俱负重望"[1]。李弥正是宣和初年进士,为秘书省正字。后奉命修神宗、哲宗实录,官终朝大夫,吏部郎中[2]。在李弥正告归离开临安时,张元幹作此词送行。上片写西湖长堤桃李争艳、燕飞莺啼的景象,点出了友人离别的时节。下片抒写别情。"可意"两对句,一写

---

[1] 楼钥《攻媿集》卷五十三。
[2] 《福州府志》卷五十四"人物列传"。

湖山留我,一写烟水送君,自为开合,而在三春送别,更感离愁别苦。依依之情,读来余味不尽。

此外,他写西湖盛夏景色,宛如一幅绝妙的图画:

> 卧看西湖烟渚,绿盖红妆无数。帘卷曲阑风,拂面荷香吹雨。归去,归去,笑损花边鸥鹭。
> ——《如梦令》

南宋时已有"西湖十景"之称,而夏荷、冬雪等自然景观,尤令人流连忘返。十景之一的"麹院风荷",有接天莲叶,映日荷花。词中的"绿盖红妆"指莲叶与荷花。"笑损",犹言笑煞。作者寓居西湖,卧楼远望,只见湖中一片青莲,水光潋滟,荷花飘香。又见无数鸥鹭出没波心,自由自在。这种清空幽绝的境界,不仅"词中有画",写出了西湖的传神风光,而且表现出词人闲适自如的心态。

前面已说到张元幹晚年曾离开过临安,漫游太湖、吴江、嘉兴一带,但往返最多的地方则是吴江垂虹,写下了四五首词作,其中长调两首。一首是《水调歌头·丁丑春,与钟离少翁、张元鉴登垂虹》:

> 拄策松江上,举酒酹三高。此生飘荡,往来身世两徒劳。长羡五湖烟艇,好是秋风鲈鲙,笠泽久蓬蒿。想像英灵在,千古傲云涛。　　俯沧浪,吞空旷,恍神交。解衣盘礴,政须一笑属吾曹。洗尽人间尘土,扫去胸中冰炭,痛饮读《离骚》。纵有垂天翼,何用钓连鳌。

另一首是《念奴娇·己卯中秋和陈丈少卿韵》:

垂虹望极,扫太虚纤翳,明河翻雪。一碧天光波万顷,涌出广寒宫阙。好事浮家,不辞百里,俱载如花颊。琴高双鲤,鼎来同醉孤绝。　　浩荡今夕风烟,人间天上,别似寻常月。陶冶三高千古恨,赏我中秋清节。八十仙翁,雅宜图画,写取横江楫。平生奇观,梦回犹竦毛发。

前首词题"丁丑",即绍兴二十七年(1157)。钟离少翁、张元鉴,均不详。垂虹,桥名,在今江苏吴江县东。据南宋范成大《吴郡志》卷十七云:"利往桥,即吴江长桥也。庆历八年,县尉王廷坚所建。有亭曰'垂虹',而世以名桥。"该书又引《续图经》谓此桥"东西千余尺,前临太湖,洞庭三山,横跨松江。行者晃漾天光水色中,海内绝景"。

张元幹一生曾多次到过垂虹亭,经过战乱兵火之后,他又不止一次地重来登临。"一别三吴地,重来二十年。"(《登垂虹亭二首》)不过这次登临年已六十七岁,"此生飘荡"的遭际,不禁使他追念千古英灵。"三高",指范蠡、张翰、陆龟蒙。范成大《三高祠记》云:"乾道三年二月,吴江县新作三高祠成。三高者,越上将军姓范氏,是为鸱夷子皮;晋大司马东曹掾姓张氏,是为江东步兵;唐赠右补阙姓陆氏,是为甫里先生。"全词即由此尽情演衍。"五湖烟艇",指范蠡功成后乘扁舟入五湖,飘然而去①。"秋风鲈鲙",指张翰"因见秋风起,乃思吴中菰菜莼羹,鲈鱼鲙",不愿羁官千里而辞归②。"笠泽久蓬蒿",笠泽为松江之别名,此指陆龟蒙隐居松江甫里事。这三人虽不并世,但他们的清风劲节为后世共仰。

词的下片由古及今,抒发自己与"三高"神交的心态,扫去胸中

---

① 后汉赵晔《吴越春秋》卷十。
② 《晋书》卷九十二《张翰传》。

不相容的"禄位"邪念，做一个"痛饮酒，熟读《离骚》"的名士①。结末一吐壮志难酬的悲愤，振起全篇。这首风格豪宕、悲壮的词作，足以方驾东坡。

后一首词题"己卯"，即绍兴二十九年(1159)。二年后的中秋，张元幹再游吴江垂虹亭。"陈丈少卿"，指陈正同②。原词已佚，无法进行对照。从这首词境来看，主要是描写中秋登临垂虹亭所见月色水光的景观，虽有"陶冶三高千古恨"的感慨，但奉和应酬的性质比较明显，缺乏自己的个性风貌。

张元幹平生往来松江不下百次，这里的山山水水，一草一木，都倾注着他的深厚感情，尤其是晚年所作小词，更能体现出他的鲜明个性和老来情怀。下面举两首词为例：

青 玉 案

贺方回所作，世间和韵者多矣。余经行松江，何啻百回，念欲下一转语，了无好怀。此来偶有得，当与吾宗椿老子载酒浩歌西湖南山间，写我滞思，二公不可不入社也

平生百绕垂虹路，看万顷、翻云去。山澹夕晖帆影度。菱歌风断，袜罗尘散，总是关情处。　　少年陈迹今迟暮，走笔犹能醉时句。花底目成心暗许，旧家春事，觉来客恨，分付疏篷雨。

---

① 见刘义庆《世说新语·任诞》。
② 王明清《挥麈录》三录卷三："绍兴己卯，陈莹中(瓘)追谥忠肃，其子应之正同适为刑部侍郎，往谢政府。"是年张元幹作《上平江陈侍郎十绝并序》。

点 绛 唇

醉泛吴松,小舟谁怕东风大。旧时经过,曾向垂虹卧。　　月淡霜天,今夜空清坐。还知么?满斟高和,只有君和我。

前一首词题"贺方回",即贺铸(1052—1125),字方回,卫州(今河南汲县)人。北宋后期著名词人,有《庆湖遗老集》,其词集名《东山词》,又名《东山寓声乐府》。他的词作"卓然自立","语意精新,用心甚苦"(王灼《碧鸡漫志》卷二)。此序称其所作"世间和韵者甚多"的一首,即指负有盛名的《青玉案》。现抄录如下:

青 玉 案

凌波不过横塘路,但目送、芳尘去。锦瑟华年谁与度?月桥花院,琐窗朱户,只有春知处。　　飞云冉冉蘅皋暮,彩笔新题断肠句。试问闲愁都几许?一川烟草,满城风絮,梅子黄时雨。

贺铸因作此词而名声大振,有"贺梅子"的美称。如果说贺铸词写幽居怀人,景中寓情,意味深长的话,那么张元幹的和韵写老年重游的内心感受,别有设想。上片由景生情,起两句写垂虹路上所见的空阔远景。次写山清水秀,夕阳映照下帆影点点,境界优美。"袜罗尘散"是化用曹植《洛神赋》"凌波微步,罗袜生尘"的诗意,而与"总是关情"相连接,含蓄隽永,不着痕迹。下片由情入景,"少年"两句,概括了漫长的人生足迹和老年犹能醉书的情态。"花底"句,由目送心随引起往昔的春日乐事,眼前的醒来苦恨。末句的

"疏蓬"与上文"影帆"相照应，又蕴含词人将迟暮流寓的愁恨交付稀疏篷帆满载而去的意念，景中寓情，含蓄不尽。

后一首小词为羁旅纪事之作。词人从松江水上行程落笔，既写出无数次经过垂虹、不怕风浪的心理，又描写深秋月下独坐的情态，仿佛把自身融合在大自然的物景之中。然而回忆当年高歌相和的情景，联想当前无人把盏共唱，心中郁积的孤寂之情，见于言外。

张元幹这类词作都融入自己的身世、人品和胸中块垒，因此富有"一片性灵"而独具面目。

第二节　漫游的复杂心态

张元幹晚年漫游吴越一带的心态是极其复杂的。这不单是因为他曾在这里避乱湖山，脱身兵火，如今重返故地，有一种恍如隔世的感觉，更主要的是时代剧变的震荡，宦海浮沉的风波，人间世俗的白眼，这一切冷酷的现实使他饱尝社会人生的苦涩、辛酸，在心灵世界上呈现出多维的势态，同时也造成了他漂泊江南、客死他乡的人生悲剧。可以这样说，一方面他有"愤切吞妖孽"的报国刚肠，"笑谈曾击贼，谋略盍临边"（《送赵公远往建康》）。即使在为口腹奔忙的情况下，也"未能忘壮志，遽肯变刚肠"（《漫兴》）。这是很可贵的爱国感情。

另一方面，时代现实的外在压抑，报国无门的感伤苦闷，又使他的"胸中豪气半销磨"（《送高集中赴漳浦宰》）。伴随壮志的"失落"而萌生"万事付杯酒，百年俱劫灰"（《题王岩起乐斋》）的消极"出世"思想。他看透人生，寄情山水，寻幽探胜，或饮酒消愁，随缘自适，以求精神上的自我解脱。这种矛盾复杂的心理状态，在他的

漫游词中都有不同程度的反映,有时两种感情纠葛交织在一起。如《水调歌头·追和》:

> 举手钓鳌客,削迹种瓜侯。重来吴会三伏,行见五湖秋。耳畔风波摇荡,身外功名飘忽,何路射旄头。孤负男儿志,怅望故园愁。　　梦中原,挥老泪,遍南州。元龙湖海豪气,百尺卧高楼。短发霜黏两鬓,清夜盆倾一雨,喜听瓦鸣沟。犹有壮心在,付与百川流。

这首词的基调是抒发爱国壮志付之东流的满腔悲愤。起两句用典,笔力奇崛而不同寻常。"钓鳌客",此指李白,宋赵德麟《侯鲭录》卷六有"李白开元中谒宰相,封一版,上题曰'海上钓鳌客李白'"云云。"种瓜侯",指邵平种瓜事。《史记·萧相国世家》云:"召(邵)平者,故秦东陵侯。秦破,为布衣。贫,种瓜于长安城东。瓜美,故时俗谓之'东陵瓜'。"词人以李白豪迈不羁与邵平隐居不出的两种不同形象自喻,反映了他晚年的矛盾心理状态。"旄头",古人当作胡星,是兵火的征兆,这里借指金兵。"何路射旄头"与"梦中原,挥老泪"的感情相交织,沉郁悲壮。"元龙"两句,由情入景,与首句相照应,举出东汉陈元龙湖海豪气的故事,更感壮志未遂的悲愤。"短发"以下,描述两鬓斑白的老人,在风雨交加的夜晚中壮志"失落"的心态,尤觉慷慨悲壮。作者所揭出的自我形象,不仅描画外貌和漫游的动态,而且深入其人生烦恼痛苦的内心世界,显示出潇洒豪迈的风度。

这种壮志不遂、中原未复的遗恨,在他晚年的词中并不经见。这大概与他看穿人间功名富贵是有密切关系的。从另一个角度来说,在一定程度上还受到佛道思想的影响。张元幹在《解嘲示真歇老人二首》诗中曾写过"前身真衲子(僧徒),忘念入儒书"和"高爵非吾性,奇勋任尔为。道人元具眼,批判亦慈悲"的自我解嘲的话。因此这时期的多数词作表现出"搔首烟波上,老去任乾坤"的随缘自适的旷达态度,追求一种"白纶巾,玉麈尾,一杯春。性灵陶冶,我辈犹要个中人"(《水调歌头》)的虚静恬淡的意趣。比如《水调歌头》:

> 平日几经过,重到更留连。黄尘乌帽,觉来眼界忽醒然。坐见如云秋稼,莫问鸡虫得失,鸿鹄下翩翩。四海九州大,何地著飞仙。　吸湖光,吞蟾影,倚天圆。胸中万顷空旷,清夜炯无眠。要识世间闲处,自有尊前深趣,且唱钓鱼船。调鼎他年事,妙手看烹鲜。

如果说前一首《水调歌头》中"举手钓鳌客"、"犹有壮心在"的词句,读来令人感受到有一股豪迈之气的话,那么读这首夜泛太湖之作的感觉就不一样,给人品尝一种"黄尘乌帽"的居闲者的飘逸情味。词中所写湖光月影的开阔境界,与"万顷空旷"的洒脱心胸相表里,融情景于一体。结末用典,"调鼎",本指烹调食物,这里比喻宰相之职责。孟浩然《都下送辛大之鄂》:"未逢调鼎用,徒有济川心。""烹鲜",典出《老子》:"治大国若烹小鲜。"河上公的注云:"鲜,鱼。烹小鲜,不去肠,不去鳞,不敢挠,恐其靡也。治国烦则下乱。"后用以比喻治理政事的才能。末两句明显地流露出作者不为世所用的愤激情绪。但从全词的格调来看,确是表达了追求闲居独饮,不问"鸡虫得失"而超然物外的意趣。

这种旷达、洒脱的情怀在他的小词中表现得尤为突出,如《蝶恋花》:

> 窗暗窗明昏又晓,百岁光阴,老去难重少。四十归来

犹赖早,浮名浮利都经了。　　时把青铜闲自照,华发苍颜,一任傍人笑。不会参禅并学道,但知心下无烦恼。

又一首:

燕去莺来春又到,花落花开,几度池塘草。歌舞筵中人易老,闭门打坐安闲好。　　败意常多如意少,著甚来由,入闹寻烦恼。千古是非浑忘了,有时独自掀髯笑。

这两首词都显示出鲜明的个性特色,表现出随缘自适的处世态度,当然在构思命意上是各有侧重的。上一首写"四十归来"后的老年心态,旨在表现白发老人看尽人间的"浮名浮利",以内心无烦恼的境界来解脱自我。尽管他说"不会参禅并学道",其实"无烦恼"正是参禅的一种境界,可见他受到佛道"随缘自适"的思想影响还是很深的。张元幹在绍兴十年(1140)所作《庚申自赞》中曾写过:

陶陶兀兀,遇饮辄醉,著枕即寐。一念不生,万事不理。至于酒醒梦觉,则又大笑而起,摩腹叩齿。孰不睥睨曰:"此老真甚愚。"

这种随缘自适、自在还自放的"愚态",都在不同程度上融进了他的词篇。在后一首词中,可以说表现得淋漓尽致。词人既写出晚年闭门"打坐"、安闲自在的僧道修行的一种方法;而且抒发了天下事不如意者居七八[①],不必为败意而自寻烦恼的心态。词中"千古是

---

① 《晋书·羊祜传》谓祜叹曰:"天下不如意,恒十居七八,故有当断不断,天与不取,岂非更事者恨于后时哉?"词中化用其意。

非浑忘了"与"一念不生,万事不理"的感情宣泄有相通之处,都是追求一种清静无为的审美意趣。词的语言极为疏朗,情调又极其旷达自放,在他晚年词中别具一格。

至于他所写寄情山水的小词,又呈现出不同的风貌。如《浣溪沙》:

山绕平湖波撼城,湖光倒影浸山青,水晶楼下欲三更。　雾柳暗时云度月,露荷翻处水流萤,萧萧散发到天明。

平湖,今县名,在浙江嘉兴东南,县界北面与松江县相接。"水晶楼"在吴兴,前人有"溪上玉楼楼上月,清光合作水晶宫"的诗句①。此首通篇写景,情致淡远。起句化用孟浩然《望洞庭湖赠张丞相》"气蒸云梦泽,波撼岳阳城"的诗意,写湖滨之城山水环绕的气势。"湖光"两句写出月夜登楼所见青山倒映湖中的幽美景色。下片承上,从天空云月写到湖边柳树,水中荷花、飞萤,观察细微,笔墨流动,构成一幅夏夜湖中赏荷的图画。在如画的美景中透现出词人闲适自在的心态。

还有一种情况是在描述自然景物中表露出思念故乡的意绪。如《蓦山溪》:

一番小雨,陡觉添秋色。桐叶下银床,又送个、凄凉消息。故乡何处?搔首对西风,衣线断,带围宽,衰须添新白。　钱塘江上,冠盖如云积。骑马傍朱门,谁肯念、尘埃墨客。佳人信杳,日暮碧云深,楼独倚,镜频看,

---

① 胡仔《苕溪渔隐丛话·前集》卷五十三"水晶宫"。

此意无人识。

本词是晚年重来临安时作,约写于绍兴二十八年(1158)以后。在秋风细雨中,梧桐树叶纷纷坠落井栏的凄凉景象,激起词人自叹飘零的乡思之情。而思归不能的形容消瘦的情景,又与临安达官贵人的炎凉世态相交织,更使他感喟不尽。"佳人"二句,化用江淹《休上人怨别》"日暮碧云合,佳人殊未来"的诗意。末以无人领会思归之心作结,愈见其凄苦哀伤。读这首词,我们仿佛看到一位两鬓斑白的漂泊老人,独在异地度残年。由此可以想见他不久客死异乡的心绪也是极其凄凉悲苦的。

第十一章

张元幹词的艺术特色

张元幹词有着鲜明的创作个性。从平生的词作来看,总体艺术风格是有发展变化的,比较丰富多样。毛晋《宋六十名家词·芦川词跋》云:

> 人称其长于悲愤,及读《花庵》、《草堂》所选,又极妩秀之致,真堪与片玉、白石并垂不朽。

这是对张元幹词风的高度评价,同时也表明他的词作在南宋前期词坛上别具一格,富有艺术创新的开拓精神。

第一节 "长于悲愤"的阳刚美

张元幹在词作内容、抒情境界等方面都有新的开拓,尤其引人注目的是"长于悲愤"的言志抒怀的作品,其中所蕴含的社会内容不仅在北宋词中是根本看不到的,即使在南渡词中也是不多见的。这是他贴近那个特定时代而勇于开拓创新的结果。南宋黄昇在

《中兴以来绝妙词选序》中说：

> 中兴以来，作者继出。及乎近世，人各有词，词各有体。……然其盛丽如游金、张之堂，妖冶如揽嫱、施之秋，悲壮如三闾，豪俊如五陵。

这里所说的"人各有词，词各有体"，已经涉及词人创作的独特个性和艺术风格，其中所例举的"悲壮如三闾"，是指我国最早的一位伟大诗人屈原。他做过三闾大夫，辅佐楚怀王改革朝政，后遭谗去职，长期流放沅、湘一带，行吟泽畔。楚都郢被秦兵攻破后，他因自己的政治理想无法实现，遂投身汨罗江。屈原的爱国精神对后世产生了巨大的影响。从这个意义上说，张元幹的"悲愤"词继承了屈原的爱国传统，具有"悲壮如三闾"的特点。当然，形成这种艺术风格的因素是多方面的，但最重要的不外乎是两点：

一是特殊时代环境的客观刺激，孕育了阳刚之美。

北宋一百多年来，虽然始终没有改变积贫积弱的局面，但社会经济一直保持着上升发展的趋势。北宋词人所感受到的是一种表面繁盛的"承平"气象，不能忘情于秦楼楚馆。尽管各人的遭际不同，有的命运多蹇，但是，多数词人的生活享受比较优裕、安逸。因此他们吟写性情，大都不脱绮罗香泽之态，所追求的是艳丽女性的阴柔美。这种"缘情绮靡"的格局也是后期词作的主流。南渡后的时代环境就完全不同了，中原陷落，国土破残，人民流离失所，这一切都使南渡词人的思想感情发生程度不同的变化，并给词作注入了新的内涵，出现了新的格调。时代环境给予文学创作的影响是客观存在的。刘勰在评论三曹和建安文学时曾说过："观其时文，雅好慷慨。良由世积乱离，风衰俗怨，并志深而笔长，故梗概而多气也。"（《文心雕龙·时序》）张元幹词中"倚高寒、愁生故国，气吞残虏"的慷慨悲壮的音调,就是随着时代急剧变动而激发出来愤慨国事的新内容、新风格。当然,时代环境的制约并不是绝对的,在同样的时代环境条件下,每个作家都具有各不相同的个性风貌。言为心声,文如其人。因此,探索一种艺术风格,又是离不开作家的个性特征的。

二是张元幹的个性、才气和审美追求,形成了悲壮沉郁的格调。

词人的个性与品格往往影响到词心与词品,二者不能缺一,不可分离。我国古代词论,非常强调人品与词品,认为"词进而人亦进,其词可为也;词进而人退,其词不可为也"(刘熙载《艺概·词概》)。对于一个词人来说,品德的高尚与卑下都关系到弄笔的格调。"情愈重,品愈高,诣愈深,蕴抱愈厚,激发愈雄"(谢章铤《寒松阁词序》)。这可以说是至理名言。

张元幹的个性、人品决定了他的词品。这一特点,蔡戡在《芦川居士词序》中已经指出来了。他说:张元幹"善作长短句,其忧国爱君之心,愤世嫉邪之气,间寓于歌咏"。又称颂其作品"文词雄健,气格豪迈,有唐人风"。这完全符合张元幹的人品与词品。从他半生的经历来看,最惊心动魄的一幕,就是张元幹为保卫汴京而浴血奋战。后来虽然遭谗获罪,南渡后又备尝离乱漂泊之苦,但是他的"忧国爱君之心",却愈积愈深厚。这是他的真实感情,也是他的创作个性。正因为所蓄的真情深厚,所以激发的感情非常浓烈,悲中见壮,显示出阳刚之美:

> 欲挽天河,一洗中原膏血。两宫何处?塞垣只隔长江,唾壶空击悲歌缺。万里想龙沙,泣孤臣吴越。
>
> ——《石州慢·己酉秋吴兴舟中作》

> 万里两宫无路,政仰君王神武,愿数中兴年。
> ——《水调歌头·送吕居仁召赴行在所》

> 百二山河空壮,底事中原尘涨,丧乱几时休?
> ——《水调歌头·同徐师川泛太湖舟中作》

这些力透纸背、足以振懦的词句,完全是从张元幹的胸襟中自然流出。那种豪迈的气概和忧国的意识,不仅体现了他的性情和品格,而且显示出时代色彩的阳刚之美。清田同之说:

> 填词亦各见性情。性情豪放者,强作婉约语,毕竟豪气未除;性情婉约者,强作豪放语,不觉婉态自露。故婉约自是本色,豪放亦未尝非本色也。
> ——《西圃说词》(《词话丛编》本)

张元幹正是由于"忧国爱君"而性情豪迈,才能写出如此慷慨悲壮的篇章,读来令人感受到一股忠愤之气,一种阳刚之美。这就是张元幹豪放词的本色。

第二节 清丽深婉的含蓄美

一个作家的风格往往是有多样性的。从词体来说,虽然风格多样,但一般说法,"词体大略有:一体婉约,一体豪放。婉约者欲其辞情蕴藉,豪放者欲其气象恢宏"(张綖《诗余图谱·凡例》)。对于这种"两分法",在清代词论家中有赞同的,如王士祯的《花草蒙拾》把"两体"引申发挥为"两大派"。也有把词体分为四派的,如清郭麐《灵芬馆词话》称"词之为体,大略有四"。他的"四分法",归纳起来就是《花间》与宋初晏殊、欧阳修为一派,柳永、秦观、周邦彦诸人为一派,姜白石、张炎为一派,苏轼、辛弃疾、刘过别为一派。无论是"两分法",还是"四分法",他们都是把"婉约"词体作为词家正宗。这里不去深究词体的分派流变,而是从这个角度看张元幹的词风,不难发现他既有继承苏轼一路而气象恢宏的豪放词,又有词情蕴藉可与秦观、周邦彦相肩随的婉约之作。如果说他的豪放词主要表现为肆意外放,展示出一种阳刚之美,那么他的婉约词主要是抒写内在柔情,富有一种含蓄之美。

《四库全书总目提要》卷一百九十八《芦川词》中指出张元幹的其他词作,"多清丽婉转,与秦观、周邦彦可以肩随"。其实,清丽婉转本是传统婉约词派中带有共性的风格特征。从张元幹的创作历程来看,他早年所追求的就是这样的风格,南渡以后也并非一味"豪放",而是继续走着婉约的道路。他笔下的一些写景抒情的小词,如前面已引述的《浣溪沙·武林送李似表》和《楼上曲》(楼外夕阳明远水)等,风格极似秦观的清丽流畅、俊逸妩秀。此外,再举以下几首为例:

渔 家 傲

楼外天寒山欲暮,溪边雪后藏云树。小艇风斜沙觜露。流年度,春光已向梅梢住。　　短梦今宵还到否?苇村四望知何处。客里从来无意绪。催归去,故园正要莺花主。

点 绛 唇

春晓轻雷,采蘋洲上清明雨。乱云遮树,暗淡江村路。　　今夜归舟,绿润红香处。遥山暮,画楼何许?唤取潮回去。

谒　金　门

鸳鸯渚,春涨一江花雨。别岸数声初过橹,晚风生碧树。　　艇子相呼相语,载取暮愁归去。寒食烟村芳草路,愁来无着处。

这几首词或写羁旅归思,或写清明怀人,或写春日愁绪,其相同的手法就是景中见情,笔墨委婉含蓄,读来别有情韵。为了仔细体味这种词境与风格,让我们具体鉴赏他的《谒金门》小词是有益处的。

首句"鸳鸯渚"即指鸳鸯湖,又名南湖,在今浙江嘉兴。可知此词为张元幹晚年滞留嘉兴时所作。上片写景,点明地段与时节,写春日荡舟湖中的景色。下片由景及情。"艇子"句化用古诗"艇子打双桨,催送莫愁来"的句意,构成独创的词境。作者把抽象的"愁"化为具体物象,可以用船来载取。这与李清照《武陵春》"只恐双溪舴艋舟,载不动许多愁"一样,比喻形象新巧。王士祯《花草蒙拾》谓"载不动许多愁"与"载取暮愁归去"正可互观。"双桨别离船,驾起一天烦恼,不免径露矣"。可见张元幹与李清照的词语同样婉妙。

结末两句,融情入景,写心中的无限离愁。李煜《清平乐》:"离恨恰如春草,更行更远还生。"秦观《八六子》:"倚危亭,恨如芳草,萋萋划尽还生。"周济称之为"神来之笔"。张元幹这里把眼前景物与心中离愁融合一起,情味深永,富有含蓄之美。

如果说这些清丽婉转的小词风格极似秦观,那么这类风格中的长调则明显地受到周邦彦词风的影响。除前面所引的《兰陵王》(卷珠箔)以外,还有一首也饶有韵致:

兰 陵 王

绮霞散,空碧留晴向晚。东风里,天气困人,时节秋千闭深院。帘旌翠波飐,窗影残红一线。春光巧,花脸柳腰,勾引芳菲闹莺燕。　　闲愁费消遣。想娥绿轻晕,鸾鉴新怨。单衣欲试寒犹浅。羞衾凤空展,塞鸿难托,谁问潜宽旧带眼。念人似天远。　　迷恋,画堂宴。看最乐王孙,浓艳争劝。兰膏宝篆春宵短。拥檀板低唱,玉杯重暖。众中先醉,漫倚槛、早梦见。

此首黄昇《中兴以来绝妙词选》有词题作"春思",实为作者南渡后借思念佳人而抒发感怀故国之情。春日怀人是唐宋以来婉约词中较为常见的题材,而且名篇佳作迭出,不胜枚举。因此要在旧曲中翻新,并不是一件易事。细心品味张元幹这首词意,由春日美景、乐事而引起念人的深情,铺叙委婉,层次分明。这种深婉之笔显然是受到周邦彦词风的影响。然而作者不是从形式上模拟,而是在内容上翻"新"。表面上写柔情,并运用《花间》中的浓艳词句,但实际上是"寓刚于柔",或者说"摧刚为柔",把积淀内心的故国之思化为柔婉的情调,曲尽其妙。

这种特殊的格调,细密的文思,与张元幹爱国抱负遭到压抑的处境是分不开的。词中"塞鸿难托"三句就是寄托壮志豪情难以施展的悲恨。"塞鸿",边塞之鸿雁,古代有雁足系书传信的说法,事见《汉书·苏武传》。这里是说,虽有塞鸿传信,但音讯不通。"谁问"句是用梁沈约的故事。《梁书·沈约传》载有沈约与徐勉书,说"百日数旬,革带常移孔"。带,指束衣的带子。有"眼"者为皮制的革带。沈约是因病而瘦,本词所云则是因相思念远而消瘦。表面上是写闺怨,实际上是把中原故国之思的意蕴深藏于内,使读者于言外有所感触。清沈祥龙《论词随笔》云：

> 含蓄者意不浅露，语不穷尽，句中有余味，篇中有余意，其妙不外寄言而已。

张元幹这类"寄言"词的特点，就是既保持婉约词"含而不露"的抒情本色，又寄托着南渡时代的新恨，不失骚雅之旨。他这种"摧刚为柔"的风格，不仅词情蕴藉，具有含蓄之美，而且在软媚中有气魄，如《石州慢》(寒水依痕)等，可以说是对婉约词境的扩展与深化，开启了辛弃疾一派的多样化的词风。

第三节 炼字琢句的语言技巧

张元幹虽不是以词的艺术特色著称于词坛，但应该看到他的语言艺术技巧是高明的，擅长于锤炼字句，融化前人诗词语句，而又能独创新意。这些特点，大体说来，有以下几个方面：

1. 用字有来历。张炎《词源》中有一节专谈"字面"，开头说：

> 句法中有字面，盖词中一个生硬字用不得。须是深加锻炼，字字敲打得响，歌诵妥溜，方为本色语。

张元幹锻炼字句的功夫，不仅"字字敲打得响"，而且能够准确、生动地传达出一股豪壮之气，如：

气吞骄虏。
欲挽天河，一洗中原膏血。

> 老来长是清梦,宛在旧神州。
> 洗尽人间尘土,扫去胸中冰炭。

这种运用去声字充当"响"字,一般地说是比较容易看出来的。至于张元幹用字讲来历,那就要下一番工夫了。他出自江西诗派之门,得到江西师友之传,因此在诗文创作中赞赏"活法",讲究"无一字无来历",显然是受到江西诗派理论的影响。张元幹在词作用字方面也很注重出处,大概是诗词同源吧。这里举一首《夜游宫》为例:

> 半吐寒梅未拆,双鱼洗、冰澌初结。户外明帘风任揭。拥红炉,酒窗间,闻霰雪。　比去年时节。这心事,有人忺说。斗帐重熏鸳被叠。酒微醺,管灯花,今夜别。

"双鱼洗"是汉代的一种盥器,上有双鱼的形状,还有大吉祥字,后人以双鱼寓寄吉祥之意。明杨慎《词品》卷二有张仲宗《夜游宫》词云云,谓"双鱼洗,盥手之器,见《博古图》"。这就说明张元幹所用"双鱼洗"是有来历的。

"闻霰",毛晋《宋六十名家词》刻本作"惟稷",注云:"稷,一作霰。"在《芦川词跋》中,毛晋还指出:

> (张元幹)凡用字多有出处,如"洒窗间,惟稷雪"云云,见《毛诗疏》。"稷雪",霰也。形如米粒,能穿窗透瓦,今本改作霰雪。

可见张元幹用字多有出处是得到词家承认的。至于他的用典、用唐人诗句方面,将在下一节叙述,这里不再例举。

2. 比兴寄托。这是自《诗经》以来就有的传统表现手法,不必再作更多的解说。但需要说明的是,比兴寄托在词里运用的情况是有所不同的。沈祥龙《论词随笔》中说:"诗有赋比兴,词则比兴多于赋。"尤其是在南宋前期,比兴寄托不只是作为一种表达手法,而往往是借古人的典型事例以抒襟怀,是词人自我人格力量的象征。当然,张元幹笔下融入古人古事的词篇并不多,但从写入词中的古人来看,大致有以下两种类型:

一种是爱国诗人和豪壮之士,借以抒发心中的豪情与压抑的悲愤。如《水调歌头》:

> 百二山河空壮,底事中原尘涨,丧乱几时休!泽畔行吟处,天地一沙鸥。

"泽畔行吟",这是爱国诗人屈原的形象。作者以屈原自喻,从时代剧变、个人遭际和人格气节来观照,这种比拟是合适的,得体的,可以说是政治抒情词的创新。

又如张元幹词中三处提到东汉的陈元龙:

> 想元龙,犹高卧,百尺楼。
> ——《水调歌头·同徐师川泛太湖舟中作》

> 正恐楼高百尺,湖海有元龙。
> ——《水调歌头·赠汪秀才》

> 元龙湖海豪气,百尺卧高楼。
> ——《水调歌头·追和》

陈元龙这位湖海之士，为后人所称道的是英雄气概，"豪气不除"。张元幹多次写到陈元龙，就是借古人的"豪气"，来抒发自己的"壮心"。

另一种类型是隐逸的高士。张元幹在漫长的投闲生涯中，已"悟三十九年都尽非"，而"整顿乾坤"的壮志也被消磨，因此他借古代英灵作为寄托感情的对象，由陈元龙转向范蠡、张季鹰、陆龟蒙：

> 长羡五湖烟艇，好是秋风鲈鲙，笠泽久蓬蒿。想像英灵在，千古傲云涛。
> ——《水调歌头·丁丑春，与钟离少翁、张元鉴登垂虹》

这种想象的变化，形象地反映了他晚年的愤世之情和高洁之趣。至于张元幹在《石州慢》(寒水依痕)和《兰陵王》(绮霞散)词中的深情寄托，前面已有分析，这里就略去不述了。

3. 造语工整清秀。张元幹在豪放词中铸造新句，这是后人一向钦佩和称引的。其他词里的清秀造句也受到人们的赞赏。杨慎在《词品》卷三中说：

> （张元幹）其词最工。《草堂诗余》选其"春水迷天"及"卷珠箔"二首，脍炙人口。他如"帘旌翠波飐，窗影残红一线"及"溪边雪霭藏云树，小艇风斜沙嘴路"，皆秀句也。

这些都是写得很清丽的"秀"句。此外，还有如《念奴娇》：

> 江天雨霁，正露荷擎翠，风槐摇绿。试问秦楼今夜里，愁到阑干几曲？笑捻黄花，重题红叶，无奈归期促。

暮云千里,桂华初绽寒玉。　有谁伴我凄凉?除非分付与,杯中醽醁。水本无情山又远,回首烟波云木。梦绕西园,魂飞南浦,自古情难足。旧游何处?落霞空映孤鹜。

此首写离情。起三句刻画雨后的荷塘景色,形象逼真,琢语工丽。下片的"梦绕西园,魂飞南浦,自古情难足",以淡语写浓情,也很工整、贴切。末以景结情,倍觉余味不尽。

张元幹这一类清丽妩秀的词作,都透现他精于炼句下字而工整清秀的艺术特点。

第四节　善于融化唐人诗句

宋初以来,词人往往借鉴前人的艺术创作经验,尤其是采撷唐诗融化入词者极多。从文学创作的角度看,虽然诗词体制各别,但是神理韵味则一,故陈廷焯《白雨斋词话》卷七云:"诗词一理,然不工词者可以工诗,不工诗者断不能工词。"因为"词中佳语,多从诗出"(王士禛《花草蒙拾》)。不妨举两个实例:

王安石的名篇《桂枝香》:"至今商女,时时犹唱后庭遗曲。"这是化用唐人杜牧《泊秦淮》"商女不知亡国恨,隔江犹唱《后庭花》"的诗句,深切地表达了时代兴亡之感。

苏轼的佳作《水龙吟》:"梦随风万里,寻郎去处,又还被莺呼起。"这三句是化用唐金昌绪《春怨》"打起黄莺儿,莫教枝上啼。啼时惊妾梦,不得到辽西"的诗意,旧曲翻新,既咏物,又写人,妙合入神。

当然,北宋词人中善于融化唐诗如己出的首推周邦彦。他"下字运意,皆有法度,往往自唐、宋诸贤诗句中来,而不用经史中生硬字面,此所以为冠绝也"(沈义父《乐府指迷》)。这方面的例子太多了,甚至一首词中多处用唐人诗句。

比如周邦彦《瑞龙吟》:"前度刘郎重到,访邻寻里,同时歌舞。"此借用刘禹锡《再游玄都观》"种桃道士知何处?前度刘郎今又来"的诗句。

又,"吟笺赋笔,犹记燕台句"。此化用李商隐《赠柳枝》"长吟远下燕台句,惟有花香染未消"的诗句。

又,"事与孤鸿去"。这是用杜牧《题安州浮云寺楼寄潮州张郎中》"恨如春草多,事与孤鸿去"的成句。

以上事例表明,北宋时期,以诗入词,檃括唐人诗句,或借用前人诗意,已成为一时高雅的作词风尚。

张元幹也是一位融化唐人诗句的能手。他采诗入词的手法多样,并善于调度,既有现成袭取,为我所用,又有灵活吸收,翻旧为新的特点。因此他借鉴唐诗,没有生硬搬用,"拾得珠玉,化为灰尘"那样的缺憾。他借鉴唐诗,涉及的诗人很多,如王勃、宋之问、孟浩然、王维、李白、杜甫、白居易、韩愈、元稹、杜牧、李贺等,其中运用杜诗入词的特多,共有二十处。这反映了宋人喜用杜诗入词的社会意识是相当浓厚的。从张元幹采撷杜甫诗句入词的情况来看,大致有两种做法:

一是采摘成句,助我词华。

如张元幹《水调歌头》:"泽畔行吟处,天地一沙鸥。"此用杜甫《旅夜书怀》:"飘飘何所似,天地一沙鸥。"

前调:"滕王高阁曾醉,月涌大江流。"此用杜甫《旅夜书怀》:"星垂平野阔,月涌大江流。"

又《南歌子》:"香雾云鬟湿,清辉玉臂寒。"此用杜甫《月夜》诗成句,一字不易。

以上这些杜诗成句,信手拈出,融入词中而构成新的意境。

二是取其诗意,翻旧为新。

如张元幹的《贺新郎》:"天意从来高难问,况人情老易悲难诉。"此借用杜甫《暮春江陵送马大卿公恩命追赴阙下》"天意高难问,人情老易悲"的诗意,表示对宋高宗旨意难以窥测的不满情绪和为国事担忧、为胡铨遭贬而深感不平的心态。

又如《水调歌头》:"元戎小队,旧游曾记并龙山。"此用杜甫《严中丞枉驾见过》:"元戎小队出郊坰,问柳寻花到野亭。"

前调:"莫问鸡虫得失,鸿鹄下翩翩。"此化用杜甫《缚鸡行》:"鸡虫得失无了时,注目寒江倚山阁。"

又前调:"搔首烟波上,老去任乾坤。"此化用杜甫《赠比部萧郎中十兄》:"归老任乾坤。"

又前调:"万里两宫无路,政仰君王神武,愿数中兴年。"此化用杜甫《投赠哥舒开府二十韵》"君王自神武,驾驭必英雄"和《喜达行在所》:"今朝汉社稷,新数中兴年。"

其《浣溪沙》云:"山瓶何处下青云,浓香气味已醺人。"此用杜甫《谢严中丞送青城山道士乳酒一瓶》:"山瓶乳酒下青云,气味浓香幸见分。"

《点绛唇》:"此欢应少,索共梅花笑。"此见杜甫《舍弟观赴蓝田取妻子到江陵喜寄》:"巡檐索共梅花笑,冷蕊数枝半不禁。"

《瑞鹧鸪》:"白衣苍狗变浮云。"见杜甫《可叹》:"天上浮云如白衣,斯须改变如苍狗。"

《望海潮》:"开取八荒寿域,一气转洪钧。"见杜甫《上韦左相二十韵》:"八荒开寿域,一气转洪钧。"

《好事近》:"山吐四更寒月。"见杜甫《月》:"四更山吐月,残夜水明楼。"

《陇头泉》:"视文章、真成小技,要知吾道称尊。"见杜甫《贻华阳柳少府》:"文章一小技,于道未为尊。"

其《点绛唇·呈洛滨、筠溪二老》:"清夜沉沉,暗蛩啼处檐花落。"这二句是化用杜甫《醉时歌》"清夜沉沉动春酌,灯前细雨檐花落"的诗句。杜诗原注云:"赠广文馆博士郑虔。"杜甫原诗此联写暮春细雨落花,从深夜独酌中透露出作者的心境。张元幹词中用此二句融化到秋夜幽静的境界之中,而着一"啼"字,读来如闻蟋蟀之声,更显示出静中有动的意趣。

以上例证,充分说明张元幹对杜诗采择甚精,又善于点化,构成新的意象,从而充实自己的词境,并显示出高雅的格调。因此在他的心目中,"少陵佳句是仙方"(《浣溪沙》),可见其对杜诗的推崇。

第十二章

张元幹著述考略

张元幹的著述,今存有《芦川归来集》和《芦川词》。据《宋史·艺文志》著录尚有《三顾隐客文集》十一卷、《文选精理》三十卷,惜已失传。他的作品在生前已有散失,故宋时刊刻,版本不一,兹考述于下。

第一节 《芦川归来集》的版本

张元幹晚年因遭受秦桧的残酷迫害,家中被抄,凡"语及讽刺者",悉被搜去,故他的诗词和文章散佚较多。但是由于张元幹子孙精心搜集保存,因此在宋时得以整理编撰成《芦川归来集》十六卷本。最早记载结集成书经过的是元幹侄孙张广,他在序文中说:

> 逮绍兴末,忤时相意,语及讥刺者悉搜去。掇拾其余,得二百余首。先叔提举锓木于家,广追念先志之不可不述,因得私识其略。尚有文集数百篇,姑俟作者并为之序云。绍熙甲寅侄孙朝议大夫端溪张广谨序。

"绍熙甲寅",即宋光宗绍熙五年(1194)。序文中所说的"先叔提举锓木于家"的结集,就是指张元幹之子靖所编的家刻本,其孙钦臣在《芦川归来集》跋语中更有较详的记叙:

> 钦臣幼侍先君(指张靖)提举宦游……一日,发箧得数纸墨刻,意若不怿,谓钦臣曰:"此吾家判监幽岩尊祖事,芦川刻本于闽,余欲归未能也。"钦臣虽获记其言,未悟其意。父殁数年,弟兄三人偕仕,钦臣不知何从得此旧藏。念欲裒而为一,食贫未暇。今南安倅清臣家兄,曩丞吴江,得黄文昌书《三高词》,刻石垂虹。钦臣假令武攸,得胡忠简子提刑公示及《贺新郎》二词真迹,诸贤见之,叙述称嘉,谨以模本成帙。钦臣承乏潜川,并以家集锓梓,信臣弟待次京局实司之。

又云:

> 钦臣固欲成先君之志,以所藏闽中石刻并刊,岁月因循,复恐志大心劳,遽然难就。……谨以幽岩颠末及名贤跋语,附于文集,目曰《幽岩尊祖录》,此亦芦川所书以传子孙,使有尊祖之谊云。嘉定己卯孟冬,孙通直郎知于潜县钦臣敬书于县斋衮绣堂。

此跋所云"嘉定己卯",即宋宁宗嘉定十二年(1219)。张钦臣的这部刻本有诗文十五卷,附录一卷,共十六卷。从刊刻时间上来说,这部文集要比张广序中提及"锓木于家"的词集成书晚了二十五年。当时里人曾噩(1167—1226)为之作序,云:

近世名公,勉其孙以文集行于世,欲以见公(元幹)之大节也。即公之文,验公之行,其作也古,其传也宜。噩,里人也。敬慕三张之声价久矣,馆寓家塾,复得敛衽以受教于公之文集,凡哀集书启、古诗、律诗、赞序等作,共十五卷,《幽岩尊祖录》一卷,附于其后。乐府二卷,见于别集,于是乎有考焉。

从以上的序跋中,我们可以得出下面的几点结论:

1. 张元幹的《芦川归来集》和《芦川词》,在宋代是分别刊刻的。

2. 《芦川归来集》的最早刻本是宋宁宗嘉定十二年(1219)其孙钦臣在于潜县"以家集锓梓"的刊本。

3. 宋刊本《芦川归来集》为十六卷,内有诗文十五卷,附录一卷,而词不在其中,因另有单刻本。

张钦臣所编刻的《芦川归来集》,刊行于宋亡前六十年,国势日益衰败、动荡,流传当不广泛,故陈振孙《直斋书录解题》著录其词集而不收文集,恐是未能见到原书。《宋史·艺文志》和《文献通考》也不见著录,可知此文集在宋元时期湮没无闻。明代也未见有翻刻本。到了清初,他的作品已经大部分散佚,吴之振等编《宋诗抄》,在《芦川归来集抄》小传中说:

《芦川归来集》十余卷,得之书肆,废帙逸其大半,诗止近体六、七二卷,清新而有法度,蔚然出尘。①

---

① 《芦川归来集》清依阁抄本扉页跋中亦有"逸其大半"之语,今存南京图书馆。

可知清初已难觅宋刻《芦川归来集》原书,而已"逸其大半",故四库馆臣在编辑《芦川归来集》时,仅依抄本并从《永乐大典》中裒辑而成。《四库全书·芦川归来集提要》云:

> 其集今有抄本,称嘉定己卯,其孙钦臣所锓。然跋称诵《上陈侍郎诗序》,知挂冠之年甫四十一,抄本无此篇。又曾季狸《艇斋诗话》载元幹《题潇湘图》诗,抄本亦无此篇。……又《跋米元晖瀑布轴》、《跋苏养直绝句后》、《跋江天暮雨图》、《跋江贯道古松绝句》,乃收之题跋类中,亦似后人所窜乱,非其原本。及考《永乐大典》所载,则所佚诸篇,厘然具在。今裒集成帙,与抄本互相勘校,删其重复,补其残缺,定为十卷。

从《提要》中可知现存的《芦川归来集》也非原本,而且四库馆臣所辑的《永乐大典》,还有不少遗漏,栾贵明先生曾从《永乐大典》中辑录张元幹集外佚作七篇①。

1978年9月,上海古籍出版社出版了新的点校本《芦川归来集》,其出版说明称:

> 现以远碧楼刘氏据《四库全书·芦川归来集》抄本为底本。参考了清曹溶原藏抄本及双照楼影宋本《芦川词》等,订正了一些错误,整理出版。

新版《芦川归来集》十卷本,收录诗四卷、词三卷、文三卷,附录为《幽岩尊祖录》。然此本有不尽善之处,一是标校有误,如《踏莎行》

---

① 见栾贵明《四库辑本别集拾遗》,中华书局1980年版。

(芳草平沙)一首,乃元人张翥词,唐圭璋先生已收入《全金元词》①,该书仍沿袭明杨慎《词品》和毛晋汲古阁刻《芦川词》之误而编入,并无校记,实欠妥。

又如卷九《跋苏诏君赠王道士诗后》云:

> 此篇,顷见别本尚余一联云:"故岁去超忽来日,俄趣装方入断章。"②

平按:此联断句应作:故岁去超忽,来日俄趣装,方入断章。盖趣装谓急办行装,语见《汉书·曹参传》。

二是遗漏甚夥。该书不仅《永乐大典》中张元幹集外佚作未收,而且《芦川归来集》清振绮堂旧抄本③所有的青词、疏文等三十多篇,一律不收。这些不能不令人感到遗憾。

第二节 《芦川词》的版本

张元幹的《芦川词》,在宋代结集成书的时间比《芦川归来集》早二十五年。这是从张广的序文"绍熙甲寅"的时间推算出来的。当时为这部词集作序的首先是蔡戡,他在《芦川居士词序》中说:

> 绍兴议和,今端明胡公铨上书请剑,欲斩议者,得罪权臣,窜谪岭海,平生亲党,避嫌畏祸,唯恐去之不速,公

---

① 见唐圭璋《全金元词》第1023页,中华书局本。
② 《芦川归来集》第177页,上海古籍出版社版。
③ 《芦川归来集》清振绮堂抄本,今藏南京图书馆。

(指元幹)作长短句送之。

又云:

> 公之子靖,裒公长短句篇,属予为序。余某晚出,恨不及见前辈。然诵公诗文久矣,窃喜载名于右,因请以送别之词,冠诸篇首,庶几后之人尝鼎一脔,知公此词不为无补于世,又岂与柳、晏辈争衡哉?①

蔡戡为福建莆田人,生于绍兴十一年(1141),乾道二年(1166)进士。他虽然没有见过张元幹,但生活时代较接近,此序又是应张靖之邀请而作,内容当可信。从序中得知此词集乃张元幹之子靖所编,即后来张广序中所云"锓木于家"的刻本。不过蔡戡序中未提及诗集篇数,在张广序中则注明:"得二百余首。"这是被抄家后"掇拾其余"的篇数,原作当不止此数。可是,这个数目已是迄今所见的最高数字了。

在宁宗庆元初年,周必大还写了一篇《跋张元幹送胡邦衡词》,跋云:

> 长乐张元幹,字仲宗,在政和宣和间,已有能乐府声。今传于世,名《芦川集》,凡百六十篇,以《贺新郎》二篇为首。其前遗李伯纪丞相,其后即此词送客贬新州,而以《贺新郎》为题,其意若曰失位不足吊,得名为可贺也。庆

---

① 此序文载蔡戡《定斋集》卷十三。新校本《芦川归来集》附录收此序而未署作者,文字也有脱漏。

元丙辰五月十三日题。①

又《凤墅残帖释文》卷四周必正题跋云:

> 张公(张元幹)所作长短句,激扬顿挫,怨而不言。昔杜牧之盖得于此,而公又似之。此诗人之妙旨也,惜乎知之者少。然公因是遂得与澹庵同为不朽,亦何待它人知之。当为击节而歌,则闻之者尚足以兴起,而当时谋国者独不能闻之而戒,兹又可叹也。庆元丙辰夏周必正书于乘成堂。②

平按:周必正(1125—1205),字子中,必大之从兄,晚号乘成居士。吉州庐陵(今江西吉安)人。善属文,亦善书,尤长于诗。陆游《监丞周公(必正)墓志铭》谓"孝宗皇帝尝访当代诗人于胡忠简公铨,忠简首称公"。又谓其"书有古法,四方丰碑巨匾,多出公笔"(语见《渭南文集》卷三十八,《四部丛刊》本)。

在南宋诗人杨万里的题跋中更透露出家刻本的大体时间,其跋云:

> 万里顷官五羊(广州),与少监张公之子提舶公(元幹次子竦)同寮,相得《芦川集》,首见此词。……杨万里书。庆元丁巳四月六日。③

---

① 此跋见《益公题跋》卷二。
② 此题跋见《凤墅残帖释文》十卷本,今藏南京图书馆。
③ 同上。

南宋曾宏父幼卿自跋云：

> 澹庵封事，史所具载，而此乃其手稿，又张芦川词、王卢溪诗皆在焉。周益公跋已期终镌石，而此帖果同勒卷中，即此数幅，亦足以吐长虹、贯日星矣。①

按：杨万里在淳熙六年（1179）奉调提举广东常平茶盐，后升任广东常平茶盐使，迁广东提点刑狱。淳熙九年七月以母丧离职。杨万里在广东任上，与张元幹次子疎同僚，彼此契合，因得见家刻本《芦川集》及《贺新郎》(梦绕神州路)词真迹。由此可见张元幹词集家刻本应在淳熙六年之前或稍后。这与蔡戡《芦川居士词序》中所写"绍兴议和，今端明胡公铨上书"等语相吻合。据王兆鹏《张元幹年谱》附录一考定周必大《周益国文忠公集·省斋文集》卷三十《胡公神道碑》，胡铨在淳熙五年夏进端明殿学士，七年四月即加资政殿学士致仕，同年五月庚辰卒。蔡戡序既称"今端明胡公"，则序当作于淳熙五年胡铨进端明殿学士之后，则《芦川居士词》之刊刻必在淳熙六年前后。这与杨万里在广东任上所见《芦川集》的时间是一致的。但是从蔡戡、周必大、杨万里的题跋和张元幹侄孙张广的序中，可以看出在叙述内容上还存在一些差异。如蔡戡作序的家刻本称《芦川居士词》，而周必大、杨万里所见之本书名为《芦川集》。又如周必大在庆元丙辰（1196）所撰题跋称"《芦川集》，凡百六十篇"，而张广在绍熙甲寅（1194）所作序中谓"逮绍兴末，忤时相意，语及讥刺者悉搜去。掇拾其余，得二百首，先叔提举锓木于家"。此词序比周必大题跋早二年，所述篇数则不同，那么周必大

---

① 此跋后有清翁方纲之方印，并有"此卷幼卿自跋，凡二段，皆有关于南宋末时事。此帖立意不仅为词翰传也"的注语。

所见的《芦川集》是不是坊间翻刻本,或者是传抄中的失误呢?这需要进一步考查研究。从现存史料看,南宋时张元幹词集的刻本有一卷本和二卷本的记载。

1. 一卷本为宋《百家词》长沙刻本。

最早注明《芦川词》为一卷本的是南宋陈振孙。他在《直斋书录解题》卷二十一著录张元幹《芦川词》为一卷本。据该书同卷《笑笑词》一卷下自注云:

> 自《南唐二主词》而下,皆长沙书坊所刻,号《百家词》。其前数十家皆名公之作,其末亦多有滥吹者。市人射利,欲富其部帙,不暇择也。

张元幹的《芦川词》列于《南唐二主词》之后,《笑笑词》之前,可知这本词集当为《百家词》长沙本。

稍后,元马端临《文献通考》著录为一卷本。明吴讷《唐宋名贤百家词》和《宋元名家词》抄本均作一卷。明毛晋汲古阁《六十名家词》刻本及清四库全书《芦川词》本也作一卷。还有收入《千顷堂书目》、《也是园书目》、《佳趣堂书目》等,均为一卷本。

2. 二卷本的发现。

据《宋史·艺文志》记载,张元幹《芦川词》为二卷本。此书宋刊本至清代嘉庆时始发现。双照楼影宋本《芦川词》二卷黄丕烈跋中提及"前年玄妙观西有骨董铺某,收得宋版《芦川词》"云云,他所说"藏此书宋版者,为北街九如堂陈竹厂",而跋的时间在"嘉庆庚午七月,立秋后一日,黄氏仲子丕烈识于求古屋"。张元幹《芦川词》在宋时有多种刊本,但主要是二卷本和一卷本。缪荃孙在影宋本《芦川词》跋语中说:

《宋史·艺文志》作二卷,《书录解题》作一卷,宋时本自两行。

这两种本子在宋代同时流传,后世翻刻传抄者也多为此两种版本。在明代,《芦川词》的抄刻大致有以下几种情况:

1.《芦川词》二卷,明抄本,鉴止水斋藏。现存南京图书馆。

2.《芦川词》一卷,明抄本,《宋元名家词》七十种,版心有"紫芝漫抄"字样。今藏北京大学图书馆①。

3.《芦川词》一卷,明吴讷《唐宋名贤百家词》抄本。今藏天津图书馆。

4.《芦川词》一卷,明毛晋汲古阁《宋六十名家词》刊本。

5.《芦川词》一卷,明抄本,《宋二十家词》丛抄之一,为八千卷楼旧藏,有丁丙跋语,今藏南京图书馆。

此外,明代尚有刻本一种,卷数不详。明杨慎《词品》卷三云:

> (张仲宗《石州慢》)"寒水依痕,春意渐回,沙际烟阔"为一句。今刻本于"沙际"之下截为一句,下文"烟阔溪柳",成何语乎?

杨慎所云"今刻本",当为明代中叶时的翻刻本,可惜没有提及所据版本,亦不详其卷数,故后人多不著录。

现存的明抄本和刻本,与宋刻原本多有不同,毛晋刻本虽接近于宋本,但亦羼入张翥《踏莎行》(芳草平沙)一首,吕渭老《豆叶黄》

---

① 此"紫芝漫抄"本,向传为北京图书馆所藏。据《中国古籍善本书目》,乃知为北京大学图书馆藏。

(轻罗团扇)一首①,可见并非宋本原貌。

清代乾隆年间,四库馆臣编纂《四库全书》著录《芦川词》一卷本②,所采用的底本是毛晋汲古阁刻本。到了嘉庆年间,《芦川词》的版本有了重大的发现,那就是著名的藏书家、版本学家黄丕烈见到了宋版《芦川词》集。他写了八则《题跋》,其一云:

> 前年玄妙观西有骨董铺某,收得宋版《芦川词》及残宋本《礼记》,欲归余,而为他姓豪夺以去。既物主因曾许余,故假《芦川词》一阅,谓毕余读未见书之愿。然余见之而欲得之愿益深,屡托亲友之与他姓熟识者往商之,卒不果,遂置之矣。今夏,从友人易得旧抄本《芦川词》,行款与宋版同。因重忆宋版,思得一校,余愿粗了。复托蒋丈砚香请假之,竟以书来,喜甚。

在第五则《跋》中又云:

> 余佞宋者也,目验宋刻,卷分上下。且毛抄及《六十家词》本,皆不言所据何本,则宋刻为可信矣。余藏词本甚富,宋刻差少,此影抄宋本,悉从宋刻目验,而或抄或校,几无厘毫之失,信称善本,书此志幸。③

这部宋版《芦川词》,原为苏州北街九如堂陈竹厂所得,后归常熟瞿氏。瞿镛《铁琴铜剑楼藏书目录》有"《芦川词》二卷,宋刊本,旧不

---

① 唐圭璋《芦川词跋》,载《江苏省国学图书馆第八年刊》,收入《词学论丛》。
② 《四库全书总目提要》卷一百九十八,中华书局本。
③ 此跋见吴昌绶双照楼影宋本《芦川词》二卷所附。

题名,亦无序跋"之语。江阴缪荃孙跋称此书"由瞿氏归丰顺丁氏（日昌），今归吾友张菊生（元济），假我录副"[①]。现此本藏北京图书馆。

近人吴昌绶在 1915 年影印宋元本词十七种,因其室名"双照楼",又名双照楼影宋本。吴昌绶影印的《芦川词》即以黄丕烈所见、后归瞿氏的宋版影印。傅增湘撰《藏园群书经眼录》卷十九著录《芦川词》二卷,宋张元幹撰,注云：

> 宋刊本,半叶七行,行十三字,白口,左右双阑,版心上鱼尾下记"功甫"二字,下鱼尾下记叶数。白皮纸印,纸背为宋时册籍。

这是傅增湘南游访书时在常熟瞿宅中所亲见,其款式与双照楼影宋本《芦川词》是完全一致的。至于黄丕烈所藏的明抄《芦川词》二卷,后亦归常熟瞿氏。此书为黄丕烈借陈竹厂藏宋本校补。傅增湘《藏园群书经眼录》卷十九著录,注云：

> 明吴匏庵（宽）手抄,见《读书敏求记》。上卷四十五番,下卷四十七番。影写宋刊本,七行十三字。黄荛圃假陈竹厂藏宋本补抄十八番。有何义门焯跋。又黄荛圃丕烈跋八段。

这种"七行十三字"的款式与双照楼影宋本是相同的,由此使我们能有幸看到宋版的真面目。双照楼影印宋元本词集,不愧为我国词史上空前的创举。尔后武进陶湘,继此影印涉园续刊《宋金元明

[①] 缪荃孙跋见吴昌绶双照楼影宋本《芦川词》附录。

本词》七十一卷、补编九卷，与双照楼影印本前后映辉，诚可谓词坛之盛事。

唐圭璋先生《全宋词》所收《芦川词》即以双照楼本为底本，并有所增补，使之更为完备。

本书因附有历代重要序跋，可供研究《芦川词》的版本作参考，故一般书目所引，不再一一列举。

结　束　语

　　刘熙载《艺概·诗概》谓"诗品出于人品",此指诗人而言,然对词家也应作如是观。从上述介绍张元幹生平时代及其词作成就来看,他之所以能在南宋前期词坛上占有重要的地位和影响,主要是取决于他的高尚人品和词品。

　　张元幹的一生,历经风波之畏途,但他所保持的是,"独出处之大节"(《芦川归来集》卷十《自赞》)。这个"大节",就是指他坚持正义、愤恨权奸的刚风劲节。例子不必多引,单举张元幹作词送胡铨一事,足以看出他的人品和气节。当胡铨被编管新州时,秦桧执政的权势,可以说是气焰熏天的,所以胡铨的"平生亲党,避嫌畏祸,唯恐去之不速"(蔡戡语)。张元幹在福州难道不了解这种险恶的政治环境吗?当然不是。如果他避而不见,缄口不言,时人也不会见怪的。那么,张元幹为什么要冒政治风险而做出这样的举动呢?这是因为他是一位血性丈夫,身上有忠义肝胆,心中有浩然正气。他宁愿得罪权臣,也不肯降低自己的人格,抛弃刚正不屈的知心朋友。这种忠愤胸襟、不畏权贵的胆识,吐入词章,表里相映,更显示出豪迈、悲壮的气势。李调元《雨村词话》卷三称张元幹,"平生忠义,见于'梦绕神州路'(指《贺新郎·送胡邦衡谪新州》)一词",可谓一语中的。

张元幹这类抒情言志的爱国词篇,形象深刻地揭示了特定历史时代的风貌,展现了作者极其丰富复杂的内心世界,具有鲜明的个性色彩。这些作品"有补于世"的思想意义和价值,决非那些"嘲风咏月者所可同日语"(张广序),也不是后世"靡丽之词,狎邪之语"(蔡戡序)所可比拟的。宋人的高度评价标志着张元幹不愧为南渡词人群体词风转变的关键人物。胡云翼在《宋词选》中说:"过去他在文学史上的地位被安排得偏低,我们认为应当把他和南宋杰出的词人相提并论。"这是有卓见的。

张元幹以豪放为主兼具婉约之长的词风,上承东坡范式,下启陆游、辛弃疾、刘过等爱国词风,影响深远。谨略举数例,以窥一斑。

如陆游《谢池春》:

壮岁从戎,曾是气吞残虏。

还有《诉衷情》:

胡未灭,鬓先秋,泪空流。

又如辛弃疾《满江红》:

汉水东流,都洗尽、髭胡膏血。

还有《永遇乐·京口北固亭怀古》:

斜阳草树,寻常巷陌,人道寄奴曾住。想当年,金戈铁马,气吞万里如虎。

又《水调歌头·和马叔度游月波楼》:

中州遗恨,不知今夜几人愁!

此外如陈亮的《水调歌头·送章德茂大卿使虏》:"万里腥膻如许,千古英灵安在,磅礴几时通。"《念奴娇·登多景楼》:"凭却长江,管不到、河洛腥膻无际。正好长驱,不须反顾,寻取中流誓。"

又如刘过的《沁园春·御阅还上郭殿帅》:"威撼边城,气吞胡虏,惨淡尘沙吹北风。中兴事,看君王神武,驾驭英雄。"《沁园春·张路分秋阅》:"拂拭腰间,吹毛剑在,不斩楼兰心不平。"

以上这些词句,充分表明张元幹词在他们的心目中已有相当的地位,并唤起了他们内心对国耻未雪、中原未复的无限感慨。换一个角度来看,这也表明他的词作在当时流传广泛,深受世人的喜爱。除了前面第六章已举杨冠卿《贺新郎》和作小序中指出,"溪童"能歌张元幹的词,可知其词已深入民间以外,南宋黄昇所编《中兴以来绝妙词选》十卷中选录张元幹词十二首,也是一个有力的证明。此编据家藏善本文集选录,博观约取,选录极精,向为后世辑词者所重。是书选录南宋词人八十九家,除吴激一家已编入《全金元词》外,尚有八十八家,其中选录最多的是辛弃疾和刘克庄,各选四十二首,其次是张孝祥入选二十四首,再次是陆游入选二十首,而张元幹词入选十二首,已居第五位,可见他在南宋词坛上的地位和影响。至于南宋末期周密所编《绝妙好词》一书,专收南宋词家,始自张孝祥,终于仇运,共有一百三十二家,但不选张元幹词。这与该书选录标准注重清丽婉约词有关,所以此编不录忠愤激昂的豪放词,如辛弃疾仅选三首,而吴文英词入选十六首。这反映了宋末偏重音律形式的"雅词派"的风尚。清焦循谓"周密《绝妙好词》所选皆同于己者,一味轻柔圆腻而已"(《雕菰楼词话》)。因此,如果我们以这个选本来否认张元幹词在南宋后期的影响,那就未免失之于偏颇了。

需要补充说明的是,张元幹诗词作品流传的地域性很广,不仅在南方吴江垂虹一带民间传唱,而且流传到遥远的北方。在金元好问的《中州集》庚集中就收录唱和之作,这是前人所忽略的,兹将庚集卷七《和张仲宗雪诗不用体物诸字》抄录于下:

> 天人应卜岁,出此当佳占。舞巧穿幽隙,堆寒压短檐。闭门谁拥篝,醉馆自开帘。比兴非无物,诗人正避嫌。

可惜的是张元幹的原诗已散佚,无从进行观照。但从诗题中可知张元幹的作品流传到北方是确实无疑的。

宋金以后,历明、清而至近代,张元幹词的影响所及,大部分散见于各种词话和词集刻本、选本,如明杨慎的《词品》、毛晋的《芦川词》刻本;清代沈雄的《古今词话·词评》、朱彝尊的《词综》和《历代诗余》、《四库全书总目提要》以及李调元《雨村词话》、冯金伯《词苑萃编》、黄苏《蓼园词评》、许昂霄《词综偶评》、叶申芗《本事词》、冯煦《蒿庵论词》、刘熙载《艺概·词曲概》、陈廷焯《白雨斋词话》及《词则》、张德瀛《词征》等等。

以上各书都从不同角度记载着张元幹的创作实绩,推崇他的高尚品节,"数百年后,尚想其抑塞磊落之气"(《四库全书总目提要》)。由此可见,张元幹在南宋词坛上所作出的重要贡献和深远影响,确是"不废江河万古流"的。这种千秋传颂的积极影响直到今天还在继续扩大,并成为弘扬传承中华民族爱国精神的一个亮点。在群星璀璨的宋代词人群体中,能够引起现代伟人的注目并加以赞扬的词人并不多,而张元幹则是其中的一位。据有关书刊记载,毛泽东主席、周恩来总理等老一辈无产阶级革命家对张元幹诗词都极为赞赏。早在1933年,周恩来在建宁召开福建省委干部会议上曾朗诵张元幹《贺新郎》(梦绕神州路)词,读后对大家说:"我很为福建人骄傲。张元幹是福建人,当时枢密院编修官胡邦衡上书请斩秦桧、王伦、孙近等权奸之头。疏入谪为福州签判。四年后(1142)被除名,送新州编管。张元幹当时居三山(福州),以长短句送胡铨之行。"又说:"这一首词表达了作者对胡铨的深刻同情,而且强烈地谴责金兵的侵扰,并对投降派的憎恨。"他还说:"我们共产党人要好好学习这一首词,学习张元幹锄奸靖国、抵抗侵略的精神,不怕牺牲,前赴后继,去争取胜利。'春蚕到死丝不断,留与世间御苦寒',这样才对得起福建古人张元幹,才对得起福建今人烈士们!"[①]

  毛泽东同志对张元幹这首词更是情有独钟,非常欣赏。据毛主席身边工作人员回忆,1975年4月,董必武逝世,国家又一"砥柱"倾倒了。那一天毛泽东不吃东西,也不说话,只是把张元幹的《贺新郎·送胡邦衡待制赴新州》反反复复听了一整天(录音磁带,由著名昆曲艺术家蔡瑶铣演唱)。在出席中共一大的十三名代表中,只有他和董必武一同走上了1949年10月1日的天安门城楼。《贺新郎》中的"底事昆仑倾砥柱,九地黄流乱注,聚万落千村狐兔?天意从来高难问,况人情老易悲难诉"与毛泽东的心境产生了强烈的共鸣。从来坚信"人定胜天"的毛泽东,此时也感受到了"天意从

[①] 均转引自张守祥主编《张元幹诗词》,福建美术出版社2011年10月出版。

来高难问"的无奈,感受到了"人情老易悲难诉"的伤痛①。由此可知张元幹词的艺术魅力和永恒的历史文化价值。正如南宋曾宏父《凤墅帖》自跋中称张元幹词"亦足以吐长虹,贯日星矣"。这里"吐长虹,贯日星",是化用李白《南奔书怀》"太白夜食昴,长虹日中贯"的诗句。曾宏父对张元幹词品的高度赞颂,是非常确当的。纵观张元幹的一生,这是对他最好的最公正的评价。

---

① 参见张守祥主编《张元幹诗词》,福建美术出版社2011年10月出版。

附　录

一、历代序跋、提要

《芦川居士序》
〔宋〕蔡　戡

少监张公,早岁问道于了斋先生,学诗于东湖居士,凡所游从,皆名公胜流。年未强仕,挂神武冠,徜徉泉石,浮湛诗酒。又喜作长短句,其忧国忧君之心,愤世嫉邪之气,间寓于歌咏。绍兴议和,今端明胡公铨上书请剑,欲斩议者,得罪权臣,窜谪岭海,平生亲党,避嫌畏祸,唯恐去之不速。公作长短句送之,微而显,哀而不伤,深得三百篇讽刺之义。非若后世靡丽之词,狎邪之语,适足劝淫,不可以训。公博览群书,尤好韩集杜诗,手之不释,故文词雄健,气格豪迈,有唐人风。公之子靖,裒公长短句篇,属予为序。余某晚出,恨不及见前辈。然诵公诗文久矣,窃喜载名于右,因请以送别之词,冠诸篇首,庶几后之人尝鼎一脔,知公此词不为无补于世,又岂与柳、晏辈争衡哉?公讳元幹,字仲宗,自号芦川居士云。

——《定斋集》卷十三

《芦川归来集》序

〔宋〕张　广

　　叔祖芦川老人张公仲宗，讳元幹，以文章学问驰誉宣、政间，官将作大匠，志尚林壑。方少壮时，挂冠谢事。靖康之元，上却敌书，见了翁谈世事于庐山之上。了翁曰："犹有李伯纪在，子择而交之。"公敬受教，从之游，激昂奋发，作为歌词，有"人间鼻息鸣鼍鼓，遗恨琵琶旧语"之句。此志耿耿，殊非苟窃禄养阿附时好者之比。逮绍兴末，忤时相意，语及讥刺者悉搜去，掇拾其余，得二百余首，先叔提举锓木于家。广追念先志之不可不述，因得私识其略。尚有文集数百篇，姑俟作者，并为之序云。绍熙甲寅侄孙朝议大夫端溪张广谨序。

　　　　　　　　　　　——文渊阁《四库全书》本

《芦川归来集》原序

〔宋〕曾　霆

　　士君子处世，不以富贵贫贱累其心者，其所养可知也。所养既厚，则所言者必劲正清峭，而无轻懦衰惫之气，前哲之士以文词鸣者，此也。孟子曰："我知言，我善养吾浩然之气。"孟子之知言，自其所养之充也。韩子曰："气，水也；言，浮物也。水大，而物之浮者大小毕浮。"韩子所学，一独以孟子之传得其宗者，盖谓是也。故直而不偏，曲而不屈。孟子之书，可与《风》、《雅》并传。而"汗澜、卓灼、瀹𤃬、澄深"，李氏之以大振颓风序韩文，后之学者蔑以加于此矣。

　　芦川老隐之为文也，盖得江西师友之传，其气之所养，实与孟、韩同一本也。自其为太学生也，尝哀其亡友唐悫生诗帖，轴而藏之，则公之气概，固已蜚扬于学校中矣。及其仕于朝也，又以《幽岩尊祖》一节,直述其忠厚悃愊之诚,公之孝友性成,皆是气之所形见也。宣和诸公,或言其所作殊有老成之风,无复少年书生之气;或言其平昔绝俗之文,今又见高世之行,是犹未睹其全集也。

公以强仕之年,遂挂冠之请,兹盖不以富贵贫贱累其心者。所养者大,所言者真,表里相符,声实相应,夫岂以嘲风咏月者所可同日语?宜乎近世名公,勉其孙以文集行于世,欲以见公之大节也。即公之文,验公之行,其作也古,其传也宜。

噩,里人也。敬慕三张之声价久矣,馆寓家塾,复得敛衽以受教于公之文集,凡裒集书启、古诗、律诗、赞序等作,共十五卷。《幽岩尊祖录》一卷,附于其后。乐府二卷,见于别集,于是乎有考焉。公讳元幹,字仲宗,任将作少监,年方四十一已致仕,后赠正议大夫。邑人曾噩序。

——《芦川归来集》附录

《芦川归来集》跋
〔宋〕张钦臣

钦臣幼侍先君提举宦游,每见好古书画,心窃喜之。时或展玩,钦臣必走膝下痴问,先君以其不好弄,亦深爱之。一日,发箧得数纸墨刻,意若不怿,谓钦臣曰:"此吾家判监幽岩尊祖事,芦川刻本于闽,余欲归未能也。"钦臣虽获记其言,未悟其意。父殁数年,弟兄三人偕仕,钦臣不知何从得此旧藏。念欲裒而为一,食贫未暇。今南安倅清臣家兄,曩丞吴江,得黄文昌书《三高词》,刻石垂虹。钦臣假令武攸,得胡忠简子提刑公示及《贺新郎》二词真迹,诸贤见之,叙述称嘉,谨已模本成帙。钦臣承乏潜川,并以家集锓梓,信臣弟待次京局实司之。因诵《甲戌自赞》,而知芦川初度之年在辛未;诵《上陈侍郎诗序》而知挂冠之年,甫四十一。《挥麈录》所载,亦复叙收,凡词翰可无遗逸矣。独幽岩孝慕一节,人未知之者。

钦臣固欲成先君之志，以所藏闽中石刻并刊，岁月因循，复恐志大心劳，遽然难就。敬玩题跋，皆宣、政间伟人，盖以其尊祖誉于盅称，不特美其词翰也。今芦川归葬闽之螺山，先君昆仲三人，二居华亭，叔父知县归闽，其后未有显者。都运、寺正叔父之后。巽臣、师臣二兄未脱选而殂。涣臣兄自太学登科，止于一尉。益臣弟今已升舍奏平请举该免，且丁家棘。钦臣兄弟将欲拜扫松楸，如芦川祀祖母刘夫人之坟，收伯叔兄弟之葬，筑亭葺屋，俱未效其仿佛，谨以幽岩颠末及名贤跋语，附于文集，目曰《幽岩尊祖录》。此亦芦川所书以传子孙，使有尊祖之谊云。嘉定己卯孟冬，孙通直郎知于潜县钦臣敬书于县斋衮绣堂。

——《芦川归来集》附录

《芦川词》
〔明〕吴 讷

张元幹，长乐人，或云永福人，字仲宗，号真隐山人，又号芦川老隐，又号芦川居士。绍兴中坐胡铨及寄李纲词除名。著有《芦川归来集》。

——《唐宋名贤百家词》排印本

《芦川词跋》
〔明〕毛 晋

仲宗，别号芦川居士，三山人。平生忠义自矢，不屑与奸佞同朝，飘然挂冠。绍兴辛酉（应作戊午），胡澹庵上书乞斩秦桧被谪，作《贺新郎》一阕送之，坐是与作诗王民瞻同除名。兹集以此压卷，其旨微矣。人称其长于悲愤，及读《花庵》、《草堂》所选，又极妩秀之致，真堪与片玉、白石并垂不朽。凡用字多有出处，如"洒窗间，惟稷雪"云云，见《毛诗疏》。"稷雪，霰也，形如米粒，能穿窗透瓦"，今本改"霰雪"。又如"薄劣东风、夭斜飞絮"云云,见白香山诗"钱塘苏小小,人道最夭斜"。自注:"夭,音歪。"时刻改作"颠斜",便无韵味。姑记之,以为妄改古人字句之戒云。古虞毛晋识。

——《宋六十名家词》,上海古籍出版社 1989 年影印本

《芦川归来集抄》
〔清〕吴之振等

张元幹,字仲宗,永福人。太学上舍,历官至大监。所与游皆伟人贤士,尝哀其亡友唐恳生诗帖,裱轴璀粲,如谀达人贵公得气时,人嘉其朋友之义。又于乱纸中得其祖文靖手泽,知祖未第时婿于刘氏,刘无出,葬于福清。元幹求之榛莽中,割牲洒酒,为文刻石,以传子孙,作《幽岩尊祖录》。宣、政间,游定夫、杨龟山、陈了翁、朱乔年、李伯纪、洪驹父、徐师川、吕居仁名贤三十余家,咸题跋叹美之。有《芦川归来集》十馀卷,得之书肆,废帙逸其大半,诗止近体六、七两卷,清新而有法度,蔚然出尘。观其序王承可诗云"初从徐东湖指授句法",知渊源有自也。

——《宋诗抄》,中华书局本

《四库全书·芦川归来集提要》

臣等谨案:《芦川归来集》十卷,宋张元幹撰。元幹字仲宗,自号真隐山人,又曰芦川老隐。周必大跋其送胡铨词,称长乐张元幹。睢阳王浚明跋其《幽岩尊祖录》,则称永福张仲宗。皆宋人之词,莫详孰是也。王明清《挥麈录》纪其以作词送胡铨得罪除名,考卷末其孙钦臣跋语,称得《贺新郎》二首真迹于铨之子,其说当信。然铨贬于绍兴戊午,而集中《上张丞相》诗称"罪放丙午末,归来辛亥初",又自《跋祭祖母刘氏文后》称"宣和元年八月,获缘职事,道

过墓下",则徽宗时已仕宦,钦宗时已贬谪,但不知尝为何官耳。

元幹及识苏轼(按:苏轼乃苏辙之误),见所作《苏黄门帖跋》。又从陈瓘游颇久,见所作《了翁文集序》。其结诗社同唱和者,则洪刍、洪炎、苏坚、苏庠、潘淳、吕本中、汪藻、向子諲,见所作《苏养直诗帖跋》。而江端友、王铚诸人,皆有赠答之作,刘安世、游酢、杨时、李纲、朱松诸人,皆为题《幽岩尊祖录》。故其学尊元祐而诋熙宁,诗文亦皆有渊源。其集今有抄本,称嘉定己卯,其孙钦臣所锓。然跋称诵《上陈侍郎诗序》,知挂冠之年甫四十一,抄本无此篇。又曾季狸《艇斋诗话》载元幹《题潇湘图诗》,抄本亦无此篇。考胡仔《苕溪渔隐丛话》,称尝录元幹之诗一卷,而元幹不自忆,则当时已不自收拾,疑钦臣所录本有佚失。然近本但有五言律诗一卷,七言律诗一卷,而无古体及绝句,知非完书。又《跋米元晖瀑布轴》、《跋苏养直绝句后》、《跋江天暮雨图》、《跋江贯道古松绝句》,乃收之题跋类中,亦似后人所窜乱,非其原本。及考《永乐大典》所载,则所佚诸篇,厘然具在。今裒集成帙,与抄本互相勘校,删其重复,补其残缺,定为十卷。元幹诗格颇道,杂文多禅家疏文,道家青词,今从芟削,然其题跋诸篇,则具有苏、黄遗意,盖耳目渐染之故也。抄本末有《幽岩尊祖录》一卷,乃记其为祖母外家置祭田事,附以同时诸人题跋,中多元祐名臣之笔,亦仍其旧第,并附录焉。乾隆五十年四月,恭校上。

——《四库全书总目》,中华书局本

《四库全书·芦川词提要》

宋张元幹撰。元幹有《芦川归来集》,已著录。《宋史·艺文志》载其词二卷。陈振孙《书录解题》则作一卷,与此本合。案绍兴八年十一月待制胡铨谪新州,元幹作《贺新郎》词以送,坐是除名。

（考《宋史·胡铨传》，其上书乞斩秦桧在戊午十一月，则元幹除名自属此时。毛晋以为辛酉，殊为未审，谨附订于此。）又李纲疏谏和议，亦在是年十一月，纲斯时已提举洞霄宫，元幹又有寄词一阕。今观此集，即以二阕压卷，盖有深意。其词慷慨悲凉，数百年后，尚想其抑塞磊落之气。然其他作，则多清丽婉转，与秦观、周邦彦可以肩随。毛晋跋曰："人称其长于悲愤，及读《花庵》、《草堂》所选，又极妩秀之致。"可谓知言。至称其"洒窗间，惟稷雪"句，引《毛诗疏》为证，谓用字多有出处，则其说似是而实非。词曲以本色为最难，不尚新僻之字，亦不尚典重之字。"稷雪"二字，拈以入词，究为别格，未可以之立制也。又卷内《鹤冲天》调本当作《喜迁莺》，晋乃注云："向作《喜迁莺》，误，今改作《鹤冲天》。"不知《喜迁莺》之亦称《鹤冲天》，乃后人因韦庄《喜迁莺》词有"争看鹤冲天"句而名，调止四十七字。元幹正用其体，晋乃执后起之新名，反以原名为误，尤疏于考证矣。

——《四库全书总目》卷一九八，中华书局本

《四库提要辨正》卷二十四
《芦川词》一卷　余嘉锡

宋张元幹撰。元幹有《芦川归来集》，已著录。《宋史·艺文志》载其词二卷，陈振孙《书录解题》则作一卷，与此本合。案绍兴八年十一月待制胡铨谪新州，元幹作《贺新郎》词以送，坐是除名。（原注云："考《宋史·胡铨传》，其上书乞斩秦桧在戊午十一月，则元幹除名自属此时。毛晋跋以为辛酉，殊为未审，谨附订于此。"）又李纲疏谏和议，亦在是年十一月，纲斯时已提举洞霄宫，元幹又有寄词一阕。今观此集，即以此二阕压卷，盖有深意。

嘉锡案：《挥麈后录》卷十云："绍兴戊午，秦会之（桧）再入相，遣王正道为计议使，以修和盟。十一月，枢密院编修官胡邦衡上书

云云。疏入,责为昭州盐仓,而改送吏部,与合入差遣,注福州签判,盖上初无深怒之意也。至壬午岁,慈宁归养,秦讽台臣论其前言弗效(铨前疏曾言梓宫决不可还,太后决不可复,渊圣决不可归,中原决不可得云云,故因梓宫、太后之复还,论其言弗效),诏除名,勒停送新州编管。张仲宗元幹寓居三山(谓福州也),以长短句送其行。邦衡在新兴,尝赋词云:'欲驾巾车归去,有豺狼当辙。'郡守张棣缴上之,以谓讥讪。秦愈怒,移送吉阳军编管。又数年,秦始闻仲宗之词,仲宗挂冠已久,追赴大理,削籍焉。"明清自注云:"此一段皆邦衡之子澥手为删定。"夫以人子叙其父事,并及其同时知己之共患难者,则其年月出处,必无舛误,然则胡铨之谪新州,及其上书后之第四年;及铨再移吉阳军,又数年,元幹始被除名,皆非绍兴戊午一年间事也。今考《宋史·高宗纪》云:"绍兴八年(是年为戊午)十一月辛亥,以枢密院编修官胡铨上书直谏斥和议除名,昭州编管,壬子改差监广州都盐仓。十二年壬戌秋七月壬辰,朔,福州签判胡铨除名,新州编管。十八年戊辰十一月已亥,胡铨移吉阳军编管。"铨本传卷三百七十四与纪并同,但有年而无月日耳。至其事之曲折,则《建炎以来系年要录》叙之为详(上书事见卷一百二十三,谪新州事见卷一百四十六,移吉阳军事见卷一百五十八)。以《挥麈录》所记推之,则元幹之被除名,似当在绍兴二十年以后。毛晋以为绍兴辛酉者,既不知其所据,《提要》引《胡铨传》谓在戊午十一月者,尤无稽之言也。《芦川归来集》条下,《提要》谓铨贬于绍兴戊午,误与此同。

——《四库提要辨正》,中华书局本

《提要补正·芦川词》一卷
胡玉缙撰　王欣夫辑

《宋史·艺文志》载其词二卷,陈振孙《书录解题》则作一卷,与此本合。至称其"洒窗间,惟稷雪"句,引《毛诗疏》为证,谓用字多有出处。

瞿氏《目录》有宋刊本二卷,云:"旧不题名,亦无序跋。案《直斋书录》谓三山张元幹仲宗撰,作一卷,此分上下二卷,每叶板心有'功甫'二大字,疑是仲宗别字,何义门但见影抄本,认为钱功甫录本,谬矣。朱氏《词综》所选,据毛氏所刻六十家本,故多误字,如《贺新郎》'况人情老易悲如许','如许'误作'难诉'。"凉生岸柳催残暑','催'误作'摧'。《石州慢》'到得却相逢','却'误'再'。《怨王孙》'楼外柳暗谁家?''柳暗'二字误倒,遂不成句。'小砑鱼笺','砑'误'砚'。毛刻次序亦异,'并羡'几首,不知出何本也?"丁氏《藏书志》有明抄本一卷,云:"此本仍作《喜迁莺》,至'洒窗间,惟稷雪',此本仍作'霰雪'。"

玉缙案:近吴氏双照楼景宋本二卷,与瞿本悉合,至"洒窗闻霰雪",只五字,非六字,与丁本微异。后有壬子缪荃孙跋云:"《读书敏求记》旧抄足本词曲类末条云张元幹《芦川词》二卷,匏庵先生手书,词中多呼'不'字为'府'字,与'府'同押,盖闽音也。"然则此书为吴文定公手书,拈出愈为是书增重。宋本仍在瞿氏,此书亦从瞿氏流出,书后有恬裕斋印,首阕《贺新郎》"过苕溪尚许垂纶否?风浩荡,欲飞举",上阕末三字"醉中舞",即《敏求记》所谓闽音也。宋人汇刻,如江西诗派之《节操集》署"倚松",《三公类稿》之署"南塘、梅亭",皆口上特标两字,又何疑乎功甫。

郑翼谨案:《书录解题》作《倚松集》,饶节德操撰。今本沈氏仿宋刻江西诗派,作《倚松老人集》。

——《四库全书总目提要补正》,中华书局本

《芦川词》二卷宋刊本

瞿良士辑

宋版书纸背多字迹,盖宋时废纸,亦贵也。此册宋刊固不待

言,而纸背皆宋时册籍,朱墨之字,古拙可爱,并间有残印记文,惜已装成,莫可辨认,附著之以待藏是书者留意焉。复翁又记。

此书出玄妙观前骨董铺中,余闻之,欲往观,而主人已许归竹厂陈君,仅一寓目焉而已。顷从他处买得影抄旧本,识是刻本行款,雠校之私,卒未能忘情于前所见者,遂托蒋丈砚香假之,而竟获焉,许以十日之期,校补影写失真处,何幸如之。庚午七月丕烈记。

——《铁琴铜剑楼藏书题跋集录》,上海古籍出版社本

影宋本《芦川词》二卷

何焯跋 一则

周益公云:"长乐张元幹字仲宗,在政和宣(和)间已有能乐府声。今行于世,号《芦川词》,凡百六十篇。以《贺新郎》二篇为首,其前□(遗)李伯纪丞相,此其□□□(后即送)胡邦衡贬新州,以《贺新郎》□(为)题,□□□(其意若)曰:'失位不足吊,得名为不负(可贺)也。'康熙乙酉心友得此册于钱曾(遵)王家,乃钱功甫旧传本而不著作者姓氏。"

录益公语于卷末。戊子十月焯记。此跋在词前。

平按:跋语中原空格缺漏,兹据《益公题跋》补正于括弧内。

黄丕烈跋 八则

前年玄妙观西有骨董铺某,收得宋版《芦川词》及残宋本《礼记》,欲归余,而为他姓豪夺以去。既物主因曾许余,故假《芦川词》一阅,谓毕余读未见书之愿。然余见之而欲得之愿益深,屡托亲友之与他姓熟识者往商之,卒不果,遂置之矣。今夏,从友人易得旧抄本《芦川词》,行款与宋版同。因重忆宋版,思得一校,余愿粗了。

复托蒋丈砚香请假之，竟以书来，喜甚，取对两书而喜愈甚。盖旧抄本系影宋，每叶板心有功甫二字，其字形之欹斜，笔划之残缺，纤悉不讹，可谓神似。而中有补抄一十八番，不特无功甫字样，且行款间有移易，无论字形笔画也。因倩善书者影宋补全，撤旧抄非影宋者附于后，以存其旧。再旧抄本有何义门先生跋，谓此是钱功甫旧传本。义门但见功甫字样，故以钱功甫当之。岂知功甫亦宋版原有，岂系传录人所记耶？惟是宋版款式，向无记人名字于卷第下方者，即有书写刊刻人姓氏，皆刻于板心最下处，此仅见，故义门不计及此。此功甫二字，或当时刊诸家词，以此作记耶？《芦川词》作者姓张，名元幹，字仲宗。功甫或其别一字耶？俟博考之。此书宋版，余虽未得，得此影抄本，又得宋版影抄旧所缺叶，并一一手补其蠹蚀痕。宋版而外，此为近真之本。昔人买王得羊，庶几似之。他姓虽豪夺于前，而仍慨借于后，余始悲之，终德之，不敢没其惠。藏此书宋版者，为北街九如堂陈竹厂云。嘉庆庚午七月，立秋后一日，黄氏仲子丕烈识于求古居。

陈氏于去冬负逋数万，毁家以偿，凡而器用财贿偿之，不足，一切书画骨董亦举而偿人，未识此宋本犹在否也。复翁记。丙子闰夏。

昨岁陈竹厂介友人以此书宋刻本示余，索直百番，且诡言余曾许过朱提五十金，余以一笑谢之。己卯秋，复翁又记。

宋刻本《芦川词》卷上，首叶有藏书人家旧印，原截去其半，钉入线缝中。兹摹诸影抄首叶上，故印文不全，其联珠小方印未损，或当日一人所钤，惜无从考其人。宋本每叶纸背，大半有字迹，盖宋时废纸多直钱也。此词用废纸刷印，审是册籍，偶阅之，知是宋时收粮档案，故有更几石，需几石，下注秀才、进士、官户等字；又有县丞、提举、乡司等字，户籍官衔，略可考见。粳糯省文，皆从便易，虽无关典实，聊记于此，以见宋刻宋印，古书源流，多有如是者。纸角截残印文，模糊不可辨识矣。古色古香，不徒在本书楮墨间也。复翁记。

《芦川词》一卷，载诸《书录解题》。余向藏毛抄，却作一卷，与此多不同。即《六十家词》本虽作一卷，然不合于抄本，而差近于宋刻本，唯序次先后，词句歧异，并羡出几首为不同耳。余佞宋者也，目验宋刻，卷分上下。且毛抄及《六十家词》本，皆不言所据何本，则宋刻为可信矣。余藏词本甚富，宋刻差少，此影抄宋本，悉从宋刻目验，而或抄或校，几无厘毫之失，信称善本，书此志幸。后之读是书者，勿轻视之。荛圃。

壬申仲春二日，因坊友携示王莲泾家抄本《藏春集》，遂检阅《孝慈堂书目》，适于目上见有《芦川归来集》六卷，宋版四册衬订，原本不全，知张仲宗所著全集宋版本尚留天壤间也。莲泾藏书在国朝康熙间，所居在郡之乡僻，故身后往往有流传者。未识此词本在全集否？抑别刊行？余留心古籍，既遇《芦川词》，安知日后不复遇《芦川归来集》耶？书此为券。春社戊申日，阴晦殊甚，雷雨交作，坐百宋一廛中，无聊之至，出此录所见古书源流如是。半恕道人笔。

余于姜白石词中，知同时有张功甫其人，喜甚，谓即是仲宗别一字。既又于《阳春白雪》中得张功甫词二调，一系《鹧鸪天》，一系《八声甘州》，然检其词句，与此词中所载无合者，是又不得以仲宗、功甫比而同之矣。且《阳春白雪》亦选张仲宗词，似不应一称功甫，一称仲宗。事之无可发明者,有如此种是已。壬申春三月望日,小病初愈,今才下楼,晨起书此,以消闷怀。半恕道人笔。

此旧抄非影宋之《芦川词》残本,乃余以影宋补其缺而撤之者也。是书不知何时缺失,以此补之。在当日未见宋刻,无从影写,亦事之无可如何者。兹幸有宋可影,遂以彼易此,非特余之幸,即当日抄补之人,何独不幸耶?留此以见购书之苦如是如是。此跋在另册。

缪荃孙跋　三则

明抄《芦川词》二卷,黄荛圃先生藏。每半叶七行,行十三字,字大如钱。前有何义门跋。荛圃先得抄本,后得宋本,撤去补写之叶,而影宋本以补加跋至八段,并识两诗,亦可云爱之至矣。宋《艺文志》作二卷,《书录解题》作一卷,宋时本自两行。此与宋本由黄归菰里瞿氏,由瞿氏归丰顺丁氏,今归吾友张菊生,假我录副。校讫读何跋,言心友得此册于钱遵王家。因检《读书敏求记》旧抄足本词曲类,末条云:"张元幹《芦川词》二卷,匏庵先生手书,词中多呼不字为府字,与府同押,盖闽音也。"然则此书为吴文定公手书,其板心无功甫字者,为后人所补,字迹迥不合。荛圃未检《敏求记》,一经拈出,愈为是书增重。宋本仍在瞿氏,此书亦从瞿氏流出。书后有"恬裕斋印",朱文方印,铁琴铜剑楼旧名也。壬子九秋,江阴缪荃孙跋。

首阕《贺新郎》:"过苕溪尚许垂纶否?风浩荡,欲飞举。"上阕末三字"醉中舞",即《敏求记》所谓闽音也。

宋人汇刻如江西诗派之《节操集》署"倚松",《三公类稿》之署

"南塘、梅亭",皆口上特标两字,又何疑乎功甫?艺风。

——仁和吴氏双照楼《景刊宋金元明本词》,上海古籍出版社1989年版

《芦川词》

郦承铨

六月望后二日校,甲寅五月十八日读讫。戊午闰三月初八日,从旧录本校一过。汲古后人宸。

铨按:此本校引钱本、顾本多处,钱本者即指何义门所谓钱功甫本。盖宋刊中缝原有"功甫"二字,义门所见乃景写本,以为出钱功甫家,故有此误。想斧季所见亦景宋写本,故沿义门之误也。吴氏双照楼已仿宋本刊行,曾用比勘异文,已备载矣。顾本未详何人,俟更考。

——《国立北平图书馆馆刊》第八卷第一号

《芦川词》跋

唐圭璋

双照楼景宋本《芦川词》二卷,共一百八十五首。其间《沁园春》(欹枕深轩)一首,《醉花阴》(翠箔阴阴)一首,并李弥逊词。《江神子》(银涛无际)一首,《鹧鸪天》(不怕微霜)一首,并叶石林词。实得一百八十一首。黄荛圃谓向藏毛抄本《芦川词》作一卷,与此本多不同。但汲古阁所刊《芦川词》一卷,差近于此本,仅毛氏羼入张翥《踏莎行》(芳草平沙)一首,吕渭老《豆叶黄》(轻罗团扇)一首。兹取景宋本一百八十一首。又《花草粹编》卷四载芦川《阮郎归》(长杨风软)一首,乃王之道作。《词林万选》卷一载芦川《惜分钗》一首,《鼓笛慢》一首,并吕渭老词,兹删去不录。

——《江苏省立国学图书馆年刊》第八期。1983年略作修改,

1986年收入《词学论丛》

《芦川词》
饶宗颐

《直斋书录》载长沙本一卷，汲古阁卷数相同。《唐宋百家词》本、《宋元名家词》本，则不分卷。又《宋史·艺文志》载二卷，今传景宋本、明抄本，卷数相同。然两本并百八十余首，与周益公跋称百六十篇异。

双照楼景宋本《芦川词》二卷，词一百八十五首。卷末有何焯跋一则，黄荛圃跋七则，又诗二首，缪荃孙跋三则。缪跋云："明抄《芦川词》二卷，黄荛圃藏，半叶七行，行十三字。何跋谓得于钱遵王家，检《读书敏求记》，乃吴文定公手书。宋本仍在瞿氏，此书亦从瞿氏流出。"

汲古阁刻六十一家本《芦川词》一卷，一百八十六首。篇次与吴氏景本相同；但毛氏删去石林词一首，又从草堂别集混收数首耳。其以送胡铨词为第一首，及跋中所云"稷雪"等字，或底本仍出有宋也。四库本据之，多所辨正。有汪氏复刊、《四部备要》排印。

——《词籍考》，香港大学出版社

二、张元幹年表

张元幹生平事迹,宋代文献资料所载者甚少。数年前,我在作《芦川词笺注》过程中,曾写过一篇《张元幹事迹编年》,发表在《文史》第二十七期。当时未见福州新发现之《永泰张氏宗谱》(以下简称《宗谱》),故对其家世语焉不详。近读《宗谱》,又见王兆鹏《张元幹年谱》,于其家世生平颇多详考,足资参证。兹作《张元幹年表》,并补正《编年》之疏漏。

张元幹,字仲宗,号芦川居士、真隐山人,晚年又自称芦川老人。福建永福(今永泰县)人。

远祖张睦,固始(今属河南)人,唐昭宗时,随王审知入闽,遂家于侯官,子孙繁衍。元幹为其第九代孙。

祖父张肩孟,字醇叟,永福人。生于宋真宗天禧元年(1017),进士出身。终朝散郎,通判歙州。有五子俱登显官,时有"丹桂五枝芳"之语。以子贵累赠开府仪同三司,特进少师,卒于元祐四年(1089),年七十有三。谥"文靖"。

《永泰张氏宗谱》有《少师文靖公传》和宋郑穆所撰《张肩孟墓志铭》。

《芦川归来集》卷十《祭祖母彭城郡夫人刘氏墓文》云:"先祖特进,始娶刘氏,刘氏无男子,独产二女。"其《芦川豫章观音书》又云:"盖先祖幼养于姑,长则为其婿。刘氏无男子。""今家姑暨诸父,皆林夫人子也"。

又《淳熙三山志》与《永福县志》(乾隆刊本)所载与《宗谱》相吻合。伯父张励,字深道,肩孟长子。生于仁宗庆历八年(1048)。进士出身。崇宁初为江淮制置发运使,后以集贤修撰知福州,移知广州,终中大夫。建炎四年(1130)十一月卒,年八十有三。

《宗谱》有《殿撰忠节公传》和宋李光所撰《张励墓志铭》。

《淳熙三山志》卷二十六云:"熙宁六年,癸丑,余中榜(进士)张励,肩孟之子,字深道,以集贤修撰知本州,移知广州,加集英殿修撰,知洪州、建州,终中大夫。"

《芦川归来集》卷十《宣政间名贤题跋》李易云:"殿撰张公深道。"

伯父张勔,字臻道,进士出身。终朝散郎。工诗,然不见容于世。

《宗谱》有《中奉大夫文简公传》。

《淳熙三山志》:"熙宁九年,丙辰,徐铎榜(进士)张勔,肩孟之子,励之弟,字臻道,终朝散郎。"又见《福州府志》卷六十,唯记叙稍详。

张勋,字卫道。生于仁宗嘉祐八年(1063),进士出身,官太学博士。早卒,年二十七。

《宗谱》有《太学博士昭毅公传》。其《张肩孟墓志铭》云:"勋,太学博士,年二十有七,先公七月而卒。"

《芦川归来集》卷十《芦川豫章观音观书》云:"先祖凡五男子,其仕宦者四,独六伯父终于布衣。"时张勋已早卒,故云"仕宦者四"。

张劝,字闳道,励、勔之弟。进士出身,历官中书舍人、给事中、御史中丞、述古殿学士,知本州,陛辞,除工部尚书。靖康初避去,除名勒停。

《宗谱》有《少师工部尚书惠庄公传》,云:"进封少师,以工部尚书致仕。"此有误。

按《三朝北盟会编》卷三十七"靖康中帙"元年正月:"尚书张劝并卫仲达、何大圭等五十六人,弃官而逃。"同书卷三十又云:"卫仲达、张劝特除名勒停,令开封府差人追捉前来。"

父张动,字安道。官至少卿、大中大夫、直龙图阁学士。靖康初避乱回南方,后出知建州。卒赠光禄大夫。

《宗谱》有《龙图阁英显公传》,云:"公讳动,字几道,以恩奏出身。政和间,出知建州,范汝为反,剑南骚动,公以州兵保建城,民皆安堵。后募兵剿寇,恢复数邑。疏上,当叙功而公没。剑民立祠以祀,敕赐英显庙。"

按《芦川归来集》卷十《宣政间名贤题跋》欧阳懋云:"余崇宁间,与安道少卿同仕于邺。"又云:"安道既入朝,其后数年,余亦归自河朔,再会于京师,仲宗事业日进。"可知张动,字安道,《宗谱》作"几道",恐系传抄之误。

宋哲宗元祐六年辛未(1091)一岁。

正月初一日,张元幹生于永福县(今永泰县嵩口镇月洲村)。

《归来集》附录其孙张钦臣跋云:"诵《甲戌自赞》,而知芦川初度之年在辛未。"

《归来集·正旦本命青词》:"伏念臣甘心贫病,匿迹埃尘。"又云:"太岁丙寅,冲对长生之运,元日辛未,首临本命之辰。"

同书《本命日醮词》:"追此建寅之月,适临元命之辰。"

徽宗崇宁三年甲申(1104)十四岁。

元幹幼年丧母,后随父至河北官廨。去家时仅一弟,三岁亡。

《芦川豫章观音观书》:"盖余母亡时,元幹方卯角。"又云:"元幹平生坎壈,屡遭手足之衅,去家时仅存一弟,甫三岁,又夭折。"

崇宁四年乙酉(1105)十五岁。

元幹在邺,能诗,并与父执唱和。

《宣政间名贤题跋》欧阳懋云:"余崇宁间,与安道少卿同仕于邺,公余把酒以诗相属,时仲宗年未及冠,往来屏间,亦与座客赓唱。初若不经意,而辞藻可观,莫不骇其敏悟。"

大观四年庚寅(1110)二十岁。

元幹在豫章,参与洪刍、苏坚、潘淳、吕本中等人所结之诗社,赋诗唱和。

《归来集》卷九《亦乐居士序》云："予晚生，虽不及见东坡、山谷，而少时在江西，实从东湖徐公师川授以句法。东湖，山谷甥也。"

同书同卷《苏养直诗帖跋尾六篇》云："往在豫章，问句法于东湖先生徐师川，是时洪刍驹父、弟炎玉父、苏坚伯固、子庠养直、潘淳子真、吕本中居仁、汪藻彦章、向子諲伯恭，为同社诗酒之乐。予既冠矣，亦获攘臂其间，大观庚寅、辛卯岁也。"

政和元年辛卯（1111）二十一岁。

元幹在汴京，为太学上舍生，与何槃文缜同舍。

《宣政间名贤题跋》何槃云："仲宗，昔予太学同舍郎。"

《宗谱·少师文靖公记》谓张元幹"初游太学，与其同舍郎交德最深"。

《南宋文范·作者考》称张元幹在"徽宗时太学上舍"。

《宋诗抄·芦川归来集抄》小传谓张元幹"太学上舍"。

政和二年壬辰（1112）二十二岁。

春，元幹在汴京，赋《菩萨蛮》（政和壬辰东都作）。

夏，在许州，晤识苏辙。

《归来集》卷九《跋苏黄门帖》云："苏黄门顷自海康归许下，安居云久，政和二年，晚生犹及识之。衣冠严古，语简而色庄，真元祐巨公也。"

宋徐度《却扫编》卷十云："苏黄门子由，南迁既还，居许下，多杜门不通宾客。"

平按：《四库全书总目提要》、《南宋文范》、《大清一统志》均误苏黄门辙为苏轼。

政和五年乙未（1115）二十五岁。

元幹在此期间，曾回福建延平，赋《风流子》（政和间过延平双溪阁落成席上赋)。

后在澶渊,与苏辙外孙文骥相遇。其时文骥任开德府主簿。元幹任职未详。

按陈与义于政和三年八月,授开德府教授,作《次韵谢文骥主簿见寄兼示刘宣叔》诗。政和六年八月,陈与义解官归京。宣和六年,元幹作《洛阳陈去非自符宝郎谪陈留酒官,予时作丞,澶渊旧僚友也》诗,称陈与义去非为"澶渊旧僚友",则知元幹此年已在任上。

政和六年丙申(1116)二十六岁。

元幹在澶渊。

政和七年丁酉(1117)二十七岁。

元幹离任至京城。

宣和元年己亥(1119)二十九岁。

三月,元幹缘职事出京师返乡。

自豫章下白沙,阻风吴城山,赋《满江红》(春水迷天)。

六月至乡里,滞留数月,至十一月始行。其间行踪可考见者有:

一、在外孙陈氏家乱纸堆中,得先祖文靖公张肩孟于熙宁八年十二月购买田地舍入福清县幽岩院手写文字凭据。

二、至仙宇观先祖墓地祭扫;又祭拜祖母刘氏之坟,为文刻石,以传子孙。

三、枉道信阳,拜见姨母。

四、谒见乡先生郑侠介夫。

按陈与义有《送张仲宗押戟归闽中》诗,题云"押戟归闽",即《祭祖母彭城郡夫人刘氏墓文》中所称"缘职事",然不详其职事。

宣和二年庚子(1120)三十岁。

正月十四日,元幹在豫章,作《豫章观音观书》。

二月二十七日,豫章洪刍驹父为元幹祖父手泽题跋。

春,元幹在南康(今属江西)拜谒陈瓘,陪游庐山,留山中累月,并蒙其为元幹祖父手泽题跋。

《归来集》卷四《上平江陈侍郎十绝并序》云:"宣和庚子年,获拜先生(陈瓘)于南康,留山中者久之,蒙跋大父手泽。"

同书卷九《跋了堂先生文集》云:"宣和庚子春,拜忠肃公于庐山之南,陪侍杖履,幽寻云烟水石间者累月,与闻前言往行,商榷古今治乱成败,夜分乃就寝。"

按:陈瓘,字莹中,号了堂,又号了斋,卒谥忠肃。《宋史》卷三百四十五有传。

是年,建安游酢为元幹祖父手泽题跋。

宣和三年辛丑(1121)三十一岁。

元幹在汴京。

宣和四年壬寅(1122)三十二岁。

在汴京。

是年,刘路斯川为元幹祖父手泽题跋。

宣和五年癸卯(1123)三十三岁。

在汴京。

夏,元幹和陈与义、吕本中等十四人,同避暑于资圣阁,分韵赋诗。

《归来集》卷九《跋苏诏君楚语后》云:"顷在东都,一日,陈去非、吕居仁诸公,同予避暑资圣阁,以'二仪清浊还高下,三伏炎蒸定有无',分韵赋诗,会者适十四人。从周诗颇佳,为诸公印可。"

陈与义《简斋诗集》卷十一有《游慧林寺以三伏炎蒸定有无为韵得定字,是日欲逃暑阁下而守阁童子持不可》诗。

按:慧林寺在相国寺内。李濂《汴京遗迹志》卷十:"相国寺在县治东,本北齐建国寺。"后"唐睿宗以旧封王初即位,因赐额为相国寺。玄宗天宝四载,建资圣阁"。

五月，何桌文缜为元斡祖父手泽题跋。

六月二日，吕本中为元斡祖父手泽题跋。

冬，元斡至福建建安，作《望海潮》（癸卯冬，为建守赵季西赋碧云楼）词。

宣和六年甲辰（1124）三十四岁。

春，自闽北返，经梁溪访李纲。

夏，李纲为元斡祖父手泽题跋。

《宣政间名贤题跋》宣和甲辰孟夏李纲伯纪书云："予昔与安道少卿游，闻仲宗有声庠序间，籍甚，恨未之识。今年春，仲宗还自闽中，访予梁溪之滨。"

按：李纲，字伯纪，福建邵武人。《宋史》卷三百五十八有传。

四月，在汴京。杨时为元斡祖父手泽题跋。

四月六日，汪藻为元斡祖父手泽题跋。

四月十九日，苏庠为之题跋。

中秋，王峰翁挺为之题跋。

九月一日，王以宁为之题跋。

十月二十八日，刘安世观赏元斡祖父手泽。

年底，回到京城。

宣和七年乙巳（1125）三十五岁。

二月，汝阴王铚为元斡祖父手泽题跋。

中秋后二日，山阴李光为元斡祖父手泽题跋。

秋后至陈留，任陈留县丞。

按：陈与义宣和六年冬十二月，坐王䔥累，自符宝郎谪监陈留酒税。七年春至陈留，是年冬作《入城》诗，见《简斋诗集》卷十四。

冬，元斡在陈留，作和陈与义《入城》诗。

《归来集》卷一《洛阳陈去非自符宝郎谪陈留酒官，予时作丞，澶渊旧僚友也，有诗次韵》。

岁暮,陈与义又作《招张仲宗》诗云:"亦有张侯能共此,焚香相待莫徐驱。"见《简斋诗集》卷十四。

钦宗靖康元年丙午(1126)三十六岁。

春正月,张元幹在汴京为李纲亲征行营使僚属。上却敌书。

《三朝北盟会编》卷二十七"靖康中帙":元年正月"尚书右丞兼知枢密院事李纲为东京留守、亲征行营使"。

胡仔《苕溪渔隐丛话·后集》卷三十六引《诗说隽永》云:"李伯纪为行营使,时王仲时、张仲宗俱为属,王顽长,张短小,白事相随。一馆职同在幕下,戏云:启行营,'大鸡昂然来,小鸡竦而待'。"

《宋史·李纲传》:"靖康元年,以吴敏为行营副使,纲为参议官。金将斡离不兵渡河,徽宗东幸,宰执议请上暂避敌锋。经纲力谏乃止。后命纲为亲征行营使,以便宜从事。纲治守战之具,不数日而毕。敌兵攻城,纲身督战,募壮士缒城而下,斩酋长十余人,杀其众数千人。金人知有备,又闻上已内禅,乃退。"

汴京解围,元幹作《丙午春京城围城口号》诗。

四月,元幹任兵房。

《靖康要录》卷五靖康元年四月九日,少宰吴敏奏:"伏望明诏宰执,置司辟属,遵上皇诏旨,取祖宗旧法,悉加讨论,复其宜于今者。"又云:"奉圣旨,依奏,置司讨论。既而诏少宰吴敏、太宰徐处仁各荐旧官十员,仍差宰臣充详议提举官。徐处仁踏逐(即荐举)到吕本中、范宗尹为吏房,……张元幹为兵房。"(排印本误刻为"先幹")

九月,金兵攻陷太原。朝廷主和,贬逐李纲,元幹也随之而获罪。

《归来集》卷二《上张丞相十首》诗有"罪放丙午末"之句。

张元幹《祭李丞相文》谓"是岁秋九月,卒与公(纲)同日贬,凡七人焉"。

冬，元幹至淮上，赋《感事四首丙午冬淮上作》。又自淮南下至镇江，与刘质夫、苏粹中同宿焦山。

《归来集》卷九《跋江天暮雨图》云："忆丙午之冬，吾三人者，苏粹中在焉。情文投合，皆亲友好兄弟。尝绝江同宿焦山兰若，夜涛澎湃声入梦寐中。"

高宗建炎元年丁未（1127）三十七岁。

春，元幹自云间（今松江）至临安，曾寓居西湖。

《归来集》卷九《跋江天暮雨图》云："刘质夫，建炎初与余别于云间。"同卷《跋少游帖》云："建炎丁未，寓居西湖。"

春过宝藏寺，赋《丁未岁春过宝藏寺作》诗。

秋八月，临安兵乱，家藏秦观字帖手稿亡佚。

《归来集》卷九《跋山居图》："建炎初载，秋八月，钱塘营卒婴城作乱。"同卷《跋少游帖》云："吾家顷岁藏少游《访龙井辨才师行记》手稿，字画遒媚，深有二王楷法。建炎丁未，寓居西湖，秋八月，兵乱亡去。"

是年秋，过宿同僚赵次张，有《过宿赵次张郊居》诗二首。

按：赵次张，即赵九龄，曾任李纲属官，与元幹为同僚。

建炎二年戊申（1128）三十八岁。

是年，元幹避乱吴越。夏秋之间，同徐俯泛舟太湖，赋《水调歌头》（同徐师川泛太湖舟中作）。

十一月十七日，江端友为元幹祖父手泽题跋。

仲冬，在梁溪，李维仲辅、李经叔易兄弟于梁溪拙轩，同观元幹祖父手泽名贤题跋，并题名于后。

按：李维、李经，皆李纲之弟。

建炎三年己酉（1129）三十九岁。

春，金兵破徐州，分兵攻扬州。十月，又大举南侵，陷临安、越州。

秋,元幹在湖州避乱,赋《石州慢》(己酉秋吴兴舟中作)。

十二月,追随高宗行在至海边,又遭谗得罪,幸汪公力救得免。

《归来集》卷一《建炎感事》:"作意海边来,初非事干谒。责我卖屋金,流言尚为孽。汪公德甚大,游说情激烈。力救归装贫,一洗肝肺热。"

按:汪公,当指汪藻,其时任给事中兼权直学士院,追随高宗行在所。

建炎四年庚戌(1230)四十岁。

春,元幹寓居湖州千金村,与好友王铚性之在乱世相逢。后又与葛胜仲父子唱和,生活困顿,尝绝粮。

《归来集》卷三有《喜王性之见过千金村》诗。

葛立方《归愚集》卷一有《大人游千金,访张仲宗,以守舍不得侍行,用仲宗韵二首》。按此乃用元幹作《冬夜有怀柯田山人四首》之一和之二原韵。

葛胜仲《丹阳集》有《次韵张仲宗元幹绝粮五绝》诗。按:元幹《绝粮》诗已佚。

避乱中过白彪访沈琯次律,感而作十六韵五古长诗。

按:沈琯,字次律,沈与求兄,湖州德清人。宣和间以学士奉使燕云,金兵入侵,被扣留,后脱身南归。在湖州德清县东北之柯田山筑新居归隐,自号柯田山人。元幹曾赋《送柯田山人归隐》诗,惜已佚。

沈与求《龟溪集》卷一有《次韵张仲宗感事》诗,即用元幹《过白彪访沈次律有感十六韵》。同书卷三有《张仲宗有诗怀归,因次其韵勉之》。

绍兴元年辛亥(1131)四十一岁。

是年初,元幹辞官归里。

《归来集》卷二《上张丞相十首》诗云:"归来辛亥初。"

《归来集》曾噩序云:"年方四十一已致仕。"

元幹返闽后,吕本中有诗见寄。

《东莱先生诗集》卷十八《寄张仲宗》诗云:"闻道张夫子,今年已定居。偶缘荔子绩,遂绝古人书。岁月足可惜,溪山莫负渠。它年得相近,不必远庖厨。"

是年作和吕本中见寄诗。

《归来集》卷二《次吕居仁见寄韵》诗云:"老去犹为客,谁人念退居。相望千里路,赖有数行书。白晒犹堪寄,乌牛正忆渠。何时闻枉驾,竹里唤行厨。"

绍兴二年壬子(1132)四十二岁。

元幹在福州。

正月二十八日,里人辛炳为元幹祖父手泽题跋。

春,邓肃志宏为元幹祖父手泽题跋。

按:邓肃,字志宏,沙县人。历官高宗朝左正言,后罢,主管江州太平观。绍兴二年避寇福唐,病卒。别号栟榈,著有《栟榈文集》。《宋史》卷三百七十五有传。

五月,元幹与友人致祭邓肃。

《归来集》卷十有《诸公祭邓正言文》。

八月,李易为元幹祖父手泽题跋。

是年,王浚明为之题跋。

绍兴三年癸丑(1133)四十三岁。

元幹在福州。

是年作《仙宗癸丑年修桥疏》。

绍兴四年甲寅(1134)四十四岁。

元幹在福州。

是年有诗贺李纲生朝。

夏,在福州作《采桑子》(奉和秦楚材使君荔枝)词。

按：秦梓，字楚材，江宁人。秦桧兄。秦桧当国，梓恶其所为而不相合。

绍兴五年乙卯（1135）四十五岁。

元幹在福州。

六月，作《寄钱申伯二首》。

秋，李纲旧属官王以宁，自贬所归鼎州过福建，元幹赋诗送行。

按：王以宁，字周士，湘潭人。宣和三年以成忠郎换文资为从事郎。靖康初，以宁走鼎州乞师入援，解太原围。建炎初，以枢密院编修官出守鼎州。后以宣抚司参谋兼襄、邓制置使，升直显谟阁。不久落职，降三官责盐台州酒税。绍兴二年责永州别驾。五年特许自便。十年，复右朝奉郎，知全州。著有《王周士词》一卷。

《归来集》卷一有《乙卯秋，奉送王周士龙阁自贬所归鼎州太夫人侍下》诗。

绍兴六年丙辰（1136）四十六岁。

初春，在福州与吕本中等从游唱和。

四月，在永福县崇光寺作《荐拔水陆功德疏》。

《归来集》抄本《荐拔水陆功德疏文》有"芦川老隐绍兴六年四月二十六日巳时，伏睹永福县崇光寺前"云云。

吕本中自闽召赴行在，元幹赋《水调歌头》（送吕居仁召赴行在所）词送行。

绍兴七年丁巳（1137）四十七岁。

元幹在福州。

正月上元，奉同黄檗慧公诸老游临沧亭，赋《奉同黄檗慧公、秀峰昌公丁巳上元日访鼓山珪，慧公游临沧亭，为赋十四韵》诗。

按：临沧亭原名元公亭，北宋嘉祐间福州太守元绛建。绍兴初鼓山僧本才重建，更名临沧亭。

五月，赋《沁园春》（绍兴丁巳五月六夜，梦与一道人对歌数曲，遂成此词)。

是年,元幹作《李丞相生朝三首》,其中有"十年门下士,方献此诗篇"等句。

绍兴八年戊午(1138)四十八岁。

元幹在福州。

秋,陪李纲游鼓山,作诗唱和。

《梁溪先生文集》有《游山拙句奉呈珪老并简诸公》诗纪游。《归来集》卷三有《再和李丞相游山》、《次钱申伯游东山韵二首》。

冬,元幹作《跋米元章下蜀江图》。

是年秦桧遣王伦为计议使,如金和议。枢密院编修胡铨上书请斩秦桧等主和者,李纲亦上疏反对和议。张元幹作《贺新郎》词赠李纲。

是年又作《戊午岁醮词》。

绍兴九年己未(1139)四十九岁。

元幹在福州。

二月,元幹游雪峰山,时知福州折彦质将离任,作《次折枢留题雪峰韵》送行。

中秋前三日,作《跋赵祖文贫士图后》。

中秋,与赵无量游,作《跋山居图》。

九月,张浚任福建路安抚大使兼知福州,元幹上生朝诗以贺。

《归来集》卷二有《张丞相生朝二十韵》诗。卷一有《紫岩九章八句上寿张丞相》诗,其小序云:"公(张浚)帅闽之二年,岁在作噩秋九月中浣,有客作是诗以献焉。"是知张浚生朝在九月。

绍兴十年庚申(1140)五十岁。

正月十五日,李纲病逝于福州。

元幹满怀悲痛,作《挽少师相国李公五首》诗,后又作《追荐李丞相设斋疏》以及祭文两篇,以寄托哀思。

初夏,作《跋少游帖》。

《归来集》卷九《跋少游帖》云:"绍兴庚申初夏五日,真隐山人书于水口精舍。"

是年作《庚申自赞》。

绍兴十一年辛酉(1141)五十一岁。

春,元幹在福州送别杨聪父,有《辛酉别杨聪父》诗。

九月,张浚生朝,元幹作诗以献。

《归来集》卷一《紫岩九章八句上寿张丞相》,诗序云:"公帅闽之二年,岁在作噩秋九月中浣。"按:太岁在酉称"作噩"。是岁为辛酉年,故云"岁在作噩"。

《宋史·宰辅表》:绍兴九年"二月,张浚自提举洞霄宫诏复资政殿大学士,知福州"。

是年七月,徐俯卒于饶州。见《建炎以来系年要录》卷一百四十一。

绍兴十二年壬戌(1142)五十二岁。

七月初一日,福州签判胡铨被除名,送新州编管。元幹在福州赋《贺新郎》(送胡邦衡谪新州)词送行。

岳珂《桯史》卷十二:"胡忠简铨既以乞斩秦桧掇新州之祸,直声振天壤,一时士大夫畏罪钳舌,莫敢与之谈,独王卢溪庭珪诗而送之。"又云:"时又有朝士陈刚中、三山寓公张仲宗亦以作启与词为饯得罪。"

秋,新任福建安抚大使程迈生辰,元幹上《福帅生朝二首》。

十月七日,元幹至连江玉泉寺,朱松观其祖父手泽并题跋。

绍兴十三年癸亥(1143)五十三岁。

二月二十二日,富直柔为元幹祖父手泽题跋。

仲春,延平叶份为元幹祖父手泽题跋。

按:叶份,字成甫,延平人,官至户部尚书。李弥逊《筠溪文集》

卷二十四有《叶公墓志铭》。

六月,元幹在福唐,叶梦得观其祖父手泽并题跋于东野堂。

按:《宋史·叶梦得传》云:绍兴"十三年,诏加观文殿学士,移知福州,兼福建安抚使"。

是年,元幹有诗贺叶梦得生朝。

《归来集》卷一有《叶少蕴生朝》诗。

绍兴十四年甲子(1144)五十四岁。

元幹在福州。

是年作《满庭芳》(寿富枢密),贺富直柔生日。

绍兴十五年乙丑(1145)五十五岁。

元幹在永福。

春二月,李文中置酒溪阁,元幹应邀入席,赋《怨王孙》(霁雨天迥)词。

九月,旧僚友薛弼移知福州,元幹作启以贺。

《归来集》卷八《贺薛帅移闽启》。

是年作《送李文中主簿受代归庭闱》诗。

绍兴十六年丙寅(1146)五十六岁。

正月初一日,元幹在福州作《正旦本命青词》。

三月,元幹陪富直柔访李弥逊于连江筠溪,作《天仙子》词以纪其事。

六月,元幹作《夏云峰》(丙寅六月,为筠翁寿)词,贺李弥逊寿辰。

秋,元幹游建州溪光亭,赋《点绛唇》(丙寅秋社前一日,溪光亭大雨作)。

按:溪光亭,旧址在建州(今福建南平)。

秋后,访亲于连江,作《访亲于连江因过筠溪叩门循行,叹其荒翳不治,有怀普现居士,口占此章》诗。

是年作《丙寅自赞》。

《归来集》卷十《丙寅自赞》云："这痴汉，没思算。初乏田园，却懒仕宦。"又云："只用两仆肩舆，不羡倘来轩冕。"

绍兴十七年丁卯(1147)五十七岁。

春三月，元幹在福州，与叶梦得宴赏海棠，即席赋《念奴娇》(丁卯上巳，燕集叶尚书蕊香堂赏海棠，即席赋之)词。

是年叶梦得上章请老，退居吴兴卞山。

绍兴十八年戊辰(1148)五十八岁。

元幹在福州。

二月，与友人过连江宝积寺，作《戊辰春二月晦，同栖鸾子送所亲过宝积，题壁间》诗。

按：宝积寺在福建连江寺。

夏四月，元幹与富直柔、李弥逊等游宿精严寺。

《归来集》(抄本)《精严寺化钟疏》云："晋安郡西南隅……自古道场，是名精严，今榜曰'显忠资福院'。岁在戊辰，僧结制日，洛滨(富直柔)、最乐、普现(李弥逊)三居士，拉芦川老隐过其所而宿焉。"

按：晋安郡西南之精严寺在今侯官县。

闰八月中秋，元幹作《水调歌头》(和芗林居士中秋)词。

按：芗林居士，即向子諲，字伯恭，元幹之舅。《宋史》卷三百七十七有传。

是年叶梦得病卒于湖州。

元幹作《代祭石林文》，又作《追荐叶尚书疏文》。

绍兴十九年己巳(1144)五十九岁。

十月，元幹同福建提举常平官袁复一等自富沙之温陵，道晋安东山，登白云峰，访临沧亭，尽览海山之胜。后于鼓山石门，留书题名。见《鼓山志》卷六。

绍兴二十年庚午(1150)六十岁。

春正月,元幹在福州,作《本命日醮词》。

《归来集》(抄本)《本命日醮词》云:"去修门仅周二纪,归故里殊乏一廛。"又云:"迨此建寅之月,适临元命之年。"

秋,与李弥逊、富直柔同聚横山阁唱和。

绍兴二十一年辛未(1151)六十一岁。

正月初一日,元幹在福州,作《辛未本命岁生朝醮词》。

是年,秦桧始闻元幹送胡铨词作,立即兴狱,逮捕至临安审讯。王明清《挥麈录·后录》卷十谓胡铨送新州编管时,张仲宗元幹寓居三山,以长短句送其行。后胡铨移吉阳军(今海南省)编管。又数年,秦桧始闻仲宗之词。"仲宗挂冠已久,以它事追赴大理削籍焉"。

《归来集》卷十《甲戌自赞》云:"胡为元命年,辄下廷尉吏?业风何见吹,逆境忽现示。"

按:拙文《关于张元幹的籍贯问题》中对此有详考,见《文学评论》1980年第2期,此不赘述。

绍兴二十二年壬申(1152)六十二岁。

元幹被除名削籍,滞留西湖,作《水调歌头》(罢秩后漫兴)词。

三月十六日,向子諲卒于临江。元幹闻讯至江西舅家吊唁。

绍兴二十三年癸酉(1153)六十三岁。

中秋,元幹在苏州,游虎丘,赋《水调歌头》(癸酉虎丘中秋)词。

绍兴二十四年甲戌(1154)六十四岁。

正月作感事诗《甲戌正月十四日书所见,来日惊蛰节》。

在异乡思归,作《甲戌自赞》。

《归来集》卷十《甲戌自赞》云:"芦川老居士,今春六十四。勇退急流中,毕竟只这是。"又云:"故山念欲归,凤债尚留滞。"

七月在镇江,作《祥符陵老许先驰归闽,因成伽陀赠别,绍兴甲戌秋七月,书于鹤林山》诗。

按:鹤林山,在今江苏镇江市。

九月回闽,为王叔济作《亦乐居士集序》。

按:《亦乐居士集》为王铁所著。据王明清《挥麈录·后录》卷十一云:"王铁,字承可,会之(桧)舅氏,王本观复之子,会之心欲用之,荐于上,谓有史才,名适与先人偏旁相似。"

绍兴二十五年乙亥(1155)六十五岁。

元幹在临安,与旧友刘质夫相遇,作《跋江天暮雨图》。

《归来集》卷九《跋江天暮雨图》云:"刘质夫,建炎初与余别于云间,今乃相遇临安官舍,出此短轴求跋。颇忆丙午之冬,吾三人者,苏粹中在焉。……回首垂三十年矣。"

是年十月秦桧死。胡铨量移衡州。

绍兴二十六年丙子(1156)六十六岁。

元幹在临安与胡仔同馆穀。

胡仔《苕溪渔隐丛话·前集》卷五十四云:"余宣和间居泗上,于王周士处见张仲宗诗一卷,因借录之。后三十年,于钱塘与仲宗同馆穀,初方识之。余因戏谓仲宗曰:'三十年前,已识公于诗卷中。'仲宗请余举其诗,渠皆不能记,殆如隔世,反从余求之。"

是年十月,富直柔卒于建州。见《建炎以来系年要录》卷一百七十五。

绍兴二十七年丁丑(1157)六十七岁。

春,元幹与钟离少翁、张元鉴登吴江垂虹亭,赋《水调歌头》(挂策松江上)词。

夏,作《跋苏庭藻隶书后二篇》。

夏至后七日,又作《跋苏诏君赠王道士诗后》。

仲夏,在嘉兴作《跋苏诏君楚语后》。

《归来集》卷九《跋苏诏君楚语后》末署:"芦川老人书于檇李弭

棹亭中,丁丑仲夏望日。"

按:檇李,嘉兴之别名。此跋乃应苏庭藻之请而作。苏庭藻即苏著,苏庠之侄,苏从周之子。其时与张孝祥有交往酬唱。《于湖居士文集》有《即事简苏庭藻著》和《题苏庭藻所作张汉阳传》等。

九月,陈正同除刑部侍郎,元幹作《贺陈都丞除刑部侍郎启》贺之。

绍兴二十八年戊寅(1158)六十八岁。

春,元幹寓居西湖之滨,始与周德友相识,并题苏养直诗帖跋尾六篇。又与张孝祥相识,孝祥亦为周德友所藏后湖帖题跋。

张孝祥《于湖居士文集》卷二十八《跋周德友所藏后湖帖》云:"德友少时,趣尚奇伟,一斗百篇,诸老先生慕与之游。"又云:"右《后湖书帖》自甲轴至己。绍兴二十八年三月望。"

绍兴二十九年己卯(1159)六十九岁。

春,郭从范示及张孝祥诸公诗,元幹有诗次韵。

《归来集》卷二《郭从范示及张安国诸公酬唱,辄次原韵》诗有"春去花犹发,阴浓雨未休。和诗真冷澹,得句总风流"云云。

王明清《玉照新志》卷四云:"绍兴乙卯,张安国为右史,明清与仲信兄(在)左鄱举善、郭世模从范、李大正正之、李泳子永多馆于安国家,春日诸友同游西湖,至普安寺。于窗户间得玉钗半股、青蚨半文,想是游人欢洽所分授,偶遗之者。各赋诗以记其事。"

按:郭从范即郭世模,所示诸公酬唱,即指此次春游西湖时所赋。惜张孝祥原作已佚。

中秋,元幹再游吴江,登垂虹亭,赋《念奴娇》(己卯中秋和陈丈少卿韵)。

按:陈丈少卿即陈正同,原唱已佚。不久,元幹即随陈正同到苏州。

绍兴三十年庚辰(1160)七十岁。

元幹在苏州,为陈瓘著作编校,并作《上平江陈侍郎十绝并序》,追述陈瓘平生之言行。

《归来集》卷四《上平江陈侍郎十绝》,序云:"辛亥休官,忽忽二十九载,行年七十矣。日暮途远,恐惧失坠,辄追记平昔所得先生(指陈瓘)话言,截为十绝句,书以献于苏州使君待制公克肖。"

同书卷九《跋了堂先生文集》云:"贰卿崇笃先契,不鄙荒唐,容许校雠《了堂文集》。"又云:"自夏涉秋,手加审订,凡字画之讹舛,论序之失次,是非之去取,分部卷帙,各适其当。"

按:贰卿即侍郎,可知元幹乃应陈正同之请为陈瓘编集。此年一直在苏州。

绍兴三十一年辛巳(1161)七十一岁。

是年张元幹卒于平江(今苏州)。

《宗谱》有张巽臣所撰《宋中奉大夫潼州府路转运判官提举学士借紫张公墓志》云:"(竑)父元幹,故任朝奉郎将作少监,赠正义大夫。巽臣考(指张竑)绍兴二十四年以少监遗泽补将仕郎。"又云:"二十八年授信州户曹,举主关升从政郎。在任,丁少监忧,解官。"

按:元幹卒于张竑信州户曹任期内。绍兴三十年在平江尚有诗文创作,依宋官制推算,当卒于是年,卒地在平江。

三、主要参考书目

全宋词　唐圭璋　中华书局 1965 年版
全金元词　唐圭璋　中华书局 1979 年版
词话丛编　唐圭璋　中华书局 1986 年版
词学论丛　唐圭璋　上海古籍出版社 1986 年版
芦川归来集　宋张元幹　南京图书馆藏清抄本
芦川归来集　宋张元幹　上海古籍出版社 1978 年点校本
芦川词二卷　宋张元幹　双照楼影宋本
梁溪先生文集　宋李纲　清道光刊本
浮溪集　宋汪藻　南京图书馆藏武英殿本
石林遗书　宋叶梦得　长沙叶氏观古堂刊本
增广笺注简斋集　宋胡穉注　四部丛刊本
陈与义集　宋陈与义　中华书局点校本
庄简集　宋李光　八千卷楼藏明抄本
东莱诗集　宋吕本中　南京图书馆藏旧抄善本
筠溪集　宋李弥逊　八千卷楼藏旧抄本
龟溪集　宋沈与求　四部丛刊续编本
雪溪集　宋王铚　八千卷楼藏本
东湖居士集　宋徐俯　两宋名贤小集本
丹阳集　宋葛胜仲　常州先哲遗书本
苕溪集　宋刘一止　清宣统三年刻本
栟榈先生文集　宋邓肃　明正德刊本
默堂文集　宋陈渊　文渊阁《四库全书》本
胡澹庵先生文集　宋胡铨　清道光刊本
周益国文忠公集　宋周必大　清道光二十八年刊本
于湖居士文集　宋张孝祥　上海古籍出版社点校本

客亭类稿　宋杨冠卿　四库全书本

定斋集　宋蔡戡　常州先哲遗书本

南涧甲乙稿　宋韩元吉　丛书集成本

韦斋集　宋朱松　四部丛刊续编本

宋史　元脱脱等　中华书局点校本

三朝北盟会编　宋徐梦莘　上海古籍出版社影印本

建炎以来系年要录　宋李心传　广雅书局刊本

宋朝事实类苑　宋江少虞　上海古籍出版社点校本

续资治通鉴长编　宋李焘　上海古籍出版社影印本

直斋书录解题　宋陈振孙　上海古籍出版社点校本

苕溪渔隐丛话　宋胡仔　人民文学出版社点校本

韵语阳秋　宋葛立方　上海古籍出版社影宋本

挥麈录　宋王明清　中华书局上海编辑所点校本

桯史　宋岳珂　中华书局点校本

齐东野语　宋周密　同上

四朝闻见录　宋叶绍翁　同上

宋史纪事本末　明陈邦瞻　同上

南宋制抚年表　清吴廷燮　同上

宋会要辑稿　清徐松　中华书局影印本

唐宋名贤百家词　明吴讷　商务印书馆排印本

宋六十名家词　明毛晋　国学基本丛书本

词综　清朱彝尊等　上海古籍出版社点校本

《词林纪事》《词林纪事补正》合编上下册　上海古籍出版社点校本

宋诗抄　清吕留良等　中华书局点校本

宋诗纪事　清厉鹗　上海古籍出版社点校本

四库全书总目提要　清纪昀等　中华书局影印本

四库提要辨证　余嘉锡　中华书局本
四库辑本别集拾遗　栾贵明　中华书局本
景刊宋金元明本词　吴昌绶、陶湘辑　上海古籍出版社1985年影印本
《凤墅残帖释文》十卷本　南京图书馆藏清刻本
校辑宋金元人词　赵万里　1931年排印本
宋人传记资料索引　昌彼德等　台北鼎文书局本
铁琴铜剑楼藏书目录　清瞿镛　光绪刊本
藏园群书经眼录　傅增湘　中华书局本
词籍考　饶宗颐　香港大学1963年版
张元幹研究　黄珮玉　三联书店香港分店版
张元幹年谱　王兆鹏　南京出版社版
吴郡志　宋范成大　江苏古籍出版社点校本
元丰九域志　宋王存　中华书局点校本
淳熙三山志　宋梁克家　南京图书馆藏八千卷楼抄本
福州府志　清鲁曾煜　乾隆十九年刊本
永福县志　清陈焱　乾隆十三年刊本
鼓山志　清黄任　乾隆二十六年刊本

增订后记

上世纪九十年代，我撰写了《张元幹词研究》一书，唐圭璋先生作序，由山东齐鲁书社出版，迄今近二十年。该书虽早已售罄，但仍有读者需求。近年来，我又陆续发现了一些稀见文献史料，这是我在《芦川词笺注》(上海古籍出版社出版)书中未曾引用的，亟须补充；而词学界新的研究成果，也须吸取，以使原书添补新元素，内容更加充实完备。这次增订主要在两个方面：首先增补了一些新的珍稀文献资料。其中极为珍贵的是南宋曾宏父编刻的《凤墅帖》。曾宏父，字幼卿，自号凤墅逸客，庐陵(今江西永丰)人。嘉熙、淳祐间(1237—1252)，据家藏宋人手稿真迹编刻书法汇帖《凤墅帖》四十四卷，可惜原书已佚，今存部分宋拓残卷和《凤墅残帖释文》两种。南京图书馆藏《凤墅残帖释文》十卷清刻本，卷四收录张元幹《贺新郎》(梦绕神州路)手稿真迹，同卷附有周必正、杨万里题跋以及曾宏父的自跋等。在南宋著名诗人杨万里题跋中有"万里顷官五羊，与少监张公之子提舶公(元幹次子竦)同寮，相得《芦川集》，首见此词，坐客有善歌者慨然歌之，一声直上，云破石裂，闻者泣下。此与燕丹送荆卿于易水之歌何异？今观真迹"云云。以上新材料皆是前人所未曾引用的珍稀文献史料，此次皆——增补。

其次对原书中的一些疏漏差错等等，悉心订正。例如：原书五十四页《益公题跋》中"益公"误成"壹公"。又如一百二十六页牛峤《望江南》词后，《词林纪事》卷二引"姜尧章云云"，未注明出处。这次不仅改正原引文"词学"乃"词家"之误等错字、漏字，而且又据《词林纪事》《词林纪事补正》合编本指出此条来自沈雄《古今词话·词评》卷上。虽然增订力求完善，但难免疵谬，祈盼读者不吝赐教，匡我不逮。

本书能以增订的新面貌顺利问世，多承南师大文学院领导、古典文学研究室主任的关注和大力支持，又承南师大出版社领导热心帮助，责编王欲祥同志更细心审读，提出不少宝贵意见，谨在此一并表示由衷的感谢！

作　者
2012年3月写于
南京北东瓜市寓所